ANDREA NAGELE

Kärntner Wiegenlied

KRIMINALROMAN

emons:

Bibliografische Information der Deutschen Nationalbibliothek
Die Deutsche Nationalbibliothek verzeichnet diese Publikation in der Deutschen Nationalbibliografie; detaillierte bibliografische Daten sind im Internet über http://dnb.d-nb.de abrufbar.

MIX
Papier aus verantwortungsvollen Quellen
FSC® C083411

Umschlagmotiv: joto/photocase.de
Umschlaggestaltung: Franziska Emons/Tobias Doetsch
Gestaltung Innenteil: César Satz & Grafik GmbH, Köln
Lektorat: Marit Obsen
Druck und Bindung: CPI – Clausen & Bosse, Leck
Printed in Germany 2017
ISBN 978-3-7408-0198-4
Originalausgabe

Für Maxi

Erster Teil

1

Rosner flucht.

Er tut es leise, kaut an seinen Unflätigkeiten und frisst sie in sich hinein. Dabei signalisiert der Schmerz in seinem Magen schon seit Stunden ein »Unverdaulich«.

Das ist dieser Kreislauf, der bald zu Geschwüren führt, denkt er, aber wenn ich nicht fluche, dann platze ich auf der Stelle.

Er versucht sich wieder auf die Akte, die vor ihm liegt, zu konzentrieren, aber schon nach der Lektüre weniger Seiten beginnen die Zeilen vor seinen Augen zu verschwimmen.

Seit Wochen plagt er sich nun mit dieser Sache herum, kommt keinen Schritt weiter.

Der »fröhliche Weinberg«, so hat Rosner, in Anlehnung an ein Lustspiel von Zuckmayer, den Verbrecher zynisch genannt, der seit Längerem Klagenfurt unsicher macht. In mehreren Fällen ist der Maskierte nach Mitternacht in Wohnungen eingebrochen und hat, bei Konfrontation mit den Mietern, auch vor Gewalt nicht zurückgeschreckt. Überhaupt scheint es ihn nicht zu stören, bei seinen Raubzügen beobachtet zu werden. Überaus kräftig, schlägt er auf seine Opfer ein, fesselt sie mit Paketklebeband an Stühle und sucht unverfroren nach Wertgegenständen. Dabei bedient er sich, falls vorhanden, an den Weinvorräten der Wohnungsinhaber, um manchmal den Tatort erst nach Stunden wieder zu verlassen. Mit einem fröhlichen »Habe die Ehre, pfiat Gott« soll sich der Verrückte unter der Sturmmaske jedes Mal verabschiedet haben.

»Jetzt müssen wir uns schon mit auf Umgangsformen Wert legenden Säufern herumschlagen«, knurrt Rosner in Richtung Admira Spahic, die es sich wieder einmal nicht nehmen lässt, unangemeldet die spärlichen Pflanzen, die das Fensterbrett in Rosners Büro verschönen, zu gießen.

Seit dem großen Grillfest duzen sie sich, aber Rosner findet, wohl seiner momentanen Stimmung geschuldet, dass sich der Abstand zwischen ihnen dadurch eher vergrößert hat.

Ein Grillfest im Wintergarten, und das im Dezember.

Es war Alices Idee gewesen.

Zuvor aber hatte Rosner gelitten.

Alice, seine Alice, hatte sich zu einem zänkischen Weib gewandelt.

Eine Nervenschwäche, hatte Rosner, der sich selbst hin und wieder als ausgeglichenen Mann von Welt sieht, vermutet, denn Alice schien nervös, ja geradezu fahrig zu sein. Und fiel nur ein einziges falsches Wort – immer, so lautete der Vorwurf, kam es von ihm –, dann konnte sie aus der Haut fahren, konnte zischen und fluchen.

Und einmal, als er auf seinem Standpunkt beharrte, na gut, er hatte zu laut und vielleicht auch ein bisschen zu nachdrücklich darauf bestanden, war sogar ein Teller geflogen.

Dabei schien ihr körperlich nichts zu fehlen. Die magere Alice mit den spitzen Knochen hatte sogar zugelegt, ein wenig runder war sie geworden, und Rosner gefiel das gut, aber dafür brach sie öfters in Tränen aus, und wenn er sie trösten wollte, wegen was auch immer, verließ sie nicht selten den Raum und ließ die Tür hinter sich ins Schloss krachen.

Nein, so wäre das nicht weitergegangen. Das wollte er nicht. Er, der die Dinge gern an sich herankommen lässt, denn viel erledigt sich dadurch von selbst, hatte beschlossen, die Initiative zu ergreifen.

Schritt für Schritt wollte er vorgehen, und zwar sofort.

Er hatte an dem Tag seine Arbeit Arbeit sein lassen und war zu Alice gefahren.

Kein schlechter Anfang, und auch der frühe Abgang aus dem Büro fühlte sich gut an. Kurz fragte er sich, ob er Blumen besorgen sollte, aber nein, ihm war nicht nach Schenken, ihm war nach Reden zumute.

Dennoch umarmte er Alice, als sie in der Tür stand. Er konnte nicht anders, und nein, er wollte sich auch nicht wehren gegen ihre Schönheit, die ihm entgegenschlug wie eine Welle, die den Herzschlag beschleunigte. Ein wenig erstaunt war sie, weil er ungewohnt früh dran war, aber ihre grünen Augen strahlten trotzdem.

Vielleicht deshalb hatte er sie sanft gefragt, was denn los sei, und sie dabei festgehalten. Er sagte, dass er wüsste, dass es die Nerven wären, und dass es dagegen sicher ein Mittel gebe oder eine Therapie, und sie müsse sich keine Sorgen machen. Und wenn es was anderes wäre, ergänzte er schnell, auch dagegen gäbe es sicher Hilfe.

Lange sah sie ihn an.

Dann lächelte sie.

»Ja, Rosner, mein Liebster, mein Alles, es ist etwas anderes. Du Idiot, ich bin schwanger.«

So war die Idee zum Grillfest entstanden.

Er hatte dann, aus einer Laune heraus, im großen Schmuckgeschäft in der Bahnhofstraße einen Ring erstanden, einen schmalen aus Weißgold mit einem winzigen Brillanten, und die Verkäuferin hatte, um die Passform zu prüfen, hilfreich den entsprechenden Finger zur Verfügung gestellt. Die Größe wäre jederzeit zu ändern, glaubte sie betonen zu müssen, und lächelte, als wäre sie es, die demnächst von Rosner zum Standesamt geführt werden würde.

Mit der Schmuckschachtel in der Innentasche seines grauen Sakkos und einem Strauß weißer Tulpen in der Hand hatte Rosner sich schließlich Alice genähert und dabei festgestellt, dass sein Herz heftig klopfte.

Rosen, er hätte doch Rosen nehmen sollen. Ein wenig linkisch hatte er versucht, ohne die Blumen dabei zu erdrücken, seine Liebste zu umarmen. Alice hatte gelächelt, gelächelt in ihrer unnachahmlichen Art, und ihre kühlen Finger hatten kurz seine Wangen berührt. Dann war sie zurückgetreten, um ihn zu mustern.

»Was ist los, Rosner?«

Das große Glücksgefühl, das ihn überschwemmte, als er die geliebte Stimme hörte, hatte ihn stocken lassen.

»Ich … ich möchte mich verloben«, hatte er schließlich gestottert und war sich wie ein pubertierender Narr vorgekommen.

Als Alice daraufhin gesagt hatte, dass sie sich freue, und wissen wollte, ob sie die Glückliche kenne und ob sie derjenigen mit Rat und Tat zur Seite stehen könne, da sie ja einiges wisse über einen bestimmten nicht leicht zu behandelnden Kriminalisten, war er fuchsteufelswild geworden.

Dann hatte er jedoch einen verdächtigen Schimmer in ihren Augen bemerkt, in diesen strahlend grünen Augen, in denen er sich verlieren konnte, und dadurch wieder Boden unter den Füßen gewonnen. Stumm reichte er ihr die kleine Schatulle und beobachtete, noch immer um Gelassenheit ringend, ihre Reaktion.

»Rosner, du bist ein Spießer und ein unverbesserlicher Romantiker dazu.«

Er hatte ein ganz leichtes Zittern in ihrer Stimme hören können, und als Rosner genau hinsah, fand er, dass auch der Schimmer in ihren Augen nicht kleiner geworden war. Wollte sich da gar eine Träne bilden?

Mehr aber hatte er beim besten Willen nicht erkennen können, denn Alice warf sich ihm in die Arme. Beide taumelten ein paar Schritte nach hinten, und wie es der Zufall wollte, stand dort das Sofa. Danach hatte es einige Zeit gedauert, bis sie wieder Worte fanden, die nicht nur geflüstert waren und die einen Sinn ergaben.

»Nein, Rosner, verloben will ich mich nicht. Wozu soll das gut sein?«, hatte Alice schließlich erklärt. »Wir sind verliebt. Wir sind glücklich. Und wir bekommen ein Baby. Wir müssen nichts ändern, weil es nichts zu ändern gibt. Perfekt ist perfekt.«

Rosner hatte ihre Fingerspitzen geküsst, ihr vorsichtig den Ring übergestreift und genickt. »Aber feiern will ich«, hatte er ein wenig störrisch gemurmelt.

Daher das Grillfest, auch wenn es Winter war. Als sie überlegt hatten, wen sie einladen wollten, kam ihnen die Erkenntnis, dass sie gar nicht so viele Leute kannten. Rosner wollte von seinen Kollegen nur Admira Spahic und Luigi Olivotto dabeihaben, beim dicken Brunner, dem Chef, sträubte er sich, und Alice bestand darauf, die Eltern von Ännchen einzuladen. Des Weiteren sagten auch einige Nachbarn, die mit dem Hintergedanken, so einer Lärmbelästigungsklage aus dem Wege zu gehen, kontaktiert wurden, ihr Kommen zu.

»Nur deine Rosine will ich nicht sehen«, hatte Alice gefaucht.

Woraufhin Rosner, der seine Ausbildung zum Kriminalisten in diesem Moment nicht brauchte, um zu wissen, dass nur bedingungslose Zustimmung einen sinnlosen Konflikt verhindern konnte, heftig nickend »Sie heißt Simone. Und es gibt keinen Grund, sie einzuladen« gemurmelt hatte.

Er hatte sich um die Getränke gekümmert, Bier, Glühwein, Mineralwasser und Saft, Alice besorgte Koteletts, Steaks, Pute und Fisch. Frau Greiner, eine ihrer dicken Nachbarinnen, schleppte Schüsseln mit Kartoffel-, Bohnen- und Gurkensalat herbei, als ginge es darum, eine Kompanie hungriger Pfadfinder zu verköstigen. Die Spahic schenkte ihnen ein Bild, eine Landschaft, selbst mit bunten Farben gemalt und so scheußlich wie nichtssagend. Rosner sollte das Aquarell später im kleinen Kellerabteil an die Wand nageln und auf Alices Rückfrage betonen, dem Raum so einen weiteren Hauch von Elend verleihen zu können.

Olivotto überreichte eine Flasche Wein und stotterte, dass die für die Dame des Hauses und keineswegs als Versuchung für den Hausherrn gedacht sei. Beide hatten sie lachen müssen, Rosner, weil es ihm nichts ausmachte, auf seine zurückliegenden Alkoholprobleme angesprochen zu werden, und Alice, weil für sie Alkohol in der Schwangerschaft ebenfalls tabu war. Olivotto hatte sie verständnislos angeschaut, dann aber mitgelacht.

Die Tränen aber waren Alice erst in die Augen gestiegen, als sie das Gastgeschenk des spät kommenden älteren Ehepaares auspackte, bei dem sie ihre Jugendjahre verbracht hatte. Ännchen, kunstvoll gerahmt, lachte ihr auf Hochglanz entgegen. Alice hatte das Foto an ihre Brust gedrückt, dann umarmte sie Vater und Mutter ihrer verstorbenen Freundin.

Es waren die letzten Tränen gewesen bei diesem Fest.

Rosner, der über keinerlei Erfahrung in der Kunst des Grillens verfügte, stellte bald eine natürliche Begabung dafür bei sich fest, die ihm von seinen Gästen und von Alice bereitwillig bestätigt wurde. Sogar die verkohltesten Fleischstücke fanden, abgemildert durch saftigen Salat und hinuntergespült mit Bier und Wasser, den Weg in die hungrigen Mägen. Admira Spahic hielt eine Rede im Tonfall des dicken Brunner, in der sie die

Nachlässigkeit und den Schlendrian des gesamten Polizeiapparats und im Speziellen jenen der Gruppe Rosner scharf kritisierte. Rosner hielt sich vor Lachen den Bauch, und Olivotto, befeuert von mehreren Flaschen Bier, gab mit der beachtlichen Stimme eines Hobby-Tenors je eine Arie von Verdi und von Puccini zum Besten. Als er, bestärkt durch das Schweigen der Zuhörer, zu Tannhäuser übergehen wollte, wurde es ihm verboten.

Besonders gut unterhielt sich Rosner mit dem ihm bis dato unbekannten Anatoli, einem Gast, der auf der Liste von Alice gestanden haben musste, denn zu den Nachbarn gehörte er nicht. Sie verstanden sich blendend, und Rosner staunte nicht nur über die originelle Sicht auf die Welt, die jener Anatoli vertrat, sondern auch über die beachtlichen Mengen an Nahrung und Flüssigkeit, die dieser hagere Mann in kürzester Zeit zu sich nehmen konnte. Auch Alice plauderte angeregt mit dem charmanten Gesprächspartner, war aber, wie sich herausstellte, der Meinung, er wäre von Rosner geladen worden. Als sie darüber sprachen, stellten sie lachend fest, offensichtlich einen Wildfremden verköstigt zu haben.

Spät in jener Nacht, als die letzten Gäste gegangen und sie endlich wieder allein waren, begannen Alice und Rosner zu tanzen. Kerzen tauchten den Wintergarten in ein warmes Licht, das flackernd Verheißung versprach, und Rosner wusste, dass er noch nie so glücklich gewesen war.

2

Helene betritt das matt erleuchtete Säuglingszimmer.

»Eins, zwei, drei«, zählt sie und starrt gebannt auf die Reihen kleiner Plexiglasbetten.

Aber was, wenn sie es nicht erkennt? Wenn sie vergessen hat, wie es aussieht?

Eins, zwei, drei. Das Dritte von links.

Schon im Kreißsaal, schon in den Sekunden seiner Geburt, hatte sie diese Angst, ihr eigenes Kind nicht wiederzuerkennen.

Was halfen da das Lächeln der Ärzte, die beschwichtigenden Worte der Hebamme? Nichts, gar nichts.

»Eins, zwei, drei. Das Dritte von links.«

Habe ich laut gezählt?, fragt sie sich. Egal. Da ist er. Er liegt, wo er liegen soll.

Erleichtert beugt sie sich über das Bettchen.

Ihr süßes Baby, ihr kleiner Max.

Es ist ein weit verbreiteter Irrglaube, dass alle Babys Glatzen haben und aussehen wie fette, zufriedene Buddhas. Ihres hat kurzes, sehr festes Haar. Mit diesem gelben Stoppelfeld auf dem Köpfchen sieht es aus wie ein amerikanischer Soldat. Wie ein GI. Die kennt sie aus den Filmen, die Sven, der Vater des Kleinen, sich kiloweise reinzieht.

Die kornblumenblauen Augen hat Max eindeutig von Sven.

Auch wenn die Hebamme ihr umständlich erklärt hat, da bei der Geburt das Auge noch nicht vollständig entwickelt und der Farbstoff der Iris zum Sehen nicht notwendig sei, wären alle weißen Säuglinge blauäugig und die meisten schwarzen braunäugig, glaubt Helene nicht daran.

»Wie ist das dann bei Erwachsenen mit blauen Augen? Denen ist die Geburtsfarbe ja wohl erhalten geblieben«, hatte sie dem unbeirrt entgegengesetzt und ein Kopfschütteln als Antwort erhalten.

Das Baby schläft mit halb geöffnetem Mund und gibt leise gurgelnde Laute von sich. Die Augäpfel zucken unruhig hinter den geschlossenen Lidern. Träumt es? Können Babys schon träumen? Sie weiß so vieles nicht.

Sein Kopf ist rund, die Gesichtshaut durchscheinend hell, wie bei einer sehr fein gearbeiteten Porzellanfigur.

Oh ja. Ihr Baby ist perfekt.

Sie versteht nicht, warum, aber sie weiß, dass sie diesen kleinen Mann in dem hässlichen Plexiglasbett abgöttisch liebt.

Helene fasst mit einer ungeduldigen Handbewegung ihre langen braunen Haare zusammen und verknotet sie am Hinterkopf. Dann beugt sie sich vor, um den Duft einzufangen, diesen ganz besonderen Duft ihres Babys. Karamellisierte Äpfel mit einem Schuss Maggi? Sie lächelt. Jedenfalls einzigartig. So wie die unverkennbare Zartheit und Temperatur seiner Haut. Wie hatte sie jemals daran zweifeln können, ihren Max unter Tausenden Babys nicht wiederzuerkennen?

Dennoch ist ihr klar, dass sie bei ihrem nächsten Besuch im Kinderzimmer wieder in diesen Ängsten gefangen sein wird.

Sie wirft einen prüfenden Blick auf die Babys, die neben Max liegen. Ein blasses Neugeborenes mit bläulichen Schatten unter den Augen liegt links von ihrem Sohn. Auch ein Junge. Er sieht verletzlich aus. Die Kleine rechts neben Max hat rosa Wangen und schnaubt durch die Nase. Das pausbäckige Mädchen mit dunklem Schopf schläft unruhig, ihr kleiner Mund macht Saugbewegungen. Auch in den anderen Reihen ist keines der Babys wach.

Alle haben sie nach der Geburt Püppchen aus Stoff von der Krankenhausverwaltung geschenkt bekommen. Rosafarbene für die Mädchen, hellblaue für die Jungen. Damit die Kleinen beim Schlafen nicht gestört werden, baumeln diese Beschützer am Fußende der Bettchen. Helene streicht gedankenverloren über Max' Puppe. Auch sie hat ihrem Kind einen Talisman geschenkt. Ein hellbraunes Bambi mit weißen Flecken und weichen Ohren. Es gehörte einmal ihrem Bruder Tim und später dann ihr. Eine der Schwestern bat sie, es auch noch nach der Geburt in ihrem Zimmer aufzubewahren, das Säuglingszimmer solle nach Möglichkeit einheitlich aussehen. Helene stimmte bereitwillig zu, sie hätte sich nur schweren Herzens von ihrem Glücksbringer getrennt. So gehört das Bambi noch einige Zeit ihnen beiden. Zufrieden lächelt sie in sich hinein.

Max. Obwohl er so zart ist, wirkt ihr kleiner Liebling am kräftigsten. Vorsichtig streicht Helene mit der Kuppe ihres Zeigefingers über seine gerunzelte Stirn.

»Lassen Sie den Kleinen doch schlafen.«

Die Kinderschwester, eine dunkelhäutige Tamilin, deren Alter von Helene auf Anfang bis Mitte dreißig geschätzt wird, wacht über die kleine Brut wie eine Gefängnisaufseherin. Sie ist eindeutig aufseiten der Kinder, den Müttern gilt selten ihr Mitgefühl.

Sie kann mich nicht leiden, denkt Helene und drückt jetzt erst recht einen Kuss auf Max' Stoppelhaar. Trotzig dreht sie sich um.

»Ich wollte sichergehen, dass ihm nichts fehlt.« Sie sagt es sanft, fast entschuldigend, und wundert sich.

Wo ist die kratzbürstige Helene geblieben? Sind es meine Hormone, die verhindern, dass ich selbstgerechten Kinderschwestern den Marsch blase und mit meinem Jähzorn schlafende Babys aus ihren Träumen reiße? Werde ich gar erwachsen? Ist es ein Mutterinstinkt?

Mutterinstinkt.

Wie oft haben Sven und sie sich über dieses alberne Wort lustig gemacht.

»Klingt faschistoid«, hört sie ihn sagen und sieht ihn an einem seiner unzähligen Piercings drehen.

Inzwischen ist sie sich nicht mehr so sicher.

Hätte sie nur eine kleine Portion mehr von diesem sagenumwobenen Instinkt, wäre die Panik, ihr Baby nicht wiederzuerkennen, sicher nur eine harmlose Seifenblase, die, kaum verspürt, schon wieder zerplatzt.

Leise summend geht sie zurück. Ihre Haare haben sich wieder gelöst und hängen um ihr Gesicht. Die Stoffschuhe an ihren Füßen schlurfen über den Plastikboden.

Eigentlich ist sie in einem Zimmer der Kategorie »Rooming-in«. Normalerweise bedeutet das, sein Baby die meiste Zeit über bei sich haben zu dürfen. Da jedoch die Werte seines

Apgar-Tests ungünstig waren, muss Max im Kinderzimmer bleiben. Unter Aufsicht der Wärterin.

Apgar.

Wieder so ein dämliches Wort, mit dem sie sich neuerdings herumschlagen muss. Weil sie sich in der Schwangerschaft nicht mit Babykram beschäftigen wollte, hatte es hier ein Arzt übernommen, ihr das Punkteschema, mit dem sich der Zustand von Neugeborenen beurteilen lässt, zu erklären.

»Anlass zur Sorge besteht keiner. Herzfrequenz und Atmung lassen allerdings noch etwas zu wünschen übrig. Wir übergeben Ihren Sohn daher zur Sicherheit der Aufsicht erfahrener Säuglingsschwestern. Und auch Ihnen kann ein bisschen Ruhe nicht schaden.«

Damit spielte er allem Anschein nach auf ihr unbeständiges Leben an. Oder auf das von Sven, dem Musiker.

Egal. Jetzt hat sie anderes im Kopf, als über die Vorurteile des Arztes zu grübeln. Max füllt ihre Gedanken vollkommen aus. Vom Aufwachen bis zum Einschlafen, von oben nach unten, von links nach rechts.

Helene setzt sich auf das Bett und knetet ihre Brüste. Niemand hat sie vor diesen Schmerzen gewarnt. Zuerst die anstrengende Geburt, die sich über Stunden hinzog, jetzt die Milch, die wie Nadelstiche ihre Haut durchbohrt, aber nicht einschießen will.

Dabei möchte sie ihr Baby doch selbst ernähren, mit sättigender Muttermilch. Sie will es richtig machen, wenigstens dieses eine Mal.

Wenn sie nur nicht so müde wäre.

Träge öffnet sie die Nachttischlade und zieht das Bambi heraus. Es ist so vertraut. Am Hals ist das flauschige Material ganz glatt. Tims Finger haben es dort beim Einschlafen gedrückt. Ohne sein Kuscheltier war ihr kleiner Bruder nie zu Bett gegangen.

Helene atmet stoßartig aus. Sie schließt die Augen.

Eine schwarz gefleckte Kuh geistert durch den Raum. Der Linoleumboden verwandelt sich in eine sattgrüne Weide, die Zimmerdecke macht einem sommerblauen Himmel Platz. Bienen summen durch die Luft. Eine setzt sich auf den Ausschnitt ihres Nachthemds und sticht.

Helene schreckt aus ihrem Dämmerschlaf auf.

Ihre Brüste fühlen sich an wie kleine Ballons kurz vor dem Bersten. Sie öffnet ihr Nachthemd und betrachtet sie prüfend. Helle Haut zieht sich über blau hervortretende Adern. Einen Bienenstich sieht sie nicht. Sie muss geträumt haben. Wenn die Milch nicht bald zu fließen beginnt, wird sie nach heißen Kompressen verlangen. Oder nach homöopathischen Medikamenten.

Wieder schließt sie die Augen.

Eins, zwei, drei. Das Dritte von links.

Helene beugt sich über das Babybett und fährt erschrocken zurück. Dieses kleine schrumpelige Ding mit dem roten Gesicht ist nicht ihr Max. Das kann nicht sein. Angst drückt ihren Körper zusammen, lässt sie klein werden und schwach. Fieberhaft sucht sie in den anderen Betten nach ihrem Kind. Sie kann Max nicht finden. Er ist nicht da.

Das Dritte von links.

Ihre Finger nesteln nach dem weißen Band, das man dem Kind wie allen Säuglingen hier um das Handgelenk gebunden hat. Darauf stehen Name, Tag und Stunde ihrer Geburt.

Ruth. Ein Mädchen. Weiter liest sie nicht.

Entsetzt presst sie die Fäuste auf ihren Mund. Sie beißt auf ihre Fingerknöchel, dann beginnt sie zu schreien. Vor dem Kinderbett lässt sie sich fallen und brüllt, was das Zeug hält.

»Max! Ich kann mein Baby nicht finden! Im dritten Bett von links liegt ein fremdes Kind!«

Ihre Schreie hallen von den Wänden des Kinderzimmers wider und vermischen sich mit dem Weinen der erwachenden Säuglinge.

Eine Gestalt beugt sich über sie. Rüttelt an ihren Armen, drückt ihr ein feuchtes Tuch auf die Stirn. Helene schlägt um sich und wird gehalten.

»Ruhig«, befiehlt eine Männerstimme, »beruhigen Sie sich.«

Jemand hält ihre Hand. Helene öffnet die Augen. An der Wange spürt sie den weichen Stoff des Bambis. Sie starrt auf die inzwischen vertraute weiß gesprenkelte Zimmerdecke des Krankenzimmers. Also liegt sie in ihrem Spitalbett und nicht auf dem Boden des Säuglingszimmers. Sie ist müde, fühlt sich benommen, geistert irgendwo neben sich durch die Gänge der Säuglingsstation.

»Sie haben geträumt. Hier.« Janisha Narayan, die dunkelhäutige Kinderschwester, hält ihr den schlafenden Max entgegen. Der Pfleger, der Helene festgehalten hat, lächelt freundlich und tritt einen Schritt zurück.

Helene bedankt sich laut weinend und presst ihr Gesicht in die frische Baumwolle, die ihr Baby umhüllt.

»Ich hole ihn in einer halben Stunde ab«, murmelt die Schwester.

Kurz muss Helene an das Märchen von Rumpelstilzchen denken. Dann ist sie allein mit dem Kind.

Versonnen betrachtet sie Max. Sie kann sich nicht sattsehen an seinem rosa Mund. Verzückt bewegt sie jeden seiner winzigen Finger. Die Nägel schimmern wie frisch poliert.

Warum nur fürchtet sie sich so, warum quälen sie diese Alpträume? Warum ausgerechnet jetzt?

»Wir beide schaffen das schon«, flüstert sie.

Das Baby öffnet seine blauen Augen und sieht sie an.

Ungeschickt fummelt Helene an den Knöpfen ihres Nachthemds, und Max beginnt zu quäken. Er ist hungrig. Sie hat keine Ahnung, wie das hier funktionieren soll. Niemand hilft ihr, erklärt ihr, was sie zu tun hat. Alle gehen davon aus, dass die Natur ihre Lehrerin ist. Schweiß steht auf ihrer Oberlippe. Mit der Zungenspitze leckt sie das Salz weg. Wenn sie bloß ihre Mutter fragen könnte.

»Mama«, flüstert sie und schüttelt dabei verneinend den Kopf.

Feuchte, verschwitzte Strähnen kitzeln ihre Wangen. Unwillig streift Helene sie hinter die Ohren.

Dann zieht sie ihr Nachthemd in die Höhe und legt sich Max kurz entschlossen an die Brust. Zumindest er weiß, was zu tun ist. Zielsicher findet sein Mund den Weg zu ihrer Brustwarze. Er saugt sich fest, und Helene bekommt Angst. Vorsichtig schiebt sie ihren kleinen Finger zwischen Max' Lippen und ihre Brust. *Plopp*, sein Mund löst sich. Unzufrieden, ohne getrunken zu haben, verzieht er sein runzeliges Gesicht.

Helene hat die Kinderschwester nicht kommen gehört. Lächelnd nimmt die Tamilin ihr das Stoffbündel ab und legt es an ihre weiß gestärkte Schulter. Sacht klopft sie auf den Rücken des Säuglings.

Ist es ihr gleichgültig, ob das Baby ausreichend Nahrung bekommen hat?

Als hätte die Kinderschwester sie gehört, sagt sie leise: »Keine Bange, er bekommt schon genug, darauf passen wir auf.« Mit der rechten Hand zeigt sie auf ein Glas mit trüber Flüssigkeit. »Trinken Sie das, es ist ein Kräutertee, der die Milchbildung anregt.«

Wer hat das auf mein Nachtkästchen gestellt und wann?, fragt sich Helene.

»Schlafen Sie jetzt.« Die Tamilin hebt streng ihre Augenbrauen und deutet auf das Licht.

Sofort knipst Helene es aus.

Als die Dunkelheit sie umfängt, fühlt sie sich einsam. Sehnsucht macht ihr Herz schwer. Ihre Finger umfassen den glatten Hals des Bambis. Diese Berührung hat etwas Tröstendes. Lange kann sie nicht einschlafen, und als es ihr doch gelingt, geistern ihre aufgewühlten Gedanken durch eine düstere Traumwelt.

»Frau Kasper.«

Die Stimme durchdringt ihren Halbschlaf. Traumverloren schlägt Helene die Augen auf. Zuerst erkennt sie nichts. Verlegen blinzelt sie die Benommenheit weg und sieht dunkel gelockte Haare sich über einem kantigen Männergesicht auftürmen. Eine lange Nase nähert sich ihr.

»Frau Kasper? Verstehen Sie, was ich sage?«

Erschrocken fährt Helene hoch. Jetzt ist sie endgültig wach.

»Wer sind Sie, was wollen Sie von mir?«

In dem Moment, als sie die Frage stellt, bemerkt sie den weißen Arztkittel. Rechts oben, über einer Tasche, in der ein Kugelschreiber steckt, ist ein Name eingestickt: »Dr. Emanuel Friede«.

Vielleicht ist das ein weiterer Alptraum? Hastig nimmt sie einen Schluck aus dem Glas auf dem Nachttisch. Die Flüssigkeit schmeckt bitter.

»Darf ich mich Ihnen vorstellen, Frau Kasper? Mein Name

ist Friede, ich bin Facharzt für Psychiatrie und Neurologie und arbeite in dieser Klinik als Konsiliararzt. Das heißt«, fügt er hinzu, als sie ihn verständnislos anschaut, »ich werde geholt, wenn etwas nicht ganz im Lot zu sein scheint.«

»Wieso? Hier gibt es dafür keinen Grund. Ich brauche keinen wie Sie!« Ihre Kratzbürstigkeit ist zurückgekehrt. »Lassen Sie mich in Frieden.«

»Frieden?« Buschige Augenbrauen ziehen sich über grauen Augen in die Höhe. »Und schon haben wir einen kleinen gemeinsamen Nenner.«

Die Locken bewegen sich rhythmisch, als der Psychiater seine Stirn in Falten legt und auf den eingestickten Schriftzug an seinem Kittel deutet. Dann verzieht er sein Gesicht zu einem schiefen Grinsen. »›Friede, Freude, Eierkuchen.‹ Damit haben meine Mitschüler und Lehrer mich schon in der Volksschule schikaniert.«

Ohne es zu wollen, setzt Helene nach: »›Kaspar, Melchior und Balthasar‹, die Heiligen Drei Könige. Ich war auch nicht besser dran als Sie.«

Der Doktor schnappt wie ein Hund nach dem Wurstzipfel: »Gut. Offensichtlich teilen wir ein gemeinsames Schicksal.«

Helene spürt Groll in sich hochsteigen. »Na und? Sagen Sie mir endlich, was Sie wollen.«

Sie schüttelt ihr Kissen auf, lehnt es an die Eisenverstrebungen hinter sich und drückt den Rücken dagegen. Aufrecht und steif sitzt sie da und beobachtet den Arzt, der den Besucherstuhl eine Spur zu nahe an ihr Bett rückt.

»Sie werden von Alpträumen geplagt, wirken auf das Personal manchmal desorientiert. Ein klein wenig fahrig und unsicher. Sie sprechen davon, dass Sie Ihr Kind nicht wiedererkennen könnten. Befürchten, dass es plötzlich im falschen Bett liegen oder verschwunden sein könnte. Frau Narayan, unsere Stationsschwester, macht sich Sorgen um Sie.«

Sofort sieht Helene Rumpelstilzchen vor sich.

»Ich weiß Ihre Fürsorge zu schätzen, aber ich brauche sie nicht. Wir kommen allein zurecht, Max und ich.«

»Trotzdem möchte ich Ihnen gern ein Medikament geben«,

er zögert, »gegen Ihre Nervosität. Sie müssen sich nicht unnötig quälen. Das schadet Ihnen und auch Ihrem Kind.«

Ich werde ganz sicher nichts einnehmen, denkt Helene zornig. Dass die Inhaltsstoffe meinem Baby durch die Muttermilch schaden, weiß sogar ich.

»Lassen Sie mir das Zeug da. Wie viele soll ich schlucken?«

Dr. Friede sieht sie einen Augenblick nachdenklich an, dann nickt er. »Braves Mädchen«, sagt er und zieht eine schmale Schachtel aus der Seitentasche seines Kittels. »Sie nehmen jeden Morgen eine Pille. Nach kurzer Zeit schon werden Sie sich bedeutend wohler fühlen.«

Jetzt ist Helene verunsichert. Vielleicht hilft das Gift ja tatsächlich gegen ihre Benommenheit. »Danke«, murmelt sie und fasst kurz Vertrauen.

Doch sofort verspielt Friede seinen Vorschuss.

»Hören Sie in letzter Zeit Stimmen, die zu Ihnen sprechen, auch wenn niemand sonst im Raum ist? Oder sehen Sie Gestalten, die keiner außer Ihnen wahrnimmt?«

»Ja glauben Sie denn, ich bin durchgeknallt? Irre? Ein Psycho? So viele sinnlose Fragen, nur weil ich unschöne Träume hatte?«, faucht sie ihn an.

Dr. Friede steht auf. »Es geht nicht um Alpträume, die haben wir mitunter alle«, sagt er sanft. »Manchmal gaukelt das Hirn uns etwas vor, das in der Realität nicht existiert. Nach einem Schock oder einem Unfall kann das vorkommen, und hin und wieder auch nach einer Geburt.«

Die Bettdecke hat Helene wie einen Schutzpanzer bis zum Hals gezogen. Hilfe, denkt sie und krümmt die Zehen nach unten, bis es wehtut. Was bildet der Affe sich ein? Und die Tabletten hatte er auch schon dabei, ohne mich zuvor gesehen oder gesprochen zu haben.

»Vielleicht haben Sie ja recht«, sagt sie und steigert sich dabei in sinnlose Wut. »Jetzt sehe ich zum Beispiel Sie vor mir sitzen. Und da niemand sonst im Zimmer ist, der mir bestätigen kann, dass Sie wirklich hier sind, könnte es sich um eine Illusion handeln. Ganz echt wirken Sie nämlich nicht in Ihrer Arroganz.«

Friede tätschelt beruhigend die Bettdecke da, wo er Helenes

Schulter vermutet. »Nicht Illusionen, sondern optische und akustische Halluzinationen nennen wir das. Aber ich muss Ihnen dennoch zu Ihrem Scharfsinn gratulieren. Patienten, die mitdenken, fällt der Weg zur Genesung um vieles leichter.«

»Bitte gehen Sie jetzt.« Helene wird es zu viel. »Ich möchte mich ausruhen, um für mein Kind da zu sein.«

Sie ist so müde. Nur noch verschwommen sieht sie, wie Dr. Friedes Fingerspitzen sich von der Bettdecke entfernen.

Sie denkt an Spinnenfäden.

3

Emanuel Friede schaut durch die Milchglasscheibe des Säuglingszimmers. Undeutlich erkennt er zwei Schwestern, die sich an den kleinen Betten zu schaffen machen. Eine schemenhafte Gestalt steht vor dem Brutkasten. Kurz überlegt er einzutreten, beschließt dann aber, zuerst die Gesprächsprotokolle der Krankenbesuche auf Band zu diktieren.

Stirnrunzelnd steht er kurz darauf in der Dienstkanzel. Die diensthabende Schwester hat sich in den dahinterliegenden Tablettenraum verzogen. Auch wenn er lieber allein seine Gespräche dokumentiert, stört ihn ihr unterwürfiges Verhalten. Nicht alle hier sind so, die meisten begegnen ihm auf Augenhöhe. Das ist ihm entschieden lieber.

Überhaupt, Augenhöhe. Gern würde er seinen Patienten in normaler Kleidung, ohne den weißen Kittel, gegenübersitzen, aber so sind hier nun einmal die Vorschriften. Ein wenig antiquiert. Darin haben sie sich dem verstaubten Klinikdirektor angepasst.

In seiner Privatpraxis fühlt sich Friede entschieden wohler. Bunte Farben dominieren dort den Raum, und unzählige Bücher in hohen Regalen vermitteln eine warme, gemütliche Atmosphäre. Den bequemen weinroten Lehnsessel hat ihm sein Großvater vererbt, der die Ordination vor ihm führte.

In den Sprechstunden sitzt Friede dort in Jeans und T-Shirt und versucht so, den Patienten, die ohnehin mit einem mulmigen Gefühl zu ihm kommen, so viel Normalität wie möglich zu vermitteln.

Wer geht schon gern zum Seelenklempner? Wer gesteht es sich ein, nicht richtig zu ticken?

Der erste Schritt, das ist Dr. Friede klar, ist der schwerste.

Nicht unzufrieden mit sich und seinen Erkenntnissen fährt er sich mit einer Hand durch die dichten Locken.

Dann verhärten sich seine Gesichtszüge.

In letzter Zeit läuft seine Privatpraxis alles andere als gut. Finanzielle Sorgen belasten ihn. Ja, er befürchtet sogar, die Ordination in der teuren Innenstadt nicht mehr lange erhalten zu können.

Mühsam zwingt er sich dazu, sich wieder auf die Arbeit im Sanatorium zu konzentrieren.

Zu drei jungen Frauen auf der Geburtenstation wurde er heute gerufen: einer Mutter, die eine Totgeburt zu verkraften hat, einem Mädchen, selbst erst siebzehn Jahre alt, das nervös auf ihr erstes Kind wartet, und zu Frau Kasper in Zimmer sieben.

Von den dreien bereitet ihm diese Patientin am meisten Kopfzerbrechen. Er denkt an ihren unsicheren, hilfesuchenden Blick. Das strähnige braune Haar war ihr immer wieder ins Gesicht gefallen, und – Himmel, ja – sie machte auf ihn den Eindruck, als hätte sie das letzte Mal vor der Geburt geduscht. Zudem war ihr Nachthemd fleckig und am Ausschnitt eingerissen. Schlau ist er aus ihr nicht geworden. Einerseits wirkte sie ängstlich, verwirrt, neben sich stehend, andererseits wiederum klar, durchaus intelligent und aufbrausend.

Das Gespräch war eindeutig nicht gut verlaufen. Gleich am Anfang muss er sie verärgert haben. Aber schlagfertig ist sie, das muss er ihr lassen. Während der Unterhaltung hatte ihre Stimmung einige Male umgeschlagen. Nicht untypisch für den Babyblues. Wenn die Stimmungsschwankungen allerdings länger als ein paar Tage anhielten, konnten sie erste Hinweise auf eine postnatale Depression sein, vielleicht sogar auf die gefürchtete Kindbettpsychose.

Friede macht sich eine Notiz.

Er geht kritisch mit seinen Diagnosen um. Dem generalisierten Abrechnungskodex mit den Krankenkassen hat er noch nie viel abgewinnen können.

Nachdenklich streicht er sich über das Kinn. Etwas eigenartig sind diese Ängste schon. Jede Mutter hat bisher ihr Kind wiedererkannt, und die Befürchtung, ein Neugeborenes könnte einfach verschwinden, ist absurd. Ihm ist nicht bekannt, dass es hier in diesem Krankenhaus jemals so einen Fall gegeben hätte.

Möglicherweise leidet die Patientin unabhängig vom Babyblues an einer Zwangsstörung. Das Abzählen der Kinderbetten in den Reihen könnte darauf hinweisen.

Unschlüssig steht er auf und geht über den Gang. Vielleicht sollte er noch einmal nach ihr schauen, genauer nachfragen?

Er erinnert sich an ihr blasses, abweisendes Gesicht und entscheidet sich dagegen.

In Gedanken versunken kehrt er zum Säuglingszimmer zurück. Eben will er an die Milchglasscheibe klopfen, da wird die Tür von innen geöffnet.

»Hallo, Herr Doktor«, begrüßt ihn Schwester Janisha. »Was führt Sie zu uns?«

»Ich habe mit der Patientin aus Zimmer sieben gesprochen und wollte mir diesen Wunderknaben, das Baby, das so viele Ängste auslöst, mal ansehen.«

Emanuel Friede beugt sich über das Bettchen mit der Plexiglasumrandung und betrachtet den schlafenden Säugling. Ein wenig blass sieht der kleine Max aus. »Ist mit ihm alles in Ordnung?«

»Es geht ihm gut, aber er hatte eine schwere Geburt und muss sich erholen.« Schwester Janisha lächelt und zieht ihn am Stoff seines Arztkittels vom Bett weg. »Wenn Sie schon mal den Weg hierher gefunden haben, möchte ich Ihnen die neugeborenen Zwillinge zeigen. Zwei putzige Mädchen, die wirklich komplett gleich aussehen. Wir sind ganz vernarrt in die beiden.«

Friede wirft noch einen letzten Blick auf den schlafenden Max und wendet sich dann den beiden Zwillingsmädchen im Brutkasten zu. »Die sind wirklich niedlich«, lügt er ungeniert. Babys und Kleinkinder interessieren ihn nur in beruflicher Hinsicht.

Aus einem der Betten ertönt ein Krähen.

»Die Arbeit ruft«, sagt die Säuglingsschwester mit einem Schmunzeln, das ihr Gesicht weich macht.

Emanuel Friede gesteht sich eine gewisse Schwäche ein für die Schwester in der strengen Tracht mit den funkelnden Augen und dem blauschwarzen Haar, das sie in einem straffen Knoten am Hinterkopf trägt. Wie sie wohl ohne ihre Arbeitskluft aussieht?, fragt er sich nicht zum ersten Mal.

Er beschließt, sich nach ihrem Dienstplan zu erkundigen und öfter mal im Säuglingszimmer vorbeizuschauen.

Trotz der Babys.

4

Melitta klappt ihr Notebook zu. Durch das halb geöffnete Fenster des Seminarraumes weht Fliederduft. Der Stuhl scharrt über den Boden, als sie aufsteht und das Fenster mit einer heftigen Bewegung schließt.

Sie mochte den Mai mit seiner ahnungsvollen Verheißung noch nie. Alles blüht und sprießt und ist dennoch durch gravierende Wetterumschwünge, durch Kälteeinbrüche oder unerwartete Hagelschauer vom jähen Tod bedroht. Speziell hier in der Grafschaft Devon kann dieser Wechsel von einem Moment auf den anderen geschehen. Eben noch als lila-pink-rote Farbexplosion auf den Sträuchern, schwimmen Azaleen- und Rhododendronblüten oft schon Minuten später nach heftigen Regengüssen die Rinnsale entlang.

Melitta spürt die vertraute Melancholie, die sich nie weit von ihr entfernt, in sich aufsteigen. Um sich abzulenken, rezitiert sie lautlos die ersten Zeilen aus John Keats' Gedicht »Die letzten Blätter, die an Büschen hängen«. Sie lächelt in sich hinein.

Aufmerksam lässt sie ihren Blick über die gebeugten Köpfe ihrer Studenten gleiten. Sie nimmt nicht an, dass jemand schummelt, aber Kontrolle ist besser als Naivität.

In diesem Semester läuft alles wie geschmiert, und das liegt daran, dass sie sich als Gastdozentin an der Universität von Exeter befindet und sich ausschließlich mit ihrer Lieblingsschriftstellerin Daphne du Maurier beschäftigen darf. Zufrieden lehnt sie sich zurück und massiert ihre Nackenmuskulatur.

An ihrer Heimatuniversität in Klagenfurt, wo sie am Institut für Anglistik und Amerikanistik lehrt, hatte sie letztes Jahr ein Seminar von einem erkrankten Kollegen über Christopher Marlowe, einen Dichter des 16. Jahrhunderts, übernehmen müssen. Beileibe nicht ihr Spezialgebiet. Und durchaus nicht nebenbei, sondern eher als kurzfristige Hauptbeschäftigung war sie gleichzeitig in den anstrengenden Machtkampf um die Position des Dekans involviert gewesen. Ironie am Rande, denn sie hatte längst keinen Ehrgeiz mehr, Institutsvorstand zu werden. Früher, ja früher hätte sie diese Rolle gereizt, mit Freude wäre sie Teilnehmerin des Wettkampfs gewesen. Aber das liegt lange zurück. Als die Anfrage aus Exeter sie erreichte, war sie regelrecht froh gewesen, nach England flüchten zu können.

Trotz der neuen herausfordernden und spannenden Aufgabe ist sie in letzter Zeit jedoch erschöpft, schläft miserabel und wacht viel zu früh auf. Die Arbeit, die sie sonst mühelos von ihren Gedanken ablenken konnte, strengt sie an. Es fällt ihr zunehmend schwer, sich zu konzentrieren.

Ein Klopfen reißt sie aus ihren Gedanken. Die Tür öffnet sich einen Spalt, und Professor Ashton zwängt sich in den Raum.

Glücklich über die Unterbrechung stecken die Studenten die Köpfe zusammen und beginnen zu tuscheln.

Ärger steigt in Melitta hoch. »Ruhe«, knurrt sie und macht eine unmissverständliche Geste.

Die Haarschöpfe ihrer Studenten senken sich wieder über die Prüfungsbögen. Es ist, als gäbe es ein kollektives enttäuschtes Ausatmen.

»William«, flüstert sie in Richtung des grauhaarigen Mannes, der an sie herangetreten ist. »Kann das, was immer es ist, nicht bis später warten? Du platzt mitten in eine schriftliche Prüfung.«

»Mel«, entgegnet er ungerührt, »ist es dafür nicht noch ein bisschen früh im Semester?«

Sie bemerkt, dass einige Köpfe wieder in die Höhe schießen, und sieht in grinsende Gesichter.

»Gut gemacht, William«, zischt sie und drängt ihren ungebetenen Gast entschlossen zur Tür.

»Mel, somit erspare ich mir jetzt die Frage, ob du mich heute Abend zum Essen begleitest. Wir sprechen uns später.«

Hinter sich hört Melitta unterdrücktes Kichern.

Den Nachmittag verbringt sie zu Hause. Nur kurz wollte sie sich aufs Sofa setzen und für einen Augenblick die Augen schließen. Erschrocken fährt sie aus einem verstörenden Traum hoch. Wieder ging es um ihre beiden Kinder, wieder hatte sie versucht, den Lauf der Ereignisse zu verändern. Und wieder war sie kläglich gescheitert.

Sie muss einige Zeit geschlafen haben, denn es ist inzwischen Abend geworden. Benommen steigt sie in ihre albernen Holzpantoffeln, die sie von der letzten Anglistik-Tagung aus Amsterdam mitgebracht hat.

Ein träges Licht liegt über dem Feld vor ihrem Fenster. Die Sonne ist fast hinter dem Hügel verschwunden.

Nach einem Blick auf die blinkende Uhr im Anzeigefeld ihres DVD-Players atmet sie auf. Es bleibt noch etwas Zeit, sich frisch zu machen.

Energisch öffnet sie das Fenster, so als wolle sie sich selbst überzeugen, munter und voller Kraft zu sein. In Wirklichkeit fühlt sie sich erschöpft, und ihre Lust auf den Abend mit William, der bei ihrem Gespräch im Anschluss an das Seminar beharrlich durchgesetzt hatte, sie heute zum Essen auszuführen, hält sich in engen Grenzen. Ein wenig farblos ist ihr Engländer schon.

Die Abendluft strömt kühl in den Raum und bringt den würzigen Duft des nahen Waldes mit sich. In Exeter können sich Maitage anfühlen, als wäre der Winter nahe.

Sie lächelt.

Ein tiefroter Strahl der untergehenden Sonne lässt sie an ein Gedicht denken, das sie vor Jahren im Tagebuch ihrer damals halbwüchsigen Tochter gefunden hatte.

Melitta schaudert. Es war so viel passiert, dass sie sich sogar über das eigentlich selbstverständliche Verbot, in den geheimen Aufzeichnungen anderer zu stöbern, besonders wenn es die eigenen Kinder waren, hatte hinwegsetzen müssen. Freilich, geändert hatte, was sie dort fand, nichts an dem, was geschehen war und noch passieren sollte.

Nichts davon war je zu verhindern gewesen.

Stumm rezitiert sie die Strophe.

Untergehende Sonne,
einmal noch leuchtet sie auf.
Ein Strahl, ein letzter,
wird verdrängt
durch dunkle Wolken der Nacht.

Die aufsteigenden Tränen unterdrückend, geht Melitta ins Badezimmer. Wie klug und empfindsam ihre Tochter in Worte gefasst hat, was sich damals anbahnte.

Sie stellt sich auf die Zehenspitzen und schaut aus dem schmalen Fenster über der Dusche. Wenn sie sich streckt, kann sie zwei Spitzen des viereckigen Turmes der St.-Peter-Kathedrale sehen. Ohne dem Glauben an Gott viel abgewinnen zu können, überrascht es Melitta jedes Mal aufs Neue, welch beruhigende Wirkung die mächtige gotische Kirche auf sie ausübt. Oft besucht sie den Innenraum und bestaunt die astronomische Uhr aus dem 15. Jahrhundert, deren Ziffernblatt mit den hübschen Fleur-de-Lys bemalt ist.

Ihr kastanienbraunes Haar, das an den Ansätzen grau zu werden beginnt, bindet sie so fest zurück, dass ihre Kopfhaut spannt. Die Backenknochen zeichnen sich spitz in ihrem Gesicht ab. Früher hat man ihre leicht aufgeworfene Nase liebevoll als Stupsnäschen bezeichnet, jetzt erinnert sie Melitta an eine zerquetschte Tomate. Verwundert darüber, wie blau ihre Augen nach all dem Kummer immer noch strahlen, tuscht sie behutsam ihre Wimpern, legt ein leichtes Make-up auf und pinselt beigefarbenes Gloss auf ihre Lippen.

Ihren Mund betrachtend, denkt sie vage an äußerliche Gemeinsamkeiten. Beide, sie und ihre Tochter, sind mit vollen, gewölbten Lippen gesegnet, im Unterschied zu ihrem Sohn, dessen Mund an einen Bindestrich zwischen Abertausenden Sommersprossen erinnerte.

Melitta reibt kräftig die Haut über ihren Backenknochen, um ein wenig Farbe in ihr fahles Gesicht zu bringen. Für ihre achtundvierzig Jahre sieht sie nicht schlecht aus. Die Figur ist durchtrainiert und ihre Haut fast faltenfrei, da sie sich nie übermäßig der Sonne ausgesetzt hat. Früher galt sie als schön.

Gemächlich schlendert sie aus der Wohnung.

Der rostige Rasenmäher an der Mauer, die rote Plastikschaufel am Wegrand, unter der Wäscheleine die leuchtend gelben Kluppen, als wären sie Sommerblumen, und das verbeulte blaue Kinderdreirad, das wohl schon seit Jahren auf seinen Besitzer wartet, sie alle sind vertraute, gern gesehene Gegenstände, die ihr hin und wieder eine ganz eigene Art von Zufriedenheit schenken können. Und da ist auch das erwartete Knarren, als sie die Gartentür öffnet. Wie wenig Zeit es doch braucht, bis sie sich in einer neuen, unbekannten Umgebung heimisch fühlt.

Sie hat keine Eile, William zu treffen. Von ihrer Wohnung braucht sie zu Fuß kaum zehn Minuten in die Innenstadt von Exeter. Der direkte Weg führt an einem idyllischen Teich vorbei, der fast gänzlich von Trauerweiden verdeckt wird, sie aber wählt heute den längeren, über den Hügel.

Exeter hat ihr Herz im Sturm erobert, anders als William Ashton, der, seit er sie im Sommer des Vorjahres zum ersten Mal sah, um ihre Gunst buhlt.

Eigentlich sollte sie nur ein Semester bleiben, doch dann wurden daraus zwei. Ein schwedischer Kollege, der sie hier ablösen sollte, sprang kurz vor Sommersemesterbeginn aufgrund eines Todesfalls in der Familie ab. Melitta hatte da bereits schweren Herzens ihre Koffer für den Rückflug nach Klagenfurt gepackt und konnte ihr Glück, das auf dem Unglück eines anderen beruhte, kaum fassen.

Der Weg über den Hügel ist steil und erfordert einiges an Geschicklichkeit. Das ist einer der Gründe, warum sie diesen Pfad vorzieht. Sie braucht die Anstrengung, die Herausforderung, das Kräftemessen mit der Natur nach langen Tagen des Sitzens vor den Studenten.

Sie schreitet schnell aus und ist froh, keinem Menschen zu begegnen. Es riecht nach den Kräutern, die hier wuchern. Manchmal nimmt sie sich ein wenig wilden Anis oder die weniger wilde Kamille, um sich daheim einen Tee zu brauen.

Die kleine Stadt empfängt sie mit einem Lied. Eine johlende Schülergruppe strömt aus dem College. Unwillkürlich lächelt Melitta.

Scheinwerfer bestrahlen die Kathedrale; es ist ein malerischer, ein beeindruckender Anblick. Zumindest so lange, bis sie William unter einer der Laternen ungeduldig auf und ab gehen sieht. Als er sie bemerkt, winkt er begeistert und eilt auf sie zu.

Melitta übersieht seine weit geöffneten Arme, macht lächelnd einen Schlenker um ihn herum und zeigt auf die Kirche.

»Ist schon abgesperrt?«

»Ja, gerade eben. Ich durfte noch kurz hinein. Aber ich konnte einen Tisch für uns bei Michael Caines reservieren. Zufrieden?«

Sie nickt. »Und ob.«

Auch wenn sie nicht viel zu sich nimmt, bei köstlichem Essen kann Melitta nicht Nein sagen. Als sie den Namen in Verbindung mit dem Restaurant »Lympstone Manor« zum ersten Mal hörte, dachte sie ein wenig naiv, der britische Schauspieler würde dort kochen. Doch auch wenn es nur sein Namensvetter war, Melitta kann nicht genug bekommen von dessen herrlichen Speisen.

Die Holztische mit dem weißen Gedeck und den grauen Stühlen vermitteln eine elegante, jedoch nicht allzu förmliche Atmosphäre. Das Licht ist gedämpft, der Schein der Kerzen auf den Tischen spiegelt sich in den Kristallgläsern.

Alles wäre schöner und besser, wenn Bernhard neben ihr säße. Aber der ist nicht da und wird es nie wieder sein.

Nie wieder.

Melittas Magen zieht sich schmerzhaft zusammen. Sie beißt so fest auf ihre Unterlippe, dass sie den metallischen Geschmack von Blut wahrnimmt. Vergeblich versucht sie, die quälende Erinnerung an ihren jung verstorbenen Ehemann und den damit verbundenen körperlichen Schmerz zu verdrängen. Williams besorgte Stimme holt sie in die Gegenwart zurück.

»Setz dich doch, gefällt dir unser Tisch?« Er sieht sie um Zustimmung heischend an.

»Entschuldige bitte. Er ist perfekt. Ich war für einen Moment in Gedanken«, sagt sie leichthin und nimmt Platz.

Williams braune Augen funkeln erwartungsvoll. Aber was auch immer er sich erhofft, sie wird ihn ein weiteres Mal enttäuschen.

Als Vorspeise teilen sie sich eine Ziegenkäsemousse mit Jasmin-Rosinen und marinierte Trüffel mit Pilzen. Sie essen schweigend, fast andächtig. Erst bei der Hauptspeise – William nimmt Steak und Melitta Blumenkohl-Risotto auf Korianderblättern – kommt ein Gespräch auf. Der trockene Weißwein entspannt sie und lässt sie das Essen doppelt genießen. Die Briten, denkt sie belustigt, schenken die Gläser immer randvoll ein.

»Mel, deine Augen haben die Farbe des Flusses, glasklar und tiefblau.« William lächelt sie an.

Melitta tupft mit der Serviette den Wein von ihren Lippen. »Ist das Wasser der Exe nicht eher schlammgrün und zäh wie Kartoffelbrei?«

William lacht auf. »Auch das kommt vor. Doch an Sommertagen spiegelt sich der Himmel darin.«

Kein Wunder, dass er solche Sätze von sich gibt, denkt Melitta. William ist Experte in englischer Poesie. Bevor das Gespräch weiter diese ihr unangenehme Richtung nimmt, steht sie auf.

»Entschuldige mich bitte kurz.«

Vor der Tür des Restaurants atmet sie in tiefen Zügen die Nachtluft ein.

Jetzt hat es etwas Gespenstisches, wie das flackernde Licht des Scheinwerfers die Kathedrale beleuchtet. Über dem Turm jagen düstere Nachtwolken durch das Schwarz des Himmels, und ein kühler Wind weht von Norden her. Melitta schlingt die Wolljacke enger um ihre Schultern, hastig zieht sie an einer Zigarette.

Das Lokal empfängt sie mit einer Wärme, die ihr zuvor nicht aufgefallen war. Lächelnd setzt sie sich William, der sich kurz erhebt, gegenüber. Wieder versucht er, ihr Komplimente zu machen, und abermals weist sie ihn ein wenig schroff zurück.

Nach dem Dessert – Nougatmousse auf karamellisierter Birne – bietet er an, sie nach Hause zu begleiten. Melitta beschleicht ein Gefühl der Unruhe.

»Nun«, sagt sie unentschlossen, »die Schokolade liegt etwas schwer in meinem Magen, so gut sie auch geschmeckt hat. Ich würde gern …«

»… noch einen Drink an der Promenade genießen?«, beendet William lächelnd den Satz für sie.

»Ja, der täte uns beiden gut.«

Der Kai unten am Fluss gehört für sie zu den schönsten Plätzen Exeters. Sie spazieren bergab, den Western Way an der römischen Mauer entlang. Als Melitta erschauert, legt William ihr seine Barbourjacke über die Schultern. Der Wind hat sich in eine steife Brise verwandelt und pfeift scharf um ihre Ohren.

Das Wasser der Exe ist an diesem Abend weder sommerblau noch braun wie dickflüssiger Brei. Es ist schwärzer als der Himmel, der Fluss selbst scheint unergründlich tief.

Trotz der Wachsjacke beginnt Melitta zu zittern, und als William den Arm um sie legt und sie an sich zieht, lässt sie es geschehen.

»Es ist nicht mehr weit. Da vorne sind schon die Lichter vom Pub. Oder möchtest du doch lieber auf einen heißen Tee zu mir? Ich wohne gleich ums Eck und kann dich dann mit dem Auto zurückfahren. Was meinst du?«

Ehe Melitta antworten kann, entlädt sich der Himmel.

Grelle Blitze brennen gezackte Linien durch die Wolken, Donner grollt, und heftiger Regen strömt auf sie herab.

Arm in Arm hasten sie durch die rasch entstehenden Pfützen.

5

Rosner flucht.

Die Akte vor ihm hat inzwischen einige Seiten mehr, aber weitergekommen ist er kein bisschen. Ganz im Gegenteil.

Der »fröhliche Weinberg« scheint von Mal zu Mal dreister zu werden.

Erst gestern schlug er wieder zu. Am Schlossweg, in einer Nobelsiedlung am Fuße des Kreuzbergls gelegen, hat er eine ältere Dame in ihrer Wohnung überfallen und in bekannter Weise an einen der Wohnzimmerstühle gefesselt. Wieder taxierte der Einbrecher seelenruhig alle Gegenstände nach ihrem Wert und verstaute die für ihn geeigneten Stücke in einer bereitgestellten Tasche. Wieder tat er sich am reichlich vorhandenen Wein der Wohnungsbesitzerin gütlich und trank einige Gläser, ohne dabei zu vergessen, seinem Opfer hin und wieder dreist zuzuprosten. Und wieder verabschiedete er sich im Morgengrauen mit einem fröhlichen: »Habe die Ehre, pfiat Gott.«

Die Dame, die wenig später von ihrer Haushälterin gefunden wurde, hatte sofort Anzeige erstattet, und Rosner versuchte umgehend, das Gebiet weiträumig abzusperren. Aber es war schon zu spät gewesen, der »fröhliche Weinberg« war verschwunden.

»Admira, wir fahren, ich muss selbst mit ihr sprechen«, informiert er seine Kollegin per Telefon und schlüpft in sein graues Sakko.

Wie immer versucht er, am Steuer so wenig wie möglich zu reden. Spahic, die neben ihm sitzt und die Marotten ihres Vorgesetzten viel besser kennt, als Rosner es sich je eingestehen würde, schweigt ebenfalls.

An der Wohnungstür, die im ersten Stock eines kleineren Wohnblocks liegt, müssen sie mehrmals klingeln. Der Name Christine Moser steht auf einem Türschild in Herzform.

Endlich öffnet ihnen eine ältere Dame, die ihr dünnes rötliches Haar unter einem breiten Hut zu verbergen versucht, und winkt sie herein.

Die Wohnung wirkt überladen. Alte, schwere Möbel versuchen sich gegen moderne Bilder zu behaupten, die dicht gedrängt an den Wänden hängen. Spahic scheint davon angetan zu sein, aber Rosner kann sich nicht einmal für die Rahmen erwärmen. Da interessiert er sich schon mehr für die Bücher, die in kniehohen Holzregalen stehen, welche beinahe den ganzen Raum umfassen.

Als sie am Wohnzimmertisch sitzen, verlangt Frau Moser ihre Ausweise zu sehen, und Spahic kann sich die Bemerkung, dass es dafür ein wenig spät sei, nicht verkneifen. Unbeeindruckt untersucht Christine Moser erst jenen von Spahic, dann den von Rosner. Aus einer Tischlade holt sie eine Lupe, um das Foto von Rosner, auf das er nicht stolz ist, in all seinen grobkörnigen Einzelheiten studieren zu können.

»Lesen Sie viel?«, fragt er ein wenig dümmlich, um das Gespräch in Gang zu bringen, und erntet einen mitleidigen Blick.

»Ich habe Ihren Kollegen schon alles gesagt.« Frau Moser steht auf und geht in die angrenzende Küche. »Wollen Sie auch einen Schluck?«, hören sie sie fragen.

Kurz darauf kommt sie mit einem Tablett zurück, auf dem eine Flasche Wein und drei Gläser stehen.

»Es ist noch ein wenig zu früh für mich«, nuschelt Rosner nervös.

Spahic schüttelt nur stumm den Kopf.

Frau Moser schenkt ein, als hätte sie nichts gehört.

»Ich hatte eine lange Nacht, außerdem hat der große Kerl mir mit seinem Zuprosten Durst gemacht.«

»War er wirklich so groß?«, hakt Rosner nach.

»Groß? Ein Koloss, ein Muskelpaket von mindestens hundert Kilo und sicher über eins fünfundachtzig.« Frau Moser trinkt mit großen Schlucken. »Und brutal war er, bei all der aufgesetzten Fröhlichkeit. Der hätte mir lachend die Nase zertrümmert, wäre ich nicht ganz still geblieben.«

Sie nimmt Rosners Glas, hält es kurz gegen das Licht, als wolle sie die Flüssigkeit überprüfen, und trinkt.

»Als ich das Monstrum hier stehen sah, mitten in der Nacht, wäre ich beinahe umgefallen vor Schreck.« Wieder trinkt sie.

»Übrigens, meine Zugehfrau weigert sich, den Dreck, den Ihr Erkennungsdienst hinterlassen hat, wegzusaugen. Ich werde eine Firma beauftragen und Ihnen eine Rechnung schicken.«

Ihre Aussprache wird undeutlich, sie verwischt an den Enden der Sätze. Wie nebenbei nimmt sie nun das Glas, das vor Spahic steht, ins Visier. »Es sind die Tabletten, sie machen mich müde. Ich möchte, dass Sie jetzt gehen.«

Im Dienstwagen bricht Rosner unvermutet sein Schweigen.

»Ich fahre über Mittag nach Hause und komme dann zu Fuß ins Büro. Übernimm du das Auto.«

Spahic nickt ergeben.

Die Sonne versteckt sich hinter einer Wolke, als Rosner die Straße überquert.

Er sperrt die Wohnungstür auf, und Alice steht vor ihm. Sie ist bleich, kreidebleich im Gesicht, und zu ihren Füßen steht ein gepackter Koffer. In der Hand hält sie das Handy, gerade wollte sie ihn wohl anrufen.

»Rosner, ich bin erst in der sechsundzwanzigsten Woche. Ich habe Schmerzen und Zwischenblutungen. Frau Dr. Weber sagt, dass ich ins Krankenhaus muss. Sie hat Angst, dass ich das Baby verliere.«

6

Sven steht mit dem Rücken zum Fenster. Sein Gesicht liegt im Schatten. Nachdenklich dreht er an seinem Nasenpiercing.

»Ich habe gehört, dass du Besuch vom Irrenarzt hattest. Vielleicht keine schlechte Idee. Wenn du so weitermachst, füllen sie dich mit Pillen ab, mit kleinen rosa Weichmachern, die dich schweben lassen. Wolke sieben, du weißt schon.«

Helene räuspert sich und nimmt einen Schluck Wasser. Als sie das Glas zurück auf den Nachttisch stellt, steht Sven neben dem Bett.

Sein Lächeln kommt von weit oben. »Na, Leni, was hältst du davon, sie ein wenig zu sammeln, die kleinen Dinger?«, fragt er.

Obwohl Helene weiß, wie Sven tickt, fühlt sie sich verraten. Ihm geht es nur um die Pillen. Für ihn ist ihr Leid eine willkommene Möglichkeit, an Drogen zu gelangen. Deshalb findet er es gut, dass der Arzt bei ihr war. An ihre Ängste um den kleinen Max denkt er keine Sekunde lang. Wie ein giftiger Nebel senkt sich diese Erkenntnis über sie. Es fällt ihr schwer, ruhig zu bleiben.

»Dr. Friede ist kein Irrenarzt, sondern ein Psychiater, und das Thema Tabletten hatten wir abgehakt«, stellt sie gereizt klar.

Ihre Stimme klingt schwach, droht wegzukippen.

Als sie von ihrer Schwangerschaft erfuhr, galt ihr erster Gedanke Sven. Ihm und seinem Substanzenmissbrauch.

Nein, abhängig ist er nicht, betont er immer wieder. Er muss nur regelmäßig sein Zeug nehmen.

Ob das Gift in seinem Sperma Spuren hinterlassen und durch die Plazenta auf das Baby übergegriffen haben könnte, hat sie sich inzwischen Tausende Male gefragt. Vielleicht sind die Apgar-Werte bei Max deshalb nicht gut gewesen? Sie wird sich erkundigen, ganz konkret wird sie das Problem ansprechen, bei der nächsten Visite. Auch wenn sie Sven damit in eine unangenehme Situation bringt.

Ihr Leben steht an einem Wendepunkt, das ist ihr klar. Eigentlich ist sie schon darüber hinaus.

Max ist jetzt ihr Mittelpunkt.

Erschöpft lässt sie ihren Kopf auf das Kissen sinken. Das kleine Stoffbambi liegt neben ihr und scheint beschützend näher zu rücken.

Sven tritt unterdessen einen Schritt zurück und grinst. »Wie kannst du nur so negativ von mir denken? Sind die Hormone dafür verantwortlich, dass du alles in die falsche Kehle bekommst? Ich wollte dich bloß warnen, weil die Götter in Weiß dich für ziemlich durch den Wind halten.« Er tippt sich auf die Stirn und verzieht seinen Mund zu einem verwackelten O.

»Ich habe Angst, unseren Kleinen mit einem anderen Baby zu verwechseln, kann nur noch daran denken. Vielleicht stimmt mit mir wirklich etwas nicht.«

Sven wirft ihr einen genervten Blick aus seinen rot geäderten Augen zu. »Beruhige dich und lass dir die Pillen geben. Hier passen sie schon gut auf die Brut auf und sorgen dafür, dass keiner der Schreihälse verwechselt wird. Auch wenn die alle gleich aussehen. Ist schon eine Kunst, sie nicht zu vertauschen.« Er lacht viel zu laut und lässt sich auf die Bettkante fallen. »Hast du ein paar Scheine für mich?«

»Nein. Du hast mir versprochen, mit dem Kiffen aufzuhören«, erwidert sie matt.

»Habe ich doch schon längst, Leni.« Versöhnlich streichelt er ihre Hand. Er knetet Daumen und Zeigefinger und bläst ihr die Haare aus dem Gesicht. »Wird schon wieder.« Seine Stimme klingt jetzt fürsorglich. »Keine Angst. Mein Mädchen erkennt unseren Kleinen im Blindflug.«

Seine Worte haben etwas Tröstliches, sein »Alles wird gut« ist wohltuend und macht sie schläfrig. Mit einem Mal fühlt sie sich geborgen wie schon lange nicht mehr. Sie tastet nach dem Bambi. Entspannt schließt sie die Augen und gleitet fast sofort in einen Dämmerschlaf.

Hellblau gekleidete Babys sitzen auf einer Decke mitten im bunten Blumenmeer. Sie erkennt die molligen Säuglinge aus der Werbung. Die Babys lächeln sie an, und Helene sinkt immer tiefer in ihre Traumwelt hinein.

Schwarze Nacht spiegelt sich in den Scheiben des großen Fensters, als Helene aufwacht.

Doch die Dunkelheit des Krankenzimmers bereitet ihr kein Unbehagen, sie löst erwartungsvolle Freude in ihr aus. Es ist, als hätte sie eine innere Uhr, die sie rechtzeitig erwachen lässt.

Ob das ab jetzt immer so sein wird?

Ihr Herz klopft heftig. Gleich wird er hier sein. Schon hört sie die Schritte der Schwester auf dem Linoleum. Durch die offene Zimmertür wird ihre Gestalt vom Licht des Korridors umrissen.

»Da ist unser hungriger Tiger«, sagt die Tamilin und legt Helene lächelnd ein weißes Stoffbündel in die Arme.

Mit fachkundigen Bewegungen streicht sie über Helenes pralle Brüste. »Die Milch wird heute oder morgen zu fließen beginnen.« Ihre Stimme klingt zuversichtlich.

Trotzdem errötet Helene und schaut verunsichert zur Schwester hoch. »Wie wird Max satt, wenn ich …«

»Wir füttern zu, bis Sie genug Milch haben.«

Sofort fühlt sich Helene schuldig. Sie will ihr Baby doch selbst stillen, aber ihr Körper spielt nicht mit, sodass man ihrem Kind künstliche Nahrung geben muss. Tränen treten in ihre Augen. Alles sieht nun wie mit Wasserfarbe gemalt aus. Sogar ihr Max hat ein pastellfarbenes Gesicht bekommen.

Die Schwester knipst das Licht über Helenes Bett an.

»Ich hole unseren Prinzen später wieder ab, er ist ja in guten Händen«, sagt sie.

Kaum hat sie den Raum verlassen, nestelt Helene an den Knöpfen ihres Nachthemds. Sie drückt das Baby an ihre Brust. Obwohl es schläft, beginnt es sofort zu saugen. Helene verkrampft sich. Es fühlt sich an, als hätte Max spitze Zähne, die sich in ihre zarte Haut graben.

Erschrocken zieht sie die Luft ein.

Dann spürt sie, wie die Milch warm zu strömen beginnt. Ein Glücksgefühl macht sich in ihr breit. Ihr Baby saugt hungrig und schnappt nach Luft.

Helene ist froh. Schon lange ging es ihr nicht mehr so gut wie in diesem Augenblick. Es ist, als wäre ihr Vater wieder da und Tim, ihr kleiner Bruder. Und Mama. Ihre Kehle wird eng,

Tränen laufen über ihre Wangen. Diesmal sind es Tränen der Freude.

Als die Schwester kommt, will sie sich nicht von Max trennen, will den kleinen, schmatzenden Mund nicht von sich lösen.

»Gut haben Sie das gemacht. So ist es richtig.«

Die aufmunternden Worte der Säuglingsschwester geben ihr das Gefühl, einen Wettkampf gewonnen zu haben.

»Lassen Sie ihn mir bitte noch ein klein wenig hier. Das ist doch ein Rooming-in-Zimmer. Die anderen Babys schlafen auch bei ihren Müttern. Warum kann meines nicht bei mir schlafen?«, fragt sie.

»Bei uns geht es Max in seinem Zustand besser. Denken Sie nicht an sich, sondern in erster Linie an das Kind. Max' Werte sind noch nicht, wie sie sein sollen.«

Sven, der gierig an seiner Pfeife zieht und den Rauch inhaliert, taucht vor Helenes innerem Auge auf. Sofort fühlt sie sich schuldig. Ihre Haare kleben an den tränenfeuchten Wangen, ihr Nachthemd ist nass von der Milch, die immer noch tropft.

Sehnsüchtig streckt sie ihre Hand nach dem kompakten weißen Bündel aus, das jetzt auf die Arme der Säuglingsschwester gebettet liegt. Kraftlos schweben ihre Finger in der Luft, dann fallen sie zurück auf die Bettdecke.

Doch die Tamilin reicht ihr Max noch einmal.

»Eine Minute«, sagt sie bestimmt und ordnet einen Stoß Windeln auf der Wickelablage.

Helene vergräbt ihre Nase in Max' Halsbeuge. Sie kann nicht genug von ihm bekommen. Immer wieder streicht sie über seine warmen Wangen und die borstigen Härchen auf seinem Kopf.

»Mein kleiner Soldat«, murmelt sie in sein Ohr und bemerkt, dass das Läppchen wie eine Muschel geformt ist. Zärtlich drückt sie das Bambi an seine Brust. »Das gehört bald dir ganz allein. In der Zwischenzeit wartet es hier auf dich.«

Ein Lächeln umspielt ihren Mund. Glücklich wie eine Frischverliebte kommt sie sich vor. Ihr Kind. So etwas Wunderbares hat sie gar nicht verdient. Gerade sie nicht.

Als die Schwester ihn hochhebt, spürt sie Eifersucht in sich hochsteigen.

»Er ist doch noch wach und gar nicht müde.«

Aber die Säuglingsschwester sieht sie nur an. Am liebsten würde sie sich auf diese selbstgerechte Person stürzen und ihr das Baby aus den Armen reißen.

Ihr Baby.

Aber sie tut nichts dergleichen, fühlt sich mit einem Male wieder erschöpft.

»Passen Sie gut auf meinen Kleinen auf«, sagt sie und knipst das Licht aus.

Morgen früh, denkt sie im Einschlafen, werde ich ins Säuglingszimmer gehen und Max sofort erkennen. Keine Sekunde mehr werde ich fürchten, mein wunderbares Kind zu verwechseln.

Zufrieden lässt sie sich in den nächsten Traum gleiten.

Und erinnert sich.

7

Was mir als Erstes an ihm auffiel, war seine Art, meinen Namen auszusprechen. Er nannte mich weder Helene, noch benutzte er die kitschige Verunstaltung Leni. Er sagte kurz und bündig: Helen. Es war dieses Weglassen des »e«, das mich entzückte.

Ich glaube, ich verliebte mich deshalb in ihn.

Helen und Franky.

Da seine Eltern es besonders originell angehen wollten, nannten sie ihren Sohn Franz. Leider hieß die Familie mit Nachnamen Frank. Aus Franz Frank wurde mit der Zeit Franky. Während ich, Helene Kasper, mich weiterhin ständig mit bescheuerten frommen Wilhelm-Busch-Anspielungen oder Heilige-Drei-Könige-Witzeleien herumärgern musste.

Aus der Sicht der anderen war Frankys Spitzname das einzig Coole an ihm. Aber auf die anderen gab ich nicht viel. Damals zumindest.

Wie gesagt, ich mochte ihn von dem Moment an, als er das winzig kleine »e« verschluckte. Ja, verschluckte.

Irgendwann erklärte er mir mit kirschroten Ohren, dass die Aufregung, die ihn erfasst hatte, als er sich endlich traute, mich anzusprechen, schuld gewesen war. Das »e« blieb ihm im Hals stecken. Als er aber bemerkte, welche Reaktion das bei mir ausgelöst hatte, nannte er mich weiterhin so. Seither, sagte er, hätte er mit dem »e« immer einen Teil von mir bei sich. Er solle nur nicht an mir ersticken, entgegnete ich, aber er lachte nur und meinte, das kleine »e« sei nun sein Talisman.

Franky kam in unsere Klasse, als wir vierzehn Jahre alt waren. Seine Eltern waren erst vor Kurzem nach Klagenfurt gezogen und hatten einen Laden mit Designermöbeln eröffnet.

Ausgerechnet. Denn Franky sah überhaupt nicht so aus, als wäre er modisch auf dem neuesten Stand. Ganz im Gegensatz übrigens zu seiner nur ein Jahr jüngeren und dreimal so frechen Schwester, die immer die schicksten Klamotten trug.

Er war strohblond und spindeldürr. Seine Knochen zeichneten sich deutlich unter den Hemden ab. Während wir anderen Kids T-Shirts, Polos oder zu große Pullis trugen, kam er jeden Tag, ein wenig altmodisch anmutend, mit frisch gewaschenem und gebügeltem Hemd in die Schule. Obwohl seine Mutter und nicht er das so entschieden hatte, gefiel mir auch diese unzeitgemäße Verirrung an ihm. Wenn er so dastand, in einem seiner hellblau-weiß oder rot karierten Hemden und den stets etwas zu kurzen Cordhosen, kam es mir vor, als wäre er einem alten österreichischen Heimatfilm entsprungen. Vielleicht war es deswegen so aufregend für mich, dass dieser »Försterbub vom Silberwald« nicht Leni zu mir sagte, sondern sehr förmlich Helen.

Franky bestand aus Ungereimtheiten. Er war der schlaueste Schüler in Mathematik und Geografie, doch sobald es darum ging, etwas aufs Papier zu bringen, das einem Satz ähneln sollte, versagte er kläglich. Unsere Lehrerin bezeichnete seine Aufsätze als »Buchstabensuppe«, ihn selbst, vor versammelter Klasse, als Legastheniker. Im Turnen machte er auch keine allzu gute Figur. Die anderen Jungs zogen ihn mit seinen Bocksprüngen auf, bei denen er sich einmal das Wadenbein böse verstauchte, und bei seinen kläglichen Kletterversuchen an der Sprossenwand schlossen sie Wetten ab, wann er abstürzen würde. Anders als die Försterbuben aus den österreichischen Bergfilmen verfügte er über keinerlei Ausdauer und besaß kaum Kondition. Ihm ging viel zu schnell die Luft aus. Nach der Sportstunde glühten seine Wangen wie nach einem Zweihundert-Meter-Sprint oder waren bleich wie frischer Hüttenkäse.

Doch sosehr er sich auch anstrengte und schwitzte, er roch nie nach Schweiß. Als ich ihn einmal – damals kannten wir uns schon näher – darauf ansprach, sah er mich erstaunt an und meinte: »Was für eine Frage, Helen. Weil ich mich, wenn ich transpiriere, unter die Brause stelle.«

Damals wurde ich rot. Kichern musste ich außerdem, denn es gefiel mir außerordentlich gut, dass Franky »brausen« statt »duschen« sagte. Für die anderen bot seine Wortwahl allerdings Anlass zu schallendem Gelächter und Spott.

Ob seine ausgefallenen Wörter oder Satzstellungen mit seinem

Buchstabensalat zusammenhingen, wusste niemand. Oder man erklärte es uns nicht.

Als wir fünfzehn waren, las Franky mir einmal aus einem Medizinbuch seines Großonkels vor. Darin stand, dass bizarre Wortschöpfungen möglicherweise Anzeichen einer Jugendschizophrenie wären. Danach lasen wir gemeinsam »Dr. Jekyll und Mr. Hyde«, und fortan neckte ich ihn mit seinen zwei Persönlichkeiten.

Tatsächlich war ich in beide verliebt. Bis über beide Ohren.

Dann kam der Sommer.

In meiner Erinnerung scheinen mir diese Tage als eine endlose, immer gleichbleibende Abfolge von strahlendem Himmelblau, Hitze und Glück. Wir machten lange Spaziergänge, Franky und ich. Oft saßen wir oben im Baumhaus in unserem Garten, lasen, spielten Karten oder Würfelpoker. Wir waren kein Paar, dennoch verbrachten wir die meiste Zeit miteinander. Und dann, an einem heißen Tag mitten im Wald, wurde ich von meinem eigenen Mut überwältigt.

Am Morgen hatten wir uns auf unsere Räder geschwungen, waren zuerst ein Stück am Wörthersee entlanggefahren, einer hinter dem anderen, dann abgebogen und durch einen Wald zu einer wild blühenden Wiese gelangt. Unsere Münder waren ausgetrocknet, unsere Körper von der rasanten Fahrt nass geschwitzt. Ich weiß noch, dass ich kurze weiße Shorts unter einem knappen blau gemusterten T-Shirt trug. Mein Pferdeschwanz wippte hin und her, der Sommer hatte blonde Strähnen in mein hellbraunes Haar gezaubert, und in mir hatte sich eine Leichtigkeit festgesetzt, die mich wie ein Honigkuchenpferd grinsen ließ. Frankys nackte Beine steckten wie immer in zu kurzen Cordhosen, die spitzen Knöchel stachen hervor. Unter seinem kurzärmeligen grün-rot karierten Hemd zeichneten sich die Sehnen seiner Arme deutlich ab, so sehr hatte er sich angestrengt, mich zu überholen. Beide hatten wir mit unseren unvermeidlichen Converse-Schuhen heftig in die Pedale getreten. Erstaunlicherweise hing dabei um Frankys Schultern eine alte Bomberjacke aus Leder, die nur am Hals zugeknöpft war und wild im Fahrtwind flatterte.

Meine Mutter hatte an dem Tag ein Seminar vorzubereiten, das ihr von einem ihrer faulen Kollegen aufgebrummt worden war. Daher hatte sie uns gebeten, Tim, meinen kleinen Bruder, mitzunehmen. Manchmal machten wir das, aber an jenem Tag verspürte ich keine Lust. Franky, der ihr gefallen wollte, hatte ihr jedoch sofort zugestimmt.

Ich musste ihm unter dem Esstisch gegen das Schienbein treten, damit er das zurücknahm, woraufhin er einen glucksenden Laut von sich gab und hastig zu meiner Mutter sagte: »Oje. Helen und ich müssen doch noch unser Theaterstück proben, uns gegenseitig abhören. Und Tim ist so lebhaft, ich habe Angst, dass er uns nicht arbeiten lässt oder uns gar davonläuft.«

Meine Mutter hatte gelacht und Franky zugezwinkert. Natürlich wusste sie, dass es eine Ausrede war, aber sie mochte Franky und ließ ihm einiges durchgehen.

»Nun gut, Tims Vater kann sich nach der Arbeit um den Sohnemann kümmern.« Sie blickte uns lächelnd an. »Macht euch auf den Weg und genießt das Proben.«

Ich liebte meine Mutter, denn sie hatte die seltene Gabe, das Leben mit Humor zu nehmen. Es war richtig schwierig, mit ihr zu streiten oder meine Launen an ihr auszulassen. Lisa, eine meiner engsten Freundinnen, sagte einmal zu mir: »Ich krache dauernd mit meiner Mutter zusammen. Wir sind nie einer Meinung. Aber bei deiner Mama macht es richtig Spaß, ein ›pubertierendes Teenagermonster‹, wie meine Mutter mich nennt, zu sein. Sie versteht alles und ist nicht gleich sauer so wie meine.«

Trotzdem, manchmal hätte ich mich gern mit ihr gestritten, dass die Wände nur so wackeln, hätte gerne mal geschrien. Allein schon, um meine inneren Spannungen loszuwerden.

Mit einem dicken Jausenpaket, das Mama für uns vorbereitet hatte, waren wir losgefahren. Tim hatte, an das Sommerkleid meiner Mutter geklammert, am Zaun gestanden und war aufgeregt von einem Bein aufs andere gehüpft. Seine fast weißblonden Haare waren wie immer verstrubbelt, und durch die unzähligen Sommersprossen schien er ständig braun gebrannt zu sein. In seiner Kinderhand baumelte sein Lieblingskuscheltier, das kleine

Bambi. Er winkte uns zu, und es gab mir einen Stich ins Herz, dass ich ihn nicht hatte mitnehmen wollen. So lieb hatte ich ihn in diesem Moment.

Ich bremste ruckartig ab, und Franky prallte auf mich.

»Helen!«, schrie er erschrocken und ließ sein Rad gegen den Zaun kippen.

»Mama, sollen wir ihn nicht doch …«

»Geht schon in Ordnung, los, ab mit euch beiden.« Meine Mutter hatte Tim mit ins Haus genommen, und ich hatte mein schlechtes Gewissen an den Fahrradpedalen abgestrampelt.

Dann waren wir auf der Lichtung und saßen auf der flauschigen Decke, in die ich mich sonst gern im Wohnzimmer beim Fernsehen wickelte.

Meine Mutter verstand es, interessante Kombinationen zwischen die Scheiben der Jausenbrote zu schmieren. Bei jedem Päckchen, das ich aus der Frischhaltefolie schälte, freute sich Franky mehr.

Und da beschloss ich, ihn zu küssen. Überwältigt von meinem Mut beugte ich mich vor und zog sein sonnenheißes Gesicht zu mir. Er ließ das Brot fallen, an dem er gekaut hatte, und kniete sich mitten in eine Essiggurke. Ich rückte, nun ebenfalls auf den Knien, noch ein Stück näher, bis sich unsere Nasen berührten. Franky legte seine Hand auf meinen Hinterkopf.

Seine Lippen schmeckten so süß wie in Liebesromanen beschrieben, und das Innere seines Mundes war warm. Es war komisch, wie unsere Zungenspitzen miteinander spielten, aber auch aufregend. Mein Herz schlug so wild, dass ich dachte, er könnte es hören.

Benommen vom Kuss, es war für uns beide der erste, sahen wir uns an.

Ich fühlte mich taumelig. Aber auch zufrieden, auf eine ganz neue Art. Franky grinste, bis seine grauen Augen schmale Schlitze wurden, nahm mein Kinn zwischen seine dünnen Finger und küsste mich ein weiteres Mal.

Plötzlich begann ich zu zittern.

Die Sonne, die jetzt direkt über uns stand, tauchte alles in ein unwirklich grelles Licht.

»Helen, ist dir etwa kalt, bei dieser Affenhitze? Du wirst doch nicht krank?«

Mein ganzer Körper war von Gänsehaut überzogen, sogar im Gesicht kribbelte es.

»Nein«, entgegnete ich schaudernd, »es ist nur eben jemand über mein Grab gegangen.«

Franky lachte und zog mich in seine Arme. Ich legte mein Gesicht an sein kariertes Hemd und spürte, wie mir langsam wieder warm wurde.

»Sind wir denn nun ein Paar?«

Ja, das waren wir, und ich war glücklich wie nie zuvor.

Dieser Sommer sollte der beste meines Lebens werden, der darauffolgende Winter jedoch ein Alptraum.

8

Rosner flucht.

Eigentlich ist ihm nach Weinen zumute, aber die Angst, die in seinem Inneren wütet, sucht sich ein kräftigeres Ventil.

Er hat sich ins Foyer des Sanatoriums gesetzt, in einen der Ledersessel gegenüber dem Informationsschalter, und knetet nervös seine Finger.

Alice, seine Alice, liegt ein Stockwerk höher, in Zimmer neunzehn, ausgerechnet auf der Entbindungsstation.

Anscheinend legen die hier alles zusammen, was auch nur entfernt mit Geburt zu tun hat, denkt Rosner, und dabei scheren sie sich nicht darum, dass es noch viel zu früh für sie ist.

Er kann das nicht verstehen. Begreift denn von denen, die hier die Abteilungen führen, niemand, dass der Aufenthalt für Patientinnen, die ihr Baby verlieren könnten, noch schlimmer sein muss, wenn sie von glücklichen frischgebackenen Müttern umgeben sind? Nachhaltige psychische Schäden sind da geradezu vorprogrammiert, denkt Rosner.

Er schüttelt den Kopf, versucht, sich zusammenzureißen.

Wenn er gleich hinaufgeht, will er Optimismus verbreiten. Er wird Alice zeigen, wie sehr er davon überzeugt ist, dass alles gut wird. Er wird ihr durch seine Stärke Kraft geben, wird ihrem Bericht über die Untersuchungen und über die Prognosen der Ärzte scheinbar unbeeindruckt lauschen und ihr, allein durch die Macht seiner Gedanken, zu verstehen geben, dass sie sich keine Sorgen zu machen braucht.

Aber ein paar Minuten verschnaufen muss er zuvor noch. Er möchte ja überzeugend wirken. Er möchte ihr das, was er sich selbst so sehnlich wünscht, nämlich dass die Krise in ihrer Schwangerschaft bereits überwunden ist, als Tatsache, als ehernes Gesetz präsentieren können.

Mein Gott, wie hatte er sich erschrocken, als er gestern die Wohnung betreten hatte und sie vor ihm stand. Er hatte den gepackten Koffer zu ihren Füßen gesehen und ihr bleiches Gesicht, und für einen Augenblick hatte er gedacht, dass sie ihn auf der Stelle verlassen würde.

Sogleich hatte er sie in den Wagen gesetzt, in Alices kleinen Mini, den sie beide für Stadtfahrten benutzten, und hatte sie ins Sanatorium gebracht. Dort war man auf die stationäre Aufnahme schon vorbereitet gewesen. Die Ärztin hatte sie avisiert, und Rosner war mit Alice auf ihr Zimmer gegangen, froh über ihre Zusatzversicherung, denn sie muss den Krankenraum nun mit keiner weiteren Patientin teilen. Wobei froh eigentlich nicht der richtige Ausdruck ist.

Ich lebe unbeschwert vor mich hin, und der Liebsten muss erst ein Unglück geschehen, damit ich begreife, wie glücklich ich war, beschimpft sich Rosner stumm. Gleichzeitig ärgert er sich über seine Gedanken, denn ihm ist bewusst, dass sie ein Ausdruck von Selbstmitleid sind.

Du bist ein wehleidiger Hund, denkt er und steht entschlossen auf.

Auf der Stiege vergewissert er sich, dass das Buch, das er für Alice besorgt hat, in seiner Umhängetasche steckt. In Geschenkpapier wollte er es nicht einwickeln, es ist schließlich nicht Weihnachten oder irgendein anderer Festtag. Ganz im Gegenteil. Aber ablenken soll die Lektüre des Buches sie, und Rosner, der selbst nicht viel liest, hat es sich einfach gemacht und in der schönen großen Buchhandlung in der Kramergasse nach etwas Heiterem gefragt, vielleicht etwas mit Kindern, und auf die Frage, ob es auch schräg sein könne, hat er genickt. Jetzt fragt er sich, ob seine Wahl die richtige war.

Alice strahlt ihn an.

Sie legt das Journal, in dem sie geblättert hat, zur Seite und klopft neben sich auf die Bettdecke.

Wäre ich ein Hund, so dürfte ich jetzt raufspringen, denkt Rosner und setzt sich folgsam zu ihr. Er fühlt sich unsicher, fast eingeschüchtert, und ärgert sich darüber, dass er sein »Wie geht es dir, Schatz?« nur flüstert.

Aber Alice beruhigt ihn. Sie nimmt seine Hand und drückt sie. »Gut geht es mir, Rosner«, sagt sie sanft. »Ein paar Tage werde ich hierbleiben müssen. Die Ärzte sprechen von einer

Risikoschwangerschaft, aber das weiß ich ohnehin, und davon, dass ich mich schonen muss. Auch das weiß ich. Nur ist die Auflage, die ich bekommen habe, nicht zu erfüllen.«

Er schaut sie verwirrt an.

»Rosner, ich darf mich nicht aufregen, aber wie soll das gehen? Ich lebe schließlich mit dir zusammen.« Sie grinst, und Rosner spürt, wie die Spannung, die ihn die ganze Zeit beherrscht hat, von ihm abfällt.

Blass ist sie noch, aber sie sieht viel besser aus, die Ringe unter den Augen sind nicht mehr so dunkelviolett.

»Geht es dir wirklich gut?« Er kann ihr »Ja« nicht oft genug hören.

Alice drückt seine Hand etwas stärker, ihr fröhliches Lächeln besänftigt ihn.

Sie erzählt, dass sie gut geschlafen hat und dass das Essen zu schwer, aber in Ordnung ist, sie erzählt ihm, dass sie kleine Spaziergänge macht, den Gang entlang und in den Garten hinter dem Sanatorium, und sie erzählt ihm von der seltsamen Frau mit den umschatteten Augen, mit der sie ins Gespräch gekommen ist.

»Sie war mir ein bisschen unheimlich am Anfang«, sagt Alice, »ich habe noch nie so große, ängstliche Augen gesehen. Hinten, am Ende des Ganges, saß sie am Fenster und starrte hinaus. Und obwohl die Sitzgruppe dort recht gemütlich ist, fast wie ein kleiner Ruheraum, war sie mutterseelenallein.«

Warum draußen sitzen, wenn man drinnen liegen kann, denkt sich Rosner, sagt aber nichts. Er ist viel zu beschäftigt damit, seiner Alice beim Sprechen zuzusehen, ihren Worten zu lauschen und sich ganz allgemein daran zu erfreuen, in ihrer Nähe zu sein.

»Ich habe sie gefragt, weshalb sie hier ist, das sieht man ja nicht gleich, und sie hat mir von ihrem Sohn erzählt, Max heißt er, und von der Geburt, die sie ziemlich geschafft hat. ›Schön, dann hast du ja alles schon hinter dir‹, hab ich zu ihr gesagt, und sie hat nur stumm genickt. Aber dabei hat die blanke Panik in ihren Augen gestanden.«

Sie sieht Rosner an.

»Simon, ich weiß, wie es ist, Angst zu haben, das Kind zu

verlieren. Aber ihres ist ja schon da, wovor also fürchtet sie sich?«

»Vielleicht hat sie schwache Nerven«, brummt Rosner, »oder im familiären Umfeld stimmt etwas nicht.«

Alice wischt seinen Einwurf beiseite. »Ich habe sie gefragt, was los ist, und da schreit sie mich an, sie habe Angst, sie würde ihr Kind nicht mehr wiedererkennen.«

Rosner, der es in seinem Beruf ständig mit verhaltensauffälligen Personen zu tun bekommt, ärgert sich. Hier ist er nämlich privat, so privat wie nur überhaupt möglich, und trotzdem muss eine Hysterikerin seine Alice anschreien. Dafür bringt er nicht ein Gramm Verständnis auf, ganz im Gegenteil. Am liebsten möchte er sich seinerseits vor die Person stellen und zu schreien beginnen. Dass er recht ordentlich schreien kann, weiß Rosner, und er weiß, dass es ihm manchmal auch guttut. Was die anderen von ihm denken, ist ihm in diesen Momenten egal.

Alice, die sein sich rötendes Gesicht bemerkt, drückt seine Hand. »Wir haben bald ein Baby, aber eines genügt mir, also benimm dich«, sagt sie und grinst ihn an.

Was soll Rosner da machen, außer emotional vom Gas zu steigen? Er grinst zurück.

»Ich habe mich zu ihr gesetzt, und sie hat zu weinen begonnen. Und dann hat sie mir von ihrer emotionalen Achterbahnfahrt seit der Geburt erzählt und von ihren Alpträumen, in denen ihr Kind verschwindet. Ach ja, und von ihrem Freund, dem Kindsvater, hat sie mir berichtet, er sei Junkie, und dass sie fürchtet, sein Drogenkonsum könnte die Entwicklung des Babys beeinflusst haben. Es hatte schlechte Apgar-Werte nach der Geburt und muss sich erholen.«

»Wie ich dich kenne, hast du dich aufgeregt«, sagt Rosner vorwurfsvoll.

»Nein, es gelang mir sogar, sie zu beruhigen. Verstehst du denn nicht? Sie ist ein armes Mäuschen, das ein wenig Zeit braucht, um klarzukommen. Aber in unserer Gesellschaft ist für Menschen mit Problemen keine Zeit vorhanden.«

Rosner, der selbst für Menschen ohne Probleme selten Zeit hat, will sich auf keine Diskussion einlassen. Er weiß aus Erfahrung, dass er Alice andernfalls, bevor er schließlich den Kürzeren zieht, fürchterlich auf die Palme bringen wird. Also greift er in seine Tasche und gibt ihr das mitgebrachte Buch.

»Falls du mal Zeit hast«, murmelt er.

»Kinderkacke, das ehrliche Elternbuch«, liest Alice. Sie schaut ihn liebevoll an. »Rosner, du bist ein Idiot.«

9

Bis auf ein bläulich schimmerndes Notlicht ist der Flur dunkel und leer. Keiner außer ihr scheint wach zu sein. Beunruhigt geht Helene über das Linoleum in Richtung Säuglingszimmer. Auch von dort dringt kein Laut nach draußen auf den Gang. Ihr Mund ist trocken, die Hände zittern. Angestrengt versucht sie, durch die Milchglasscheibe einen Blick auf Max zu erhaschen.

Eins, zwei, drei. Das Dritte von links, zählt sie lautlos.

Da, da liegt er. Sie kneift ihre Augen zusammen, um ihn besser erkennen zu können.

Aber das sind nicht Max' Stoppelhaare, die da an einem kleinen Köpfchen kleben. Das ist nicht ihr Sohn.

Eben will Helene die Tür zum Kinderzimmer aufreißen, als das verzweifelte Schreien eines Säuglings ertönt und sie erwachen lässt.

Max.

In Panik versucht sie, aus dem Spitalsbett zu springen, und wird von der Decke daran gehindert. Wie eine Würgeschlange hat sie sich während des Schlafes um ihre Beine gewickelt. Unbeholfen strampelt sie sich frei.

Still, es ist jetzt ganz still. Das Weinen hat aufgehört. Benommen setzt sie sich auf die Bettkante und schaltet die Nachttischlampe an. Ihre nackten Beine baumeln über dem Boden. Dort liegt das Bambi. Sie bückt sich und hebt es auf. Grübelnd legt sie das Stofftier auf das Kissen.

War das nur ein weiterer Alptraum, der sie jetzt unkontrolliert zittern lässt?

Gerade eben hatte sie sich doch noch in Sicherheit gewiegt, war, von der Sorge, ihr Kind nicht wiederzuerkennen, befreit, eingeschlafen. Sie kann nicht verstehen, warum dieses Gefühl sich verflüchtigt und einer bohrenden Unsicherheit Platz gemacht hat.

Irgendetwas stimmt mit ihr nicht. Vielleicht sollte sie doch mal mit dem Psychiater reden. Bei dem Gedanken daran sieht sie Emanuel Friedes oberlehrerhafte Gesichtszüge vor sich, die so gar nicht zu seiner pseudocoolen Frisur passen.

Bei dem stimmt auch etwas nicht, denkt Helene.

Sie schüttelt entschlossen den Kopf und sagt laut: »Nein.«

In diesem Augenblick durchbricht ein hohes Surren die Stille, und das Licht beginnt unruhig zu flackern. Dann macht es *klack*, eine Glühbirne brennt durch, und im Raum wird es dunkel.

Helene tappt verunsichert auf nackten Füßen zum Fenster. Draußen beginnt die Nacht zu verblassen. Wolken jagen über einen gräulichen Himmel. Die Parkanlage unter ihrem Fenster schimmert schwarzgrün. Eingehüllt in Stille und Dunkelheit hat Helene einen Moment das Gefühl, allein im Gebäude, allein auf der Welt zu sein. Alles scheint unwirklich, verzerrt.

Wieder spürt sie Angst in sich aufsteigen.

Abrupt wendet sie sich vom Fenster ab und geht zurück zum Bett. Lange liegt sie da, mit geschlossenen Augen, und hört nichts außer ihrem pfeifenden Atem. Gedanken wirbeln wie rotierende Sägeblätter durch ihren Kopf und hindern sie daran, wieder einzuschlafen. Krampfhaft versucht Helene, sich ihnen zu entziehen.

Sie bemüht sich, an nichts zu denken. Doch wie soll ihr das bloß gelingen? Sie ist ein schlechter Mensch, hat unendliche Schuld auf sich geladen.

Erinnerungen, die sie nicht bannen kann, steigen in ihr auf. Sie, so viel ist ihr klar, sind der wahre Grund für ihre panische Angst, Max nicht wiederzuerkennen, ihm keine gute Mutter zu sein. Zur Strafe. Sie lautet: Du darfst nicht glücklich werden.

Helene wird von plötzlichem Weinen geschüttelt. Verzweifelt presst sie ihr Gesicht in das Stofftier.

Viel später schiebt eine Hilfsschwester einen Servierwagen mit Frühstück herein. Helene sieht die Marmelade, das Brötchen, die Butter, den Orangensaft, den Kakao und beginnt zu würgen.

»Was ist denn mit Ihnen los? Geht es Ihnen nicht gut?« Die Frau sieht sie aufmerksam an. »Konnten Sie nicht schlafen? Ihre Augen sind ganz rot und verschwollen.«

»Nein«, bringt Helene mühsam hervor. »Es geht schon. Ich hatte einen Alptraum.«

»Ging es wieder darum, dass Sie Ihren Kleinen nicht erkennen?«

Helene zuckt zusammen, und die Schwester sieht sie schuldbewusst an.

»Bitte«, sagt sie sanft, »Sie dürfen nicht glauben, dass wir uns auf der Station den Mund über die Patientinnen zerreißen. Ihre Phobie ist in Ihrem Krankenblatt vermerkt, und ich musste meinen Pflegebericht eintragen, daher weiß ich das.«

»Ist schon gut«, murmelt Helene und spürt, dass gar nichts gut ist. Auf schwachen Beinen verlässt sie das Zimmer.

Anders als in ihrem Traum ist der Korridor hell erleuchtet. Das Fenster lässt den Frühsommer ein und mit ihm Straßengeräusche und Blumenduft. Vielleicht riecht auch nur der Strauß in der Vase auf dem Besuchertisch. Helene muss an fauliges Wasser denken.

Wieder meldet sich Brechreiz.

Im Säuglingszimmer schwirren drei ihr unbekannte Schwestern geschäftig um die Betten. Sie werfen ihr, dem Eindringling, ablehnende Blicke zu.

Blöde Gänse, denkt Helene und unterdrückt den Impuls, die Zunge herauszustrecken. Stattdessen geht sie lächelnd auf die Bettenreihe zu.

»Eins, zwei, drei. Das Dritte von links«, zählt sie wie aus einem inneren Zwang heraus und beugt sich über das schlafende Baby.

Entsetzt schlägt sie die Hand vor den Mund.

Vor ihren Augen wirbeln gestochen scharfe Sterne.

»Max!«, schreit sie in Panik. »Der da ist nicht mein Max!«

Alle drei Schwestern eilen auf sie zu und ziehen sie weg vom Bett, bedeuten ihr, ruhig zu sein. Helene spürt nichts, sie ist wie betäubt. Alles dreht sich, sie taumelt. Kaum versteht sie, was die Schwestern ihr zurufen. Ihre Stimmen schweben von weit her durch den Raum auf sie zu und an ihr vorbei. Alles scheint unwirklich.

»Scht! Sie wecken noch alle auf. Natürlich liegt da Ihr Kind.

Wessen Kind soll es denn sonst sein? Seien Sie bitte vernünftig. Und sehen Sie hier, auf dem Handgelenkbändchen steht auch sein Name. Überzeugen Sie sich selbst.«

Doch sie kann nicht. Sie kann nicht schauen, nicht lesen, nicht denken, sich nicht bewegen. Es ist, als hätte jemand den Stecker gezogen. Und die gelb gekachelten Wände des Säuglingszimmers rücken bedrohlich nahe, die Luft wird ihr knapp.

Irgendetwas schnürt ihren Hals erbarmungslos zu, nimmt ihr den letzten Atem.

Sie sieht nur das fremde Kind.

Eins, zwei, drei. Das Dritte von links.

Sein Bett.

»Das ist nicht mein Max. So glauben Sie mir doch«, fleht Helene kraftlos, bevor sie das Bewusstsein verliert.

»Leni, dumme Leni, was ist bloß in dich gefahren?«, schnurrt Svens Stimme an ihrem Ohr.

Es fühlt sich an, als würde ein Bienenschwarm in den heimatlichen Stock zurückdrängen. Gleich wird eine aus der Sippe zustechen.

Mit einem Schrei fährt Helene hoch. Sie hat geschlafen und fühlt sich benommen, doch die Erinnerung ist sofort wieder da.

Eins, zwei drei. Das Dritte von links.

Max.

Er lag nicht in seiner Säuglingswiege.

Fort war er, einfach fort. Nicht einmal sein wunderbarer Geruch ist ihr geblieben, sie hat nur noch eine schwache Erinnerung daran.

Vor Entsetzen beginnt sie zu weinen, hört auch nicht auf, als Sven sie in den Arm nimmt. Irgendwann geht das Schluchzen in ein qualvolles Wimmern über.

Unbeholfen streicht Sven über ihr verfilztes Haar.

»Das wird schon wieder.« Er deutet zur Tür. »Draußen meinen sie, du hast eine ausgewachsene Kindbettpsychose. Eine Depression oder so. Aber kein Grund zur Panik, dem Zwerg geht es gut. Das Problem ist in deinem Kopf.«

»Max ist nicht in seinem Bett. Da liegt ein fremdes Kind,

eines, das ich nie zuvor gesehen habe. Eines, das sich ganz anders anfühlt als mein Max, ganz anders riecht als er.«

Helene schnüffelt die Worte an Svens Hals und beginnt erneut zu weinen.

»Dummes, *dein* Max ist auch *mein* Max. Ich bin sein Vater, schon vergessen? Und ich will bestimmt kein Kuckuckskind großziehen, also habe ich nachgesehen. Hör zu, ich habe unseren kleinen Schatz gleich erkannt. Da liegt kein geheimnisvoller Fremder in seiner Wiege.« Er beugt seinen Kopf zu ihr und grinst sie an. »Ich verstehe nicht, warum du durchdrehst und alle rebellisch machst. Willst du die Leute hier auf Trab halten, oder sind es deine wild gewordenen Hormone?«

Helene stockt mitten im Weinen. So viel hat Sven noch nie am Stück geredet. Mit verheulten Augen starrt sie ihn an. Abrupt löst er sich aus ihrer Umklammerung und zieht an einem seiner Piercings.

»Sweety, es reicht. Iss was, schluck die Tabs und schlaf eine Runde. Entspann dich und hör um Himmels willen mit dem Geflenne auf.«

»Sven? Was redest du da? Das Baby ist nicht unser Sohn. Das musst sogar du merken. Auch wenn für dich alle Säuglinge wie Frösche ausschauen. Da liegt ein schmächtiges Ding, das unserem Max nicht im Entferntesten ähnlich sieht.«

Wieder drängen sich ihr mit unverminderter Wucht die Bilder vom Morgen auf: Ein fremdes Kind schlief in der Wiege ihres Kindes.

Max war fort.

Niemand schenkte ihr Glauben.

Alle sahen sie nur mitleidig an und redeten Unverständliches. Die Blicke, die sie sich und ihr dabei zuwarfen, brannten wie Feuer auf Helenes Haut.

Je mehr sie weinte, schrie und tobte, desto unnahbarer reagierte das Personal. Eindringlich wurde sie darauf hingewiesen, dass sie die Babys wecke. Dann war sie ohnmächtig geworden, sie kippte einfach vornüber.

Helene weiß nicht, wie lange sie ohne Bewusstsein gewesen ist. Schwester Janisha, ihr Rumpelstilzchen, war nirgends zu sehen. Sie hätte gewusst, dass der Kleine nicht ihr Max ist. Helene erkannte niemanden. Nur fremde Schwestern, Pfleger, Ärztinnen und Ärzte waren um sie herum. Keinen von ihnen hatte sie je zuvor bewusst wahrgenommen.

Wo waren die vertrauten Gesichter geblieben?

Auch den hoch aufgeschossenen Arzt, der sich, als sie wieder zu sich kam, über sie beugte, hatte sie nicht gekannt. Ständig schob er die kleine runde Brille mit der Hornfassung über seiner krummen Nase auf und ab.

»Frau Kasper«, versuchte er sie zu beruhigen. »Wir können Ihre Aufregung verstehen, aber bitte mäßigen Sie sich in Ton und Lautstärke, zum Wohle aller hier. Sehen Sie doch selbst, dieser kleine Junge hier ist Ihr Sohn.«

Die gereizte Stimmung hinter den begütigenden Worten hatte Helene fast körperlich spüren können.

Als wäre es eine Bestätigung seiner Aussage, hob der Arzt das fremde Baby aus dem Plexiglasbettchen. Es schlief, und sein Atem ging stoßweise. Dann öffnete es seine mattblauen Augen, die so gar nichts von Max' kornblumenblauen hatten, und sah sie vorwurfsvoll an. Sein Blick hatte etwas so Hilfloses, dass sie nur noch die Arme um sich schlingen konnte und erneut zu schluchzen begann.

Helene spürte, wie augenblicklich Milch einschoss und sich schmerzhaft den Weg durch die feinen Kanäle bis zu ihren Brustwarzen bahnte.

»Alles, was ich verstehe, ist, dass Sie hier eine ruhige Kugel schieben wollen, Herr Doktor. Es interessiert Sie gar nicht, welches Kind Sie vor sich haben.«

Sie war aufgestanden, hatte dem verdutzten Arzt den Säugling aus den Armen gerissen und war zurück in den Schutz ihres Krankenzimmers gelaufen.

Helene glaubt sich erinnern zu können, ein »Sie sind ein klinischer Fall von postnataler Geistesstörung!« gehört zu haben, aber vielleicht bildet sie sich das nur ein.

»Du armes Kleines«, hatte sie gemurmelt, sich auf das Krankenbett gesetzt und dem fremden Kind ihre brennende Brust gegeben.

Das Baby roch ganz anders als Max, und die spärlichen Härchen klebten glatt an seinem Kopf. Keine Spur vom amerikanischen GI. Sogar seine Lippen fühlten sich rauer an, und er trank auch anders. Nicht im Geringsten so fordernd wie ihr Sohn saugte das Baby sich langsam fest und nuckelte in müden, kleinen Schlucken von ihrer Milch. Bevor sie ihm die andere Brust geben konnte, war es erschöpft mit ihr eingeschlafen.

Dann hatte auf einmal der Arzt mit einer ihn begleitenden Lernschwester im Zimmer gestanden und Helene endgültig an den Rand des Fassbaren gedrängt.

Jetzt kommen sie schon im Doppelpack zu mir, hatte sie gedacht und in ihr Kissen gebissen, um nicht wieder zu schreien. Das Bambi hielt sie fest an sich gedrückt. Es war das Einzige, was ihr von Tim und Max geblieben war. Kurz hatte sie überlegt, das hellblaue Stoffpüppchen aus Max' Wiege zu holen, sich aber dagegen entschieden. Der fremde kleine Junge sollte auch einen Talisman haben, der auf ihn aufpasste.

Sind seither Stunden oder Tage vergangen, ohne dass etwas geschah?

Helene weiß es nicht.

Sie sitzt apathisch auf ihrem Bett in ihrem verfluchten Krankenzimmer, so als wäre die Welt nicht untergegangen.

Ihr Herz rast, als müsse es die Zeit einholen, alles zurückdrehen auf Anfang. Das Schreckliche ungeschehen machen. Trotz der Schweißperlen auf ihrer Stirn fröstelt sie in ihrem Nachthemd.

Mit einem lausbubenhaften Lächeln reicht Sven ihr jetzt das fremde Kind. Es ist ihr völlig entgangen, dass jemand den Kleinen hereingebracht hat.

Und Sven? Ist er denn die ganze Zeit über hier gewesen?

»Da, der Zwerg ist hungrig wie ein Löwe.«

Tut er nur so, oder glaubt er wirklich, dass dieser schmächtige kleine Junge ihr Kind ist? Haben ihm die Drogen endgültig das Gehirn zu einem Klumpen denkunfähiger Masse zusammengeschmolzen?

Abgesehen von allem anderen ist dieser Säugling weder ein Löwe, noch ist er hungrig. Er wirkt kränklich, matt und erinnert am ehesten an ein Kätzchen, das jemand aus einem Teich gefischt und vor dem Ertrinken gerettet hat.

»Nein«, wehrt Helene ab, »nein, nein, nein, das ist nicht unser Max. Bist du blind?« Weinend schiebt sie den geweiteten Kragen ihres Nachthemds hinunter und hebt eine mit Milch gefüllte Brust heraus. Das Kind in ihren Armen dreht ihr nicht einmal das kleine Köpfchen zu.

Helene steht auf, das arme Baby an ihre nackte Brust gepresst. Sosehr sie sich auch bemüht, der Kleine will weder aufwachen noch saugen.

»Leni, gib her. Du tust dem Mäxchen noch weh.« Geübter als erwartet nimmt er ihr den Säugling wieder ab. »Später kommt dein Irrenarzt und sieht sich dich noch einmal an. Du bist hier inzwischen so etwas wie eine kleine Berühmtheit auf der Station. Alle Achtung.«

Seine Stimme klingt tief, und Helene glaubt, Bewunderung herauszuhören.

»Wo ist diese schreckliche indische Schwester? Die kennt unseren Max.«

»Du meinst Schwester Janisha?«

Helene blickt überrascht hoch.

»Ich habe schon nach ihr gefragt, weil ich dachte, sie könnte dich am ehesten beruhigen. Aber sie ist auf Urlaub.«

So viel Einfühlungsvermögen hat Helene ihrem Freund gar nicht zugetraut.

»Dieses Rumpelstilzchen hätte mich wahrscheinlich auch nicht trösten können. Doch von der gesamten Belegschaft auf der Geburtenstation ist sie diejenige, die unseren Max am besten kennt. Sie wird bestätigen, dass jemand die Kinder vertauscht hat. Wann kommt sie denn zurück? Und warum weißt du, wie diese Schreckschraube heißt? Du merkst dir doch sonst nichts.«

»Was weiß ich, wann die wieder Dienst hat. Habe den Namen wohl irgendwo gelesen oder gehört.«

»So frag doch nach. Irgendjemand wird schon wissen, wann sie aus dem Urlaub zurückkommt.«

Aber Sven wirft ihr nur einen unbestimmten Blick zu und verzieht sein Gesicht.

Dann sagt er leise: »Nerv nicht.«

Seine Worte tun ihr weh.

Sie muss für einen Moment an ihre Mutter denken.

Auch wenn das Kind nicht ihres ist, Helene erträgt es nicht, dass Sven es im Arm hält. Es liegt irgendwie schief, und sein Kopf neigt sich bedrohlich nach hinten.

»Gib ihn mir zurück. Du hast keine Ahnung, wie man dieses zerbrechliche Wesen anfassen muss«, faucht sie und beschließt, dass die Zeit der Freundlichkeit nun endgültig vorbei ist. Wenn sie schon als Irre eingestuft und entsprechend behandelt wird, muss es sie nicht mehr kümmern, was die anderen von ihr halten.

Fast überkommt sie Zufriedenheit, als sie das Baby an sich presst. Sie schnüffelt an seinen Wangen. Doch da ist nichts Frisches, es riecht eher nach welkenden Blumen.

»Ich mach mich jetzt auf den Weg«, murmelt Sven und verlässt grußlos das Krankenzimmer.

Was soll sie bloß tun?

Der Kleine nuckelt gleichgültig an ihrer Brustwarze. Anders als Max saugt er sich nicht fest.

Helene drückt ihre schmerzende Brust. Ein dicker Strahl Milch schießt heraus und trifft das Baby an der Nase. Erstaunt öffnet es seine Augen.

Sie sind von einer mattblauen Farbe, die sie nicht zuordnen kann. Max' strahlend kornblumenblaue Augen fallen ihr wieder ein. Mit einer Zärtlichkeit, die sie selbst überrascht, streicht sie über den kleinen Kopf. Wie verschwitzt er sich anfühlt.

»Ach, Max. Mein Max, wo bist du?«, flüstert sie und massiert die andere Brust.

Wenn der Kleine nicht endlich zu trinken beginnt, wird sie die Milch abpumpen oder herauskneten müssen.

Als könne das Baby ihre Gedanken lesen, spitzt es seine bläulich grauen Lippen und macht ein leises schmatzendes Geräusch. Sofort legt Helene es an ihre pochende Brust. Und erstaunlicherweise weiß der Kleine jetzt, was zu tun ist. Entschlossen umschließt sein Mund ihre Brustwarze. Seine zaghaften Saugversuche fühlen sich an wie der Flügelschlag eines Schmetterlings.

Erleichtert gibt sie dem Kind auch ihre andere Brust, und wieder trinkt es, als hätte es alle Zeit dieser Welt.

Das erste Mal seit der Katastrophe im Säuglingszimmer kehrt so etwas wie Ruhe in ihrem Inneren ein.

»Wir beide sind jetzt ein Team. Wir brauchen einander. Du meine Milch, um groß und stark zu werden, und ich dich, damit ich nicht platze.«

Der Säugling ist wieder eingeschlafen. Er wirkt jetzt gelöst, alles Angestrengte ist aus seinem fahlen Gesicht gewichen.

Helene wundert sich, warum man das Baby so lange bei ihr lässt. Doch heute führt ja nicht Rumpelstilzchen das Regime über die Brut.

Summend, mit dem Kleinen auf ihrem Arm, stellt sie sich ans Fenster. Ihr Blick irrt über die Landschaft bis hin zu den fernen Bergen.

»Max, wo bist du? Wer hat dich mir genommen? Was hat man dir angetan? Und wer bist du, mein Kleiner? Vermisst dich denn niemand?«

Ihre Worte hauchen matte Kreise auf die Scheibe.

Fast zögernd setzt die Dämmerung ein und legt sich wie ein weiches Tuch über den Garten. Die Bäume neben den Blumenrabatten werden zu dunklen Wächtern.

Bis auf das Ticken des Radioweckers herrscht bedrückende Stille, nur das Baby seufzt hin und wieder. Sein feuchter Kopf ruht auf ihrer Schulter.

Wie er wohl heißt?, fragt sich Helene und stellt nach einem Blick auf das Schild an seinem Handgelenk fest, was sie ohnehin weiß.

Was man ihr schon im Kinderzimmer gesagt hat.

Die Lüge.

Max.

Sie beschließt, den Kleinen Moritz zu nennen.

Müde vom Schreien, Weinen und Klagen, müde von Verzweiflung, Qual, Sehnsucht und Kummer presst sie ihre Stirn an die kühle Scheibe des Fensters. Vergessene Reime aus einem Kinderbuch fallen ihr ein.

Max und Moritz machten beide,
als sie lebten, keine Freude.
Bildlich siehst du jetzt die Possen,
die in Wirklichkeit verdrossen,
mit behaglichem Gekicher,
weil du selbst vor ihnen sicher.
Aber das bedenke stets:
Wie man's treibt, mein Kind, so geht's.

»Max und Moritz«, flüstert sie und wird von Erinnerungen überschwemmt.

10

Es war brütend heiß, dennoch saßen Franky und ich im Baumhaus, wo die Luft zum Schneiden war. Das war lange Zeit unser Lieblingsplatz, hoch oben, versteckt hinter den dichten Blättern der Kastanie.

Seit unserem ersten Kuss waren viele weitere gefolgt. An allen möglichen Orten küssten wir uns. In meinem Zimmer, bei Franky zu Hause, sogar in der Küche, wenn niemand uns sah, im Wald, am See, auf den Wiesen, am liebsten aber hier in unserem Baumhaus unter der beschützenden, dichten Baumkrone. Manchmal sah ich ihn an, mitten in einer Bewegung, und verliebte mich noch ein wenig mehr in ihn. Mehr als einmal sagte er mir, dass es ihm ebenso ginge.

Wir hockten auf dem ausgefransten Teppichrest und tranken picksüße und herrlich saure Zitronenlimo. Der Wind fuhr knisternd ins Schindeldach, die Blätter über uns rauschten. Das Baumhaus erbebte, und ich zuckte leicht zusammen.

»Zum Baden habe ich keine Lust. Dafür umso mehr auf eine schnelle Partie Würfelpoker.« Franky leckte sich erwartungsvoll über die Oberlippe. Wie üblich würde der Verlierer ein Stück Erdbeertorte aus der Bäckerei am Ende der Straße holen. Ja, wir spielten ums Taschengeld.

»Du bist so unsportlich, dass es schon wieder komisch ist«, sagte ich lachend und nahm einen großen Schluck Limo. Im selben Augenblick spürte ich einen schmerzhaften Stich in meinem Mund. Da war etwas Pelziges auf meiner Zunge. Angeekelt spuckte ich aus und schrie laut.

Franky sah mich erschrocken an, dann betrachtete er suchend den Boden.

»Scheiße. Da war eine Biene. Mach den Mund auf. Wo hat sie dich gestochen?«

Ich tat wie geheißen, und Frankys Augen wurden groß.

»Unter deiner Zunge steckt ein Stachel«, sagte er betont ruhig.

»Hmm?« Ich war so erschrocken, dass ich den Mund wieder zuklappte.

»Mach ihn wieder auf. Sofort«, herrschte Franky mich an und zwang mit Daumen und Zeigefinger beider Hände meine verkrampften Lippen und Zähne auseinander.

Mit einem Ruck zog er den Stachel aus meiner Zunge.

Ich versuchte zu lächeln, doch mein Mund fühlte sich auf einmal seltsam an, wie nach einer Betäubungsspritze beim Zahnarzt.

»Hör mir ganz genau zu.« Frankys Stimme hatte einen unangenehmen Befehlston angenommen, gegen den ich mich instinktiv sträubte, aber ich bekam keinen einzigen Laut des Protestes heraus. »Du machst jetzt genau, was ich dir sage. Steig vorsichtig hinter mir die Leiter hinunter und halte dich gut fest. Sobald du die Wiese unter deinen Füßen spürst, legst du dich unter dem Baum in den Schatten und wartest, bis ich zurückkomme.«

»Wo gehst du hin?«, wollte ich fragen, doch mir war die Luft knapp geworden.

Ich taumelte die Sprossen hinab. Auf sicherem Boden angekommen, ließ ich mich in das kurz gemähte Gras unter der Kastanie fallen.

»Leg dich auf den Rücken und stemme deine Beine gegen den Baumstamm!«, rief Franky und verschwand bereits im Inneren unseres Hauses.

Mir wurde schlecht. Als ich versuchte, meinen Mund zu öffnen, bekam ich ihn nicht auf. Es fühlte sich an, als wäre meine Zunge auf das Fünffache angeschwollen und meine Lippen miteinander verschweißt. Irgendwann war Franky wieder neben mir und klatschte kaltes Wasser in mein Gesicht und auf meinen Hals. Ein nasses Geschirrtuch meiner Mutter landete auf meiner Stirn.

Ich bekam nur am Rande mit, dass es ihm gelungen war, meine Zähne auseinanderzuzwängen und einen Eiswürfel dazwischenzuschieben. Danach drückte er mit einem Löffel meine Zunge so tief hinunter, dass ich zu würgen begann. Trotz der Übelkeit konnte ich etwas besser atmen.

Die ganze Zeit über redete Franky ruhig auf mich ein. Ich wurde allerdings so müde, dass ich seinen Worten nicht richtig folgen konnte. Es kam mir vor, als wäre ich hoch oben auf einer Bergspitze, wo der Sauerstoff knapp ist. In meinem Hirn ging alles drunter und drüber.

Irgendwann geriet ich in Panik. Alles in meinem Mund und Hals war eng und wurde mit jeder Sekunde enger. Ich griff mir an die Kehle und würgte den Löffel heraus. Mein Herz raste erbarmungslos schnell, meine grotesk geschwollene Zunge füllte inzwischen den gesamten Mundraum bis hin zum Zäpfchen aus, sodass ich fast gar keine Luft mehr bekam.

Einen Moment lang wurde mir schwarz vor den Augen. Silberne Sterne tanzten einen wilden Reigen.

»Helen! Wach auf! Dableiben! Atmen! Eins, zwei. Eins, zwei, drei. Eins, zwei. Versuch es durch die Nase.« Franky hielt meinen Kopf.

Dann hörte ich laute Stimmen, und fremde Menschen in roten Jacken liefen durch unseren Garten. Irgendetwas in mir gab auf, und augenblicklich verlor ich das Bewusstsein.

Später erfuhr ich, dass ich auf die Biene allergisch reagiert hatte und es nur Frankys Geistesgegenwart verdankte, dass nichts Schlimmeres geschehen war.

»Du hast das Insekt aus dem Glas in dich hineingeschlürft, du Dummie«, waren Frankys erste Worte, als ich im Krankenhaus zu mir kam.

Gott sei Dank bekam ich da bereits wieder genug Luft, um ihm empört zu widersprechen.

Dann öffnete sich die Tür nicht, sie flog regelrecht auf. Mama, gefolgt von Papa, der einen krähenden Tim auf den Schultern trug, stürmte ins Krankenzimmer.

Später meinte Franky zu mir, sie wären viel blasser gewesen als ich.

»Ihr konntet doch nicht wissen, dass ich auf Bienen allergisch reagiere«, versuchte ich sie zu beruhigen, als sie zu lamentieren begannen, was alles hätte passieren können und wie sie mich besser hätten beschützen sollen.

Franky sprang mir bei und ergänzte: »Der Arzt meinte, eine Allergie kann von einem aufs andere Mal entstehen. Ohne Vorwarnung. Sie tritt praktisch nie beim ersten Stich auf.«

Jetzt erst schienen Mama und Papa ihn zu bemerken. Er hatte die Gabe, in einem Raum mit der Umgebung zu verschmelzen, und kauerte auf einem Besucherstuhl hinter meinem Bett, fast verborgen vom Schrank.

»Nicht auszudenken, Franky, was geschehen wäre, wenn du nicht bei ihr gewesen wärest«, sagte meine Mutter aufgeregt, und mein Vater fügte mit belegter Stimme hinzu: »Du hast einen kühlen Kopf bewahrt. Helene hatte großes Glück.«

Beide sahen ihn überaus freundlich an. Papa streckte über mein Bett hinweg die Hand aus und schüttelte die von Franky so lange, bis es peinlich wurde, und meine sonst eher zurückhaltende Mutter, ich dachte, ich sehe nicht recht, umarmte den sich windenden Burschen sogar. Dann drückte sie ihm einen Kuss auf die Stirn.

»Die Ambulanz war gleich da.« Franky winkte verlegen ab.

Ich verbiss mir ein Lachen und vergrub dabei mein Gesicht im T-Shirt meines kleinen Bruders, den Papa neben mich auf das Bett gesetzt hatte. Tim roch nach Blaubeerkeksen und Schokomilch, und ich kitzelte übermütig seinen Nacken.

»Lene, lass mich.«

»Vorsicht, Timmi, Helene ist krank«, schimpfte meine Mutter gleich los und hob ihn hoch.

»Krank? Ich bin nicht krank! Ist doch alles wieder gut.« Ich schwang meine Beine aus dem Bett und klatschte munter in die Hände. »Gebt mir meine Sachen, Franky und ich wollen ins Kino.«

»Helen. Das geht nicht. Die Ärzte sagen, du musst die Nacht über zur Beobachtung hierbleiben.«

Ich konnte Franky ansehen, welche Überwindung es ihn kostete, das zu sagen, aber die Achtung meiner Eltern ihm gegenüber wuchs dadurch noch mehr. Für meinen Vater war er vom Schuljungen, der unangemessen viel Zeit mit der behüteten Tochter des Hauses verbrachte, schon fast zu einem Teil der Familie geworden. Ich jedoch schmollte. Mir gefiel der erwachsene Franky längst nicht so gut wie der alte.

Und meinen Willen setzte ich auch nicht durch. Sosehr ich mich anstrengte, ich konnte weder meine Eltern noch die Ärzte davon überzeugen, das Spital vorzeitig verlassen zu dürfen, aber ich schwor mir, in Zukunft möglichst wenig Zeit in Krankenhäusern zu verbringen.

Nach dieser Bienen-Attacke stand Franky in der Gunst meiner Eltern unverrückbar weit oben. Ihm gefiel der Umschwung sichtlich, und manchmal schien es mir, in einem Anflug von Eifersucht, als hätten meine Eltern plötzlich ein drittes Kind.

11

Rosner schweigt.

Er wird bei Besuchen im Krankenhaus immer ganz still.

Eine seiner frühesten Erinnerungen, er war kaum vier Jahre alt, ist die an ein Krankenzimmer, in dem es nach Wurst roch. Zwei alte Frauen saßen an einem Tisch und jausneten. Seine Oma lag gleich daneben in einem Bett und schlief. Sie war nie mehr aufgewacht, weil sie, wie sein Vater ihm später erklärte, schon viel zu müde zum Leben gewesen war, aber diesen ganz besonderen Wurstgeruch hat Rosner auch heute noch manchmal in seiner Nase. Er hatte seine Oma noch atmen gesehen in diesem Bett. Irgendwann, vielleicht mit sieben, fragte er seinen Vater, weshalb er damals kein Fenster geöffnet habe. Sein Papa hatte die Achseln gezuckt, und Rosner wollte sich, ohne es damals artikulieren zu können, mit der scheinbaren Teilnahmslosigkeit, die man einer Sterbenden entgegenbrachte, lange nicht abfinden.

An einen weiteren Krankenbesuch, es war kurz nach seinem zehnten Geburtstag, kann er sich sehr gut erinnern. Ein Onkel von ihm lag mit eingegipstem Fuß in einem Spezialbett, einem mit richtigem Kran, der das Bein hochhielt. Eine Dampfwalze sei ihm über die Zehen gerollt, erzählte der Onkel, aber Rosners Papa hatte daheim am Telefon gesagt, dass dem Christian die Flasche Wein wohl zu schwer geworden war und dass man barfuß eben nicht trinken solle. Rosner durfte seinen Namen auf den Gips schreiben und hatte für Lachen gesorgt, als er fragte, ob das Bein nun ihm gehöre.

Ein knappes Jahr später hatte er Halsweh bekommen und ein paar Wochen darauf gleich noch einmal, und dann musste er selbst ins Krankenhaus, weil seine Mandeln ständig entzündet waren. Rosner hat keine Erinnerung an die Operation, dabei war es gar keine Vollnarkose, aber die Schmerzen danach kann er bis heute nachempfinden. Ganz viel Eis dürfe er essen, wenn die Mandeln erst raus wären, so hatten seine Eltern ihm das Notwendige schmackhaft machen wollen, aber als es dann so weit war, tat ihm der Hals viel zu weh, um Freude daran zu haben. Und schließlich war da noch Hilde, eine dickliche Krankenschwester, die nach Lavendel roch und Rosner den Aufenthalt vollends vermieste, indem sie ihm eine scheuerte, weil er sich im Schlaf, peinlich genug, eingenässt hatte.

Doch all das ist nichts im Vergleich zu dem Moment, als Rosner geschockt auf dem Gang saß und auf die Schwingtür starrte, hinter der die Ärzte um das Leben seiner Tochter kämpften, seine Hand um Klaras Barbiepuppe gekrampft, als wollte er sie nie wieder loslassen.

Stundenlang saß er so da, fast bewegungslos, in sich selbst zurückgezogen, apathisch auf Nachricht wartend. Eine kalte Angst, er kann es nicht anders benennen, hatte von ihm Besitz ergriffen, und ihm war klar, dass, ganz gleich, wie die Operation endete, nichts mehr so sein würde wie vorher.

Hat er Hoffnung gehabt in diesen Stunden? Rosner weiß es nicht.

Irgendwann war Simone gekommen, und als er über ihren Handrücken strich, war sie von ihm abgerückt. Gesprochen hatten sie nicht, nur gewartet. Immer wenn sich die Tür zum Operationssaal öffnete, hatten sich ihre Augen geweitet. Sie versuchten, in den Mienen der Ärzte und Schwestern zu lesen und Chancen für Klara zu berechnen. Bei jedem ernsten Gesichtsausdruck sanken sie noch mehr in sich zusammen.

Und dann waren sie alle rausgekommen, an ihnen vorbeigegangen, und einer, ein Blonder, hatte gelächelt, aber die meisten Gesichter waren sehr ernst gewesen.

Klara sei jetzt auf der Kinderintensivstation, hatte man ihnen mitgeteilt. Dort hing ihre kleine Tochter an Schläuchen und technischen Geräten, so fahl im Gesicht, so leblos. Rosner wagte kaum, sie anzusehen, zu groß war die Angst, zu heftig der Schmerz. Neben ihm weinte Simone.

Am zweiten Tag begannen die Geräte verrücktzuspielen. Simone und er mussten das Zimmer verlassen. Durch die Glasscheibe sah Rosner, wie eine Unzahl weißer Mäntel die Sicht auf das Bett versperrte.

Schließlich kamen sie alle wieder raus, einer nach dem anderen. Der Letzte, ein Arzt mit dicken Tränensäcken unter den Augen, hatte bedauernd den Kopf geschüttelt, sich zu ihnen gesetzt und ihnen sein Beileid ausgesprochen. Die Verletzungen wären zu schwer gewesen, der Hirntod sei vermutlich schon kurz nach der Einlieferung eingetreten.

Nein, Rosner hat keine guten Erinnerungen an Krankenhäuser.

Jetzt aber geht er beinahe beschwingt auf die Eingangstür zu, die sich ihm für seinen Geschmack nicht schnell genug öffnen kann.

Denn Alice kommt nach Hause. Er darf sie abholen.

Körperlich schonen solle sie sich, hatten die Ärzte ihr in einem ernsten Gespräch aufgetragen, und Aufregung sei ihr ausnahmslos verboten. Das hatten sie mehrmals betont. Bis ins kleinste Detail wären sie alles mit ihr durchgegangen, hatte Alice ihm vor wenigen Stunden am Telefon erzählt, so dürfe sie zum Beispiel keinesfalls lange auf hartem Untergrund stehen, Leitern wären zu meiden und viel Schlaf, verbunden mit richtiger Ernährung, ein Muss.

Wie sie denn essen könne, wenn sie doch schlafen müsse, hatte Rosner gefragt und zu seiner Freude ein lachendes »Dummkopf« geerntet.

Er hatte den restlichen Tag freigenommen, Überstunden hatten sich genug angesammelt, und war nach Hause gefahren. Zwar war er im Fall des trinkenden Einbrechers noch immer keinen Schritt weitergekommen, aber der »fröhliche Weinberg« musste eben noch etwas warten. Außerdem schien er nach seinem letzten Überfall ohnehin eine schöpferische Pause eingelegt zu haben.

In der Wohnung war er es strategisch angegangen. Zuerst hatte er auf dem Boden liegende Schmutzwäsche in den dafür vorgesehenen Korb im Badezimmer gestopft, dann kümmerte er sich um das Geschirr, das sich im und, nun ja, ebenso neben dem Spülbecken stapelte. Schließlich griff er zum Staubsauger und vergaß dabei auch nicht die geheimnisvollen Ecken, in denen sich die Fussel, das hatte die Hausfrau ihm einmal verraten, ganz besonders gern ansammelten. Alles keine Hexerei, hatte Rosner gedacht und war über das Kabel des Saugers ins Schlafzimmer gestolpert. So konnte er auch gleich noch die Betten überziehen und kam, alles in allem, rasch voran.

Jetzt stapft er den Krankenhausgang entlang, klopft kurz an und betritt Alices Zimmer.

Das Bett ist leer, und Rosner wundert sich, dass er keine Spuren eines unmittelbar bevorstehenden Aufbruchs erkennen kann. Sie muss sich ja schonen, denkt er, also werde ich das Packen übernehmen. Viel ist es ja nicht.

Blut?

Hat er eben Blut gesehen?

Rosner wirbelt zurück in Richtung des Bettes. Vorsichtig hebt er die Decke und starrt auf das Leintuch. Ein bräunlicher Fleck hat sich dort ausgebreitet, beängstigend groß und auch durch intensives Wunschdenken nicht wegzubekommen.

Er geht zurück auf den Gang und dort unsicher ein paar Schritte auf und ab. Jetzt überfällt ihn mit aller Macht der unangenehme Krankenhausgeruch, jener undefinierbare, ganz spezielle Geruch, der ihn immer ängstigt, ihn schwerer atmen lässt.

Wo ist Alice?

Vorne im Schwesternzimmer vertrösten sie ihn. Eine Untersuchung sei unmittelbar anberaumt worden. Die Patientin habe eine Blutung gehabt, nichts Besonderes hier, er müsse sich keine Sorgen machen und solle erst mal abwarten. Soll ich auch Tee trinken?, will Rosner die Frau anfahren, verbeißt es sich aber im letzten Moment.

Im Hintergrund sieht er ein Lämpchen aufleuchten, und die Schwester eilt geschäftig, eine Entschuldigung murmelnd, an ihm vorbei.

»Unser Psycho spielt wieder verrückt«, meint er zu hören und fühlt sich zunehmend unsicher.

Nervös beobachtet er, wie frische Wäsche gebracht und Alices Bett überzogen wird. Die bloße Matratze, in die sich rostbraun der Blutfleck eingebrannt hat, wird umgedreht, nicht ersetzt. Nur keine Umstände, denkt Rosner und versucht sich abzulenken. Er muss abwarten.

Doch das hat er noch nie gut gekonnt. Nicht dass es ihm an Geduld fehlen würde, das nicht. Bei Verhören ist er die Ruhe selbst und kann gerade durch seine Gelassenheit, seine Unaufgeregtheit ein Vertrauensverhältnis zu den Beschuldigten aufbauen, ein Umstand, der oft genug zu Geständnissen führte. Aber das Warten, ohne selbst etwas tun zu können, das ist ihm verhasst.

Vor einigen Jahren, als er noch trank, hatte er eines Abends, an der Bar eines heruntergekommenen Hotels lehnend, die Theorie aufgestellt, dass sich die Menschheit ausnahmslos in A: Hektiker und B: Aussitzer einteilen ließe. Er selbst wähnte sich gerade auf dem Weg von A nach B, benutzte manchmal aber noch Nebenstraßen. Tatsächlich war ihm nach dem Tod seiner Klara das Leben abhandengekommen, es hatte ihn nicht mehr interessiert, und nicht nur ein Mal hatte er an Selbstmord gedacht.

Jetzt sieht er Alice auf sich zukommen. Sie sitzt in einem Rollstuhl und wird von einem Pfleger geschoben. Rosner erschrickt, denn ihre Augen liegen tief in den Höhlen, ihre Fältchen um Nase und Mundwinkel haben sich vertieft.

Mein Gott, ist sie blass, denkt Rosner und versucht, ein Lächeln auf seine Lippen zu pressen.

Sie nicken sich zu.

Rosner betritt hinter ihr das Zimmer und sieht, wie der Pfleger Alice hoch und ins Bett hebt. Wie mühelos das aussieht, denkt er, sie hat sicher an Gewicht verloren.

Endlich sind sie allein, und Rosner bringt ein einsames »Na?« heraus, mehr lässt der Kloß, der in seinem Hals steckt, nicht zu.

»Ich war beim Ultraschall«, erklärt Alice. »Plötzlich hatte ich starke Schmerzen, mein Kreislauf spielte verrückt, und dann kam Blut, diesmal viel. Rosner, sie fürchten, dass sich die Plazenta ablöst, und das Baby kann noch nicht atmen. Die Lunge ist noch nicht weit genug entwickelt, verstehst du? Wir müssen warten, sechs oder sieben Wochen mindestens noch, dann können sie unser Kleines notfalls per Kaiserschnitt holen.«

Rosner schluckt. »Ich habe daheim alles vorbereitet, du kannst ganz beruhigt sein, nichts wirst du machen müssen. Ich nehme Pflegeurlaub und werde kochen, und die Wäsche …«

Sie lächelt ihn an, nimmt vorsichtig seine Hand, die gestikulierend die Luft vor ihr teilt. »Nein, Rosner, ich muss hierbleiben, alles andere wäre zu gefährlich. Aber wir haben auch Glück, denn wäre mir das zu Hause passiert, wäre unser Baby jetzt tot.«

Rosner, der seine eigene Vorstellung von Glück hat, nickt dennoch. Erst langsam wird ihm die Tragweite des eben Gehörten klar.

»Wie lange müssen wir bangen?«, fragt er und schaut sie hilflos an.

»Wie gesagt, mindestens sechs oder sieben Wochen, wegen der Lungenreife. Ich habe es dir vorhin versucht zu erklären. Je später die Geburt eingeleitet wird, desto größer die Chance, dass unser Kleines gesund ist. Alles hängt davon ab, dass ich ruhig liege. Rosner, es tut mir leid.«

Alice beginnt zu weinen, und er sitzt daneben, sitzt einfach nur da, kann nichts tun. Die Zähne hat er so fest aufeinandergepresst, dass die Backenknochen weißlich hervortreten. Immer wieder räuspert er sich und bringt doch keinen Ton hervor.

Zwei Stunden später sitzt er immer noch hier. Alice ist in einen leichten Schlaf gefallen, ihr feines helles Haar klebt an ihren Backenknochen, und er hält nach wie vor ihre Hand. Hin und wieder schaut eine Schwester herein, und auch ein Arzt war inzwischen da und hat kurz mit ihm gesprochen. Sehr ruhig und freundlich hat er gewirkt und sehr kompetent, vor allem aber gar nicht besonders besorgt.

Rosner fasst ein wenig Mut aus der hier herrschenden Professionalität, findet sich langsam in die neue Situation ein.

Als er hochschaut, begegnet er Alices Blick. Ihre grünen Augen sind traurig.

Wieder wird ihm bewusst, wie wichtig sie für ihn geworden ist.

12

Helene geht langsam den Gang entlang. Aus den Krankenzimmern links und rechts von ihr dringen gedämpft Geräusche. Babygeschrei, die Stimme eines Nachrichtensprechers, Gelächter und klassische Musik. Am liebsten möchte sie sich die Ohren zuhalten und so lange brüllen, bis alle zusammenlaufen.

Sie will ihren Max zurück.

»Frau Kasper, wohin des Weges?« Die Stimme der jungen Hilfsschwester klingt alarmiert.

»Ich gehe in die Kapelle. Vielleicht finde ich dort Erleuchtung und Antworten auf meine Fragen«, antwortet sie spitz.

»Dort ist jetzt niemand. Der Priester kommt erst gegen Abend, um die Salbungen vorzunehmen. Außerdem haben Sie noch einen Termin. Dr. Friede wird gleich bei Ihnen sein. Bitte bleiben Sie in der Nähe Ihres Zimmers.«

Die Salbungen?

Ist Max tot? Kommt deshalb der Pfarrer?

»Ist er gestorben?«, fragt sie mit bebender Stimme, doch die Schwester ist längst in einem der Patientenzimmer verschwunden. Helene atmet stoßweise aus.

Was ist, wenn ihrem Kind etwas zugestoßen ist, und es ihr niemand sagen will? Unterschiedliche Szenarien, eines fürchterlicher als das andere, geistern durch ihren Kopf.

Ist ihr Kind einer unaufmerksamen Schwester aus der Hand geglitten, erlitt es einen Schädelbasisbruch mit inneren Blutungen und konnte nicht mehr gerettet werden? Ist diese Tamilin die Täterin und nicht auf Urlaub, sondern vom Dienst suspendiert? Kommt der Psychiater, um ihr das alles schonend beizubringen?

Oder wurde Max vom plötzlichen Kindstod dahingerafft, bevor jemand eingreifen konnte? Hat seine Atmung einfach ausgesetzt? Seine Apgar-Werte waren doch angeblich schlecht. Dazu noch die Belastung durch Svens Drogenkonsum.

Helene lehnt sich an die Wand des Flurs. Eine unverhofft auftretende Schwäche in den Beinen zwingt sie, mit dem Rücken an der Wand entlang nach unten zu gleiten und sich auf den Linoleumboden zu setzen. Angestrengt versucht sie, alles, was sie jemals über den Konsum von Drogen und die Auswirkungen auf Neugeborene gehört hat, abzurufen.

Doch sie kommt zu keinem vernünftigen Schluss. Max war bei der Geburt weder untergewichtig noch wirklich geschwächt. Sie selbst hat während der Schwangerschaft nicht geraucht, allenfalls passiv. Und unabhängig davon, ob sie Sven für einen Kiffer ohne Verantwortungsgefühl hält, wird Gras nicht auch als Medizin eingesetzt? Vor allem aber ist da die Frage: Woher kommt das fremde Baby, das man ihr untergeschoben hat?

Wer ist seine Mutter?

Sucht sie denn nicht nach ihrem Kind?

Mühsam zieht sich Helene hoch und setzt ihren Weg fort.

Irgendetwas passiert hinter ihrem Rücken, irgendwer spielt mit ihr, da ist sie sich sicher. Und noch etwas weiß sie: Trotz all ihrer Verwirrung, ihren Zwängen und bedrohlichen Ängsten ist sie in der Lage, ein fremdes Kind von ihrem eigenen zu unterscheiden.

Gequält überlegt sie, welch hohen Preis diese Erkenntnis gefordert hat. Max musste erst verschwinden, damit sie sicher war, ihn unter Tausenden Babys wiedererkennen zu können.

Vielleicht wurde Max entführt?

Aber sie sind arm. Sogar hoch verschuldet wegen irgendwelcher Geschäfte, die Sven tief in die Fänge dubioser Gläubiger getrieben haben. Lösegeld ist von ihnen keines zu holen.

Helene sehnt sich mit einem Mal heftig nach ihrer Mutter.

Unentschlossen, ob sie überhaupt noch in die Kapelle will, schiebt sie die Tür auf.

Es ist niemand zu sehen. Der erstaunlich große, mit mehreren Sitzreihen ausgestattete Raum wirkt düster. Von draußen dringt das fahle Licht der Straßenlaternen gebrochen durch die blauen Mosaikfenster. Der Weihrauch kitzelt ihre Nase, Helene beginnt zu niesen. Ihre Allergie gegen diesen beißenden Geruch ist der Grund, warum sie seit Jahren in keiner Kirche mehr war.

Als Kind hat sie durch ihre unkontrollierbaren Explosionen immer wieder unfreiwillig die Messe gestört, so lange, bis ein beherzter Pfarrer ihren Eltern nahelegte, sie künftig von der Andacht fernzuhalten. Echten Glauben, so behauptete der Kirchenmann damals, könne man auch in den eigenen vier Wänden ausüben, und die bedauerlichen Körpergeräusche würden sich negativ auf die Andacht der ohnehin spärlichen Gemeinde auswirken.

Warum sie jetzt unbedingt hierher muss, kann sie sich selbst nicht erklären. Vielleicht, um ein wenig inneren Frieden zu finden?

Doch statt Beruhigung zu erlangen, kehrt nur die unangenehme Weihrauch-Allergie zurück.

Niesend geht sie an dunklen Marmorsäulen vorbei und macht einen großen Bogen um das Weihwasserbecken.

»Gesundheit«, hört sie eine leise Stimme sagen und dreht sich um.

In einer der Bänke sitzt die magere Frau mit den hellen Haaren. Ihr blasses Gesicht scheint im Dämmerlicht zu leuchten, während die Schatten unter ihren Augen ihm alle Farbe nehmen.

»Alice, richtig?« Helene setzt sich zu ihr.

Ihre Nase rinnt, und sie wird von einem neuerlichen Niesanfall geschüttelt. Keuchend entschuldigt sie sich und versichert atemlos, von keiner Verkühlung geplagt zu sein, also keinesfalls ansteckend auf ihre Umgebung zu wirken. Ihre Sitznachbarin, die ein wenig abgerückt war, ist beruhigt. Sie beginnt, Helene von den aufgetretenen Komplikationen in ihrer Schwangerschaft zu erzählen, und macht deutlich, wie schwer es für sie ist, Stärke zu zeigen.

»Lass dich doch gehen, zeig deine Gefühle.« Helene hat für ein solches Heldentum kein Verständnis.

»Nein, ich muss stark sein, Simon findet sich sonst nicht zurecht.« Alice lächelt. »Er ist Polizist, und ich kann nicht verantworten, dass er ausrastet.«

Helene horcht auf. Ein Polizist? Vielleicht kann er ihr helfen.

Schon erzählt sie Alice, was letzte Nacht passiert ist. Sie sieht Zweifel in ihren Augen aufglimmen und erinnert sich, ihr vor Kurzem von ihrer Angst, ihr eigenes Baby nicht wiedererkennen zu können, berichtet zu haben, aber sie kann nicht aufhören zu reden. Alles, ihre Ängste, ihre Verzweiflung, sprudelt aus ihr heraus, und schließlich sitzt sie tränenüberströmt neben dieser Frau, die sie kaum kennt. Alice hat einen Arm um ihre Schulter gelegt und unterbricht sie kein einziges Mal.

»Wäre alles normal gewesen, hätte ich längst mit meinem Sohn das Sanatorium verlassen können, aber seine Werte waren schlecht, und jetzt halten sie mich hier unter Beobachtung, grad so, als würden sie bei mir um die Sicherheit des Babys fürchten. Hätten sie auf meinen Max nur schon früher besser aufgepasst.« Helene schnaubt unter Tränen. »Ich weiß doch selbst, wie unglaublich das klingt, zuerst meine dummen Befürchtungen, und nun soll genau das eingetreten sein? Ich könnte mir auch nicht glauben, wäre ich eine andere, und die einzige Person, die wissen muss, dass ich nicht verrückt bin, ist angeblich auf Urlaub.« Abrupt steht sie auf. »Verzeih mir, dass ich mich ausgerechnet bei dir so ausgeweint habe, ich weiß, dass du deine eigenen Probleme hast.«

Fast fluchtartig verlässt sie den Raum und hastet zurück zu ihrem Zimmer.

Vom Besuch der Kapelle bleibt ein bedrohlich wirkendes Abbild in ihr zurück. Düster, abweisend und kalt. Und doch hat sich etwas verändert. Das Gespräch, sie selbst nennt es Beichte, hat ihr gutgetan.

»Frau Kasper, wo um alles in der Welt waren Sie? Ich warte schon seit mehr als einer halben Stunde.«

In Dr. Friedes Worten schwingt Ärger mit.

Störrisch lässt Helene sich auf die zerknitterte Decke ihres Bettes sinken. Soll er doch warten. Instinktiv greift sie nach dem Bambi und drückt ihr Gesicht in sein flauschiges Fell. Alles scheint sinnlos, auch die Frau eben in der Kapelle hat ihr wohl nicht geglaubt. Wozu also soll das Gespräch mit dem Arzt gut sein?

»Man hat mein Kind gestohlen.« Stur wiederholt sie ihren Vorwurf, und wieder überfällt sie die Verzweiflung so heftig, dass sie laut aufweint.

»Bitte beruhigen Sie sich. Warum um Himmels willen sollte Ihnen jemand Ihr Baby wegnehmen?«

Dr. Friede beugt sich über sie, und Helene nimmt trotz ihrer gequälten Nase sein aufdringliches Aftershave wahr. Angewidert weicht sie zurück.

»Sie haben doch keine Ahnung.«

Bevor der Arzt antworten kann, wird die Tür von einer Schwester geöffnet, die den krähend weinenden Moritz auf dem Arm hält.

»Frau Kasper, ich habe Sie vorhin gesucht. Ihr Kleiner weckt mit seinem Geschrei alle Babys auf. Kümmern Sie sich um ihn. Wir sind hier schließlich kein Hotel, und Sie werden lernen müssen, Verantwortung für Ihren Sohn zu übernehmen.«

»Ich war in der Kapelle. Ihre Kollegin wusste das doch.«

»Niemand hatte eine Ahnung, wo Sie waren. Niemand.«

Sie drückt Helene ein bebendes, in weiße Windeln gehülltes Bündel in die Hand, macht eine nachlässige Grußbewegung in Richtung des Doktors und verlässt vor sich hin schimpfend den Raum.

»Na, sehen Sie. Nun ist der Kleine doch wieder da. Alle Aufregung war unnötig.« Dr. Friede beugt sich abermals über Helene und streicht dem Baby über die verschwitzte Stirn. »Na, na, wer wird denn gleich? Ist ja alles gut, deine Mama ist hier«, versucht er es linkisch zu besänftigen.

Helene sieht ihn ungläubig an.

»Gar nichts ist gut. Das hier ist nicht mein Kind. Das ist Moritz.« Sie hebt das Baby vor ihr Gesicht. Es blickt sie erstaunt an und hört zu weinen auf. Nun sind es ihre Tränen, die wieder zu fließen beginnen. Der Kleine tut ihr so leid. Und Max. An ihn darf sie gar nicht denken.

Von plötzlicher Übelkeit gepeinigt, bittet sie Dr. Friede, Moritz zu halten, und verschwindet im Badezimmer.

»Ich komme gleich!«, ruft sie würgend durch die geschlossene Tür und hört den Arzt etwas Unverständliches murmeln.

Zum Glück hat Moritz zu schreien aufgehört. Kann man dieses klägliche Weinen überhaupt als Schreien bezeichnen?, überlegt Helene, während sie sich die Zähne putzt. Die Stimme ihres Sohnes klang da viel fordernder und kräftiger.

Als sie das Zimmer wieder betritt, steht Dr. Friede mit Moritz am Fenster. Leise spricht er auf den Kleinen ein. Als er sie hört, dreht er sich zu ihr um. In seinem Blick liegt eine Mischung aus Anklage und Empörung.

Plötzlich fällt ihr etwas ein.

»Sie!« Ihre Stimme ist so laut, dass beide zusammenzucken. »Sie haben Max doch gesehen. Ich weiß das, Schwester Janisha hat es mir erzählt. Sie haben sich die Zwillinge angeschaut.« Sie bleibt ganz knapp vor ihm stehen.

»Ja, ich war im Säuglingszimmer. Und das ist Ihr Kind. Wessen Kind soll es sonst sein?«

Helene unterbricht ihn scharf: »Max sieht ganz anders aus. Man kann die beiden gar nicht verwechseln.«

Unsanft nimmt sie ihm Moritz ab und setzt sich auf den Besucherstuhl. Als sie den Bademantel öffnet, um Moritz die Brust zu geben, bemerkt sie, dass Dr. Friede betreten zu Boden schaut.

»Haben Sie noch nie eine stillende Mutter gesehen?«, fragt sie grob.

»Frau Kasper«, übergeht er die Frage, »ich wollte mit Ihnen wegen der Medikamente sprechen. Wir müssen die Dosis erhöhen.« Er betrachtet sie mit unverhohlener Skepsis. »Vorausgesetzt, Sie haben schon angefangen, die Tabletten einzunehmen, was ich, offen gesagt, bezweifle.«

Helene lacht auf, obwohl sie die Situation überhaupt nicht komisch findet. »Ja, Sie vermuten richtig, ich habe keine einzige Ihrer Pillen geschluckt.«

»Das habe ich befürchtet.« Dr. Friede seufzt und massiert seine Nasenwurzel mit Daumen und Zeigefinger.

»Sie wollen mich unter Drogen setzen, weil ich mir ihrer Meinung nach etwas einbilde, das gar nicht stattgefunden hat? Weil ich ein Kind im Arm halte, es stille und trotzdem behaupte, dass es nicht meines ist? Weil ich meinem Baby nach der Geburt den Namen Max gab und es jetzt Moritz nenne? Verstehen Sie denn nicht, was hier läuft? Ich halluziniere nicht. Ich sage deshalb Moritz zu diesem Säugling, weil der Kleine an meiner Brust eben *nicht* Max ist.« Zornig reckt sie ihr Kinn vor.

»Natürlich kann ich Ihre Sorgen verstehen. Aber es ist nicht so, wie Sie denken, der Säugling an Ihrer Brust ist Ihr Sohn. Auch wenn Sie es nicht akzeptieren wollen, Sie zeigen Symptome einer postnatalen Psychose.«

Enttäuscht von Dr. Friedes Antwort sinkt Helene in sich zusammen. Sie kommt sich klein vor, so hilflos.

»Hören Sie auf.«

Er aber fährt unbeirrt fort: »So eine Krise nach der Geburt kommt häufiger vor, als Sie vielleicht glauben. Der Grund für diesen zugegebenermaßen beängstigenden und verwirrenden Zustand ist unter anderem die Hormonumstellung. Der Östrogenspiegel …«

Helene springt auf und läuft, das Baby an sich pressend, zum Bett. »Du armer Kleiner. Du armes Häschen«, schluchzt sie. »Niemand glaubt uns. Nur wir beide wissen, dass du Moritz und nicht Max bist.« Ihr ist, als würde sie sich mit dem leise wimmernden Baby in eine fremde Welt reden.

Dr. Friede sieht sie ernst an. »Wenn Sie sich weiterhin gegen eine Behandlung wehren, sind wir gezwungen, andere Schritte einzuleiten.«

»Verstehe ich Sie richtig? Sie wollen mich ins Irrenhaus stecken?«

»Nein, keineswegs. Aber ich werde Sie in ein Krankenhaus mit psychiatrischer Abteilung überweisen. Ein sehr guter Freund von mir leistet dort ausgezeichnete Arbeit. Sein Schwerpunkt sind Mütter, die ihre Kinder durch den plötzlichen Kindstod, eine Krankheit oder einen Unfall verloren haben. Bei ihm sind Sie bestens aufgehoben.«

Helene zuckt zurück. Das Baby beginnt zu wimmern, als hätte es ihre Verstörung gespürt. Automatisch streichelt ihre Hand über seinen kleinen Kopf.

Meinte der Arzt das eben ironisch? Zumindest hat er nicht hinzugefügt: Oder Mütter, die sich so etwas einbilden.

Dr. Friede hört nicht auf zu sprechen. »Frauen, die schon vor der Geburt an psychischen Erkrankungen leiden, traumatische Erlebnisse zu verkraften haben oder wenig Unterstützung in der Partnerschaft bekommen …«

Helene reicht es. Sie steht auf, bettet das Baby sicher zwischen Kissen und Decke und schließt den Bademantel. Das eben

Gehörte hat einen Schmerz in ihr ausgelöst, der jetzt von jäh auflodernden Zorn abgelöst wird. Wie zur Bekräftigung zieht sie den Frotteegürtel enger und sieht Dr. Friede an.

»Lassen Sie mich in Ruhe. Ich werde diese Pillen nicht schlucken, das schadet bloß dem Kind, und mir helfen sie nicht. Geben Sie Ihre Drogen dem Personal. Vielleicht kapiert dann mal einer, was läuft. Ja, ich hatte Panik, mein eigenes Kind nicht wiederzuerkennen. Ja, ich dachte, ich wäre nicht fähig dazu. Aber trotz meiner Ängste, die Sie mir als Wahnvorstellungen verkaufen wollen, habe ich es immer wiedererkannt, an jedem einzelnen Tag. Dazu wäre mein Zählen gar nicht nötig gewesen. Eins, zwei, drei. Das Dritte von links.« Immer lauter ist ihre Stimme geworden, fast schreit sie dem Arzt ihre Anklage entgegen: »Mit oder ohne zu zählen, mit oder ohne die Ängste und Zwänge, mein Kind ist seit gestern verschwunden. Und niemanden hier scheint das zu interessieren. Ich habe keine Wahnvorstellungen. Und damit basta.«

Dr. Friede lächelt sie an. Helene bemerkt, dass er einen erstarrten Tropfen Haargel auf seiner Stirn kleben hat.

»Frau Kasper, so sind Sie mir schon lieber. Es ist besser, Gefühle zu zeigen, als sich zurückzuziehen. Begleiten Sie mich doch auf den nächsten Kongress. Wir werden Aufsehen erregen.«

Kopfschüttelnd macht Helene einen Schritt zurück. »Dass Sie damit Späße machen, finde ich unerhört. Verlassen Sie das Zimmer und kommen Sie nicht wieder.«

»Ich gebe Ihnen bis morgen Zeit. Wenn Sie sich bis dahin beruhigt haben und wieder klarer sehen können, wenn Sie brav Ihre Tabletten einnehmen, wird alles gut werden. Anderenfalls sehe ich mich, wie vorhin schon gesagt, gezwungen, Sie in eine andere Abteilung zu überweisen. Sie müssen mich nicht so entsetzt anstarren! Es ist ausschließlich zu Ihrem Besten. Bei einem eventuellen Ortswechsel können Sie Ihren kleinen Max selbstverständlich mitnehmen. Das ist so vorgesehen und unerlässlich für die Mutter-Kind-Beziehung.«

Wutschnaubend drängt Helene Dr. Friede zur Tür hinaus. Keine Sekunde länger kann sie ihn hier ertragen.

Wenig später betritt eine Schwester, die sie noch nie gesehen hat, das Krankenzimmer. »Ich hole den kleinen Max«, sagt sie freundlich.

Aus ihrem blonden, hochgesteckten Haar haben sich einzelne Strähnchen gelöst. Die Grübchen in ihren Wangen geben ihrem rundlichen Gesicht etwas Einnehmendes. Für Helene sieht die nicht mehr ganz junge Schwester besonnen und vertrauenerweckend aus.

»Max ist nicht da, ich gebe Ihnen stattdessen Moritz. Passen Sie gut auf ihn auf, nicht dass auch er noch verschwindet.«

»Ich habe schon davon gehört, dass Sie in diesem Säugling Ihren Max nicht wiedererkennen«, kommt es zögernd. Die Krankenschwester schenkt ihr ein mitfühlendes Lächeln, und in Helene bricht ein Damm. Tränen fluten über ihr Gesicht.

»Niemand hier will mir glauben. Die Schwestern lügen. Vorhin fragte mich eine, wohin ich gehe, und ich sagte, dass ich in die Kapelle will. Danach suchten sie mich, weil angeblich niemand wusste, wo ich war. Der Psychiater hält mich für verrückt. Und sogar der Vater meines Kindes glaubt, dass ich nicht mehr richtig ticke. Dabei müsste er, wenigstens er, die Wahrheit erkennen. Und niemand von den Schwestern und Ärzten, die ich bei der Geburt und danach gesehen habe, ist mehr hier. Alle sind fort.«

Unfähig weiterzusprechen, presst sie das nass geweinte Taschentuch, das sie aus der Nachttischlade gefummelt hat, an ihre Augen. Sie spürt, dass die Schwester sie sanft an der Schulter berührt. Fragend blickt sie hoch.

»Ich hole Ihnen einen Fencheltee mit etwas Honig, der wird Ihnen guttun. Und dann erkläre ich Ihnen etwas. Darf ich?« Behutsam nimmt sie ihr Moritz ab und verlässt mit ihm den Raum.

Während Helene unruhig auf die Rückkehr der Kinderschwester wartet, jagen hunderterlei Gedanken durch ihren Kopf. Sie fühlt sich matt vom Weinen, ausgelaugt und hoffnungslos. Das Bambi lehnt am Kopfkissen. Grübelnd zupft Helene an seinen braun-rosa Ohren. Einen Moment lang spürt sie Tims kleine Hand auf ihren Fingern, als wolle er mit ihr gemeinsam sein heiß geliebtes Kuscheltier halten. Ihre Kehle wird noch enger. Alle, die sie liebte, sind nicht mehr bei ihr. Vater, Mutter, Tim, Franky und Max. Jedem brachte sie Unglück. Hätte sie nicht so sehr daran gezweifelt, ihr Kind im Säuglingszimmer wiederzuerkennen, nähme man sie jetzt gewiss ernster und würde ihr vielleicht sogar Glauben schenken.

Beschämt muss sie erkennen, in ihrer inneren Aufzählung Sven ausgelassen zu haben. Helene legt die Handflächen auf ihr heißes Gesicht.

Vor dem Fenster setzt die Dämmerung ein. Letzte tiefrote Sonnenstrahlen verabschieden den Tag.

Erschrocken fährt sie hoch, als die Säuglingsschwester die Tür öffnet. Ein wenig Tee schwappt aus der Tasse, die sie in der Hand hält. Jetzt klebt der Boden vom Honig, denkt Helene verärgert und wundert sich, wie sie sich mit etwas so Nebensächlichem beschäftigen kann, während ihr hilfloses Kind irgendwo da draußen ist.

»Setzen Sie sich zu mir.« Die Schwester bittet sie, wieder am kleinen Besuchertisch Platz zu nehmen.

Erwartungsvoll steht Helene auf und drückt ihren schmerzenden Rücken durch.

»Ich habe nachgefragt und konnte einiges in Erfahrung bringen. Sie haben recht, bestimmte Schwestern, Ärzte und Pfleger haben Urlaub, sind krank oder nicht zur Arbeit eingeteilt. Wir haben einen genauen Dienstplan, der darüber Auskunft gibt, wer wann hier zu sein hat, und mit dem ist alles in Ordnung. Ich habe es kontrolliert. Niemand fehlt hier ohne triftigen Grund.«

»Schwester Janisha? Was ist mit ihr? Wo ist sie, wann kommt sie zurück?«, fragt Helene ungeduldig.

»Frau Narayan musste wegen eines plötzlichen Todesfalles in der Familie Sonderurlaub nehmen. Sie ist die Seele unserer Station, auch uns fehlt sie.«

Helene ist, als fahre eine eiskalte Hand über ihren Rücken. Fröstelnd zieht sie den Frotteebademantel enger um sich. »Sie hat mein Baby mitgenommen. Oder seinen Tod verschuldet. Ich weiß es.«

»Wie kommen Sie nur auf eine so abscheuliche Idee? Schwester Narayan würde ihr Leben für die Kinder geben, die man ihr anvertraut.« Die Schwester sieht sie entrüstet an. »So etwas Absurdes sollten Sie sich gleich aus dem Kopf schlagen.« Sie schiebt ihr den Tee hinüber.

»Wie heißen Sie eigentlich?« Helenes Stimme klingt brüchig vom vielen Weinen.

»Michaela. Ich habe mit der Kollegin gesprochen, der Sie gesagt haben, dass Sie in die Kapelle gehen wollen. Sie war, als Sie gesucht wurden, bei einer Patientin im Zimmer und wurde nicht gefragt, ob sie weiß, wo Sie sind. Also lügt hier niemand.«

Auch wenn Schwester Michaela freundlicher und einfühlsamer als die anderen mit ihr umgeht, ist Helene klar, dass sie ihr nicht glaubt und nur bemüht ist, ihre Kolleginnen zu verteidigen, indem sie angebliche Missverständnisse aufklärt.

»Und was ist mit dem Psychiater? Er hat mein Kind, bevor es verschwand, im Säuglingszimmer gesehen.«

Verblüfft sieht die Schwester sie an. »Und? Findet Dr. Friede, dass Max gegen ein anderes Baby ausgetauscht wurde?«

»Nein. Auch er behauptet felsenfest, dass das arme runzelige Wesen, das jetzt im dritten Bettchen von links liegt, mein Sohn ist.«

Wieder beginnen ihre Tränen zu fließen.

»Dr. Friede ist geübt darin, Menschen genau zu betrachten und gründlich zu befragen, um eine Diagnose zu erstellen. Daher schaut er sich seine Patientinnen aufmerksam an. Und wenn er im Säuglingszimmer bei Ihrem Baby war, warum sollte er da nicht ebenso genau hingeschaut haben?«

»Vielleicht, weil Max nicht sein Patient ist? Was ist denn das für eine Frage!« Sie sieht Schwester Michaela böse an. »Zuerst war ich glücklich, die Zusatzversicherung zu haben, die mir den Luxus eines Einzelzimmers hier im Sanatorium erlaubt. Meine Eltern hatten sie abgeschlossen, als ich noch klein war.« Kurz denkt Helene an Tim. Auch für ihn hatten die Eltern so vorgesorgt.

Sie blickt hoch, will sich nicht ablenken lassen. »Sven und ich hätten uns diesen Luxus nie leisten können, aber jetzt wünsche ich mir, im Klinikum geboren zu haben. Dort wäre mein Sohn nicht entführt worden. Alles wäre dort in Ordnung gewesen.«

Zornig fegt sie die halb leere Tasse vom Tisch und sieht, wie sich das klebrige Getränk auf dem Linoleumboden verteilt.

Nichts ist in Scherben gegangen. Wahrscheinlich ist die Tasse aus Kunststoff. Schade.

Schwester Michaela sieht sie unbeeindruckt an. »Machen Sie sich wegen der Tasse keine Gedanken. Das ist kein großes Malheur. Aber wollen Sie nicht doch ein schwaches Beruhigungsmittel?«

»Sagen Sie mir lieber, was Sie mir vorhin erklären wollten.«

»Nur, wenn Sie mir versprechen, ruhig zuzuhören und danach etwas zur Entspannung einzunehmen. Wenn Sie fürchten, die Chemie könnte Ihrem Sohn schaden«, sie räuspert sich, »dann irren Sie. Die Medikamente sind auf stillende Mütter abgestimmt. Außerdem kann ich Ihnen gerne auch etwas Pflanzliches bringen.«

Helene nickt fast unmerklich. Wahrscheinlich geht es um Johanniskraut, Kamille und Melisse. Damit kann wohl nichts schiefgehen. Die Angst, die sie umfangen hält, ist so groß, dass sie kaum mehr einen klaren Gedanken fassen kann. Was sie jetzt allerdings am dringendsten bräuchte, wäre ein gut funktionierendes Hirn, um ihre nächsten Schritte vernünftig zu planen.

»Mit etwas Pflanzlichem bin ich einverstanden.«

»So ist es schon besser.« Schwester Michaela lächelt sie aufmunternd an.

Helene seufzt. »Ich warte noch immer auf Ihre Erklärung.«

Die Schwester verzieht ihr Gesicht. »Gut, Sie haben versprochen, ruhig zu bleiben, okay? Haben Sie den Eindruck, seit der Geburt klar denken zu können, oder kommt Ihnen der Bezug zur Realität manchmal abhanden? Sind Sie öfter konfus, getrieben von wirren Vorstellungen und überschäumenden Gefühlen? Erscheinen Ihnen manchmal Zusammenhänge glasklar, um sich gleich darauf in einem Knäuel von Widersprüchen zu verlieren? Sie befürchten doch, dass niemand Ihnen glaubt, dass Sie ganz ohne Hilfe hier stehen? Ist das nicht so?«

»Sie haben ganz gut auf den Punkt gebracht, was in und mit mir geschieht«, stimmt Helene ihr widerwillig zu, »das heißt aber noch lange nicht, dass ich deshalb krank im Kopf bin. Sie wissen so gut wie ich, wahrscheinlich sogar besser, dass manche Menschen vorschnell als paranoid eingestuft werden, weil sich niemand vorstellen kann, dass all das, was sie erleben, wirklich passiert. Und dann erkennt man meistens zu spät, dass es die ungeschminkte Wirklichkeit ist und sich niemand etwas eingebildet hat.« Helene atmet durch.

»Was ich eben aufgezählt habe, sind alles Symptome, die für eine Stillpsychose sprechen, Frau Kasper.«

»Trotzdem, Schwester, die sogenannte Erklärung, die Sie mir geben wollten, fehlt immer noch. Beschreiben kann ich mein Gefühlschaos, seit Max verschwunden ist, auch allein. Dazu brauche ich keine zweite Meinung.« Angespannt schaut Helene auf, sie beginnt, die Haut um ihren Daumen mit den Zähnen in feine Streifen zu reißen.

»Sie sprechen das Wort Erklärung so aus, als würden Sie ein Allerheilmittel damit verbinden.« Schwester Michaela wirkt das erste Mal ungeduldig. »Ich versuche Ihnen in aller Ruhe näherzubringen, was Sie so erfolgreich abwehren. Sie sind eine von vielen Frauen, die an einer Stillpsychose leiden. Die postnatale Depression tritt noch häufiger auf, bis zu fünfzehn Prozent der Mütter erkranken daran. Es passiert einfach. Und nein, es gibt kaum Ereignisse, die zuerst nach Verfolgungswahn klingen, sich bei genauerem Hinsehen dann jedoch als Intrige oder Ähnliches entpuppen.«

»Damit hat Dr. Friede mir schon die Zeit vergeudet. Mit einer ›Erklärung‹ hat dieses Fachsimpeln allerdings wenig zu tun. Sie sollten besser auf Ihre Wortwahl achten. Ich dachte, Sie würden mir sagen, was Sie über mein verschwundenes Baby in Erfahrung bringen konnten. Das ist die einzige Erklärung, nach der ich verlange. Alles andere kann ich auch im Internet nachlesen.« Zornig zieht Helene an ihrem Haar, bis sie ein Prickeln auf der Kopfhaut spürt. Wahrscheinlich, denkt sie, auch so ein Symptom für Geisteskrankheit. Augenblicklich lässt sie ihre Strähnen los.

Die Schwester zuckt resignierend mit den Schultern und schreibt etwas auf ein Post-it, das sie aus der Tasche ihres weißen Mantels gezogen hat. »Gut, ich bringe Ihnen ein für Ihr Baby verträgliches Medikament auf der Basis von Johanniskraut.«

»Bevor Sie gehen, was macht Sie eigentlich so sicher, dass das, was ich Ihnen sage, nicht wirklich geschieht?« Angriffslustig starrt Helene die Schwester an.

»Frau Kasper, hätten Sie den Babyblues, würden Sie sich während dieser sogenannten Heultage zurückziehen. Bei einer Psychose hingegen steht der gestörte Realitätsbezug im Mittelpunkt. Sie hören zwar, was wir sagen, können es aber nicht nachvollziehen, da Sie etwas anderes sehen. Ihre Wahrnehmung der Außenwelt ist seit der Geburt Ihres Sohnes durch innere hormonelle und biochemische Vorgänge und Prozesse gestört. Deshalb hatten Sie diese Angst, Sie könnten Ihr Baby nicht wiedererkennen, und deshalb glauben Sie nun, es sei tatsächlich so, dass es nicht wiederzuerkennen ist, weil es angeblich vertauscht wurde.«

»Das hat aber jemand klug eingefädelt. Eine bessere Vorgeschichte für einen, der Babys entführt, kann es doch gar nicht geben. Perfekt. Man nehme eine Mutter mit Angstzuständen und stehle ihr Kind. Dann nehmen alle einfach an, die Mutter sei nun völlig meschugge. Paranoia nennt ihr das dann wohl.« Helene lacht bitter auf und geht zum Fenster. Sie will die Antwort der Säuglingsschwester gar nicht mehr hören, sie hat genug. Ein Gefühl der Machtlosigkeit, stark wie nie, breitet sich in ihr aus.

Als sie allein ist, legt sie die Hände auf ihre prall gefüllten Brüste. Zum Glück gibt es den kleinen Moritz. Wenn sie an ihn denkt, ist es zwar anders als bei Max, bei dem sie unmittelbar von heißer Liebe überrollt wird, doch inzwischen empfindet sie für Moritz ein Gefühl der Zärtlichkeit, das von Mal zu Mal stärker wird. Gerade weil sie sich den anderen ausgeliefert fühlt, muss sie den bemitleidenswerten Kleinen beschützen.

13

Sven macht sich Sorgen.

Gierig inhaliert er den Rauch aus der blubbernden Wasserpfeife, doch die erhoffte Entspannung tritt nur langsam ein.

Seine Leni ist ziemlich durch den Wind. Ihr geht's verdammt mies. Und angeblich ist er mit für ihren Zustand verantwortlich. Was kann er dafür, wenn er keine herzlichere Beziehung zu dem Zwerg aufzubauen in der Lage ist? Seine Oma meint zwar, die Liebe zum Nachwuchs würde sich schon noch einstellen, doch so, wie sie sich das denkt, sicher nicht.

Wollte er denn ein Kind? Wurde er überhaupt gefragt?

Zweimal nein.

Er ist kein Unmensch, aber er hat viel zu lang gute Miene zum bösen Spiel gemacht. Alles hat seine Grenzen, ab sofort geht es nach seinen Regeln.

Keine zehn Pferde hätten ihn dazu gebracht, bei der Geburt, die ziemlich schwer gewesen sein soll, ihre Hand zu halten, dazu kann man niemanden zwingen, aber genau das hat Leni ihm bis jetzt nicht verziehen. Das spürt er, aber Sven weiß auch, dass es Größeres gibt, das verziehen werden sollte, deshalb stört es ihn nicht besonders. Immerhin hat er vor dem Kreißsaal gewartet.

Als die hübsche Schwester Janisha ihm das Baby später im Säuglingszimmer hinhielt, wollte er es zuerst gar nicht anfassen. Ein Baby wie andere auch, am ehesten noch einem Frosch ähnlich wie alle Neugeborenen, seiner Ansicht nach. Ein wenig kann er Helenes Panik, den Kleinen nicht wiederzuerkennen, sogar nachvollziehen, Frösche könnte er schließlich auch nicht auseinanderhalten. Gut, angeblich hat sein Sprössling seine kornblumenblauen Augen geerbt, aber Sven kann das nicht beurteilen, er hat den Kleinen immer nur schlafend gesehen.

Immer?

Allzu oft war es jedenfalls nicht. Er hat eine natürliche Scheu vor Spitälern und versucht, seine Aufenthalte dort nicht ausufern zu lassen. Zudem ist er in eine ziemlich unangenehme, äußerst zeitraubende Sache verstrickt.

Stress, purer Stress.

Klar, Besuche im Krankenhaus gehören irgendwie dazu, will man nicht den Mega-Beziehungsstress bekommen, deswegen besucht er die beiden ja auch. Da muss er schon mal in den sauren Apfel beißen. Aber in der anderen, heiklen Angelegenheit ist Sven sich nicht mehr ganz sicher, ob der Weg, den er eingeschlagen hat, der richtige ist.

Wie immer, wenn er Probleme hat, zieht er an seinem Nasenpiercing. Neulich hat er gesehen, dass sich seine Haare an den Schläfen bereits zu lichten beginnen. »Ehestandswinkel« nennt seine Oma das, dabei ist er mit Leni nicht mal verheiratet. Das fehlte ihm noch.

Sie wollte wohl.

Als sie von der Schwangerschaft erfuhr, machte sie richtig Druck, und seine Oma unterstützte sie noch darin.

Aber nicht mit ihm.

So richtig die große Liebe, an die glaubt Sven ohnehin nicht, und der Staat mit all seinen Verbindlichkeiten und Verpflichtungen kann ihm gestohlen bleiben. Leni und Oma verstehen seine Sicht der Dinge zwar nicht, die eine ist viel zu spießig, die andere wohl schon zu alt, aber in der einen Sache hat er sich durchgesetzt.

Apropos Oma.

Grinsend lobt Sven sein Unterbewusstsein, ohne das hätte er nämlich vergessen, dass sie schon seit einer Stunde auf ihn wartet.

Schnell steigt er in seine ausgetretenen Sneakers und streift das Sweatshirt über seinen tätowierten Oberkörper. Längst schon vertieft er sich nicht mehr in die bunten Bilder auf seiner Haut, dabei erzählt jedes eine andere bewegte Geschichte.

Als er die Tür hinter sich ins Schloss wirft, hört er, wie seine Gitarre polternd zu Boden geht. Nach dem Auftritt gestern Abend im Pub hatte er sie sorgsam an die Vorzimmerwand gelehnt. Das weiß er genau. Ziemlich zugedröhnt und betrunken war er danach ins Schlafzimmer gewankt und in seinen Klamotten eingeschlafen. Aber auf seine Gitarre, auf die gibt er immer acht. Egal, wie schlimm es gerade um ihn steht.

Undankbares Ding, denkt er jetzt, als er den Krach hört, und zieht genervt die Luft ein. In der Nacht muss er Bier umgestoßen haben, denn seine Hose riecht durchdringend nach Alkohol.

Vor der Haustür bläst ein scharfer Wind. Graue Wolken jagen über den Himmel. Sven fröstelt und schlingt seinen schwarzen Schal um den Hals. Frühling stellt er sich anders vor.

»Hallo, Oma«, begrüßt er kurze Zeit später die einzige Person aus seiner Familie, die ihm geblieben ist. Von seinen Eltern hat er seit Jahren nichts gehört.

Die Wohnung seiner Großmutter mieft nach zitronigen Putzmitteln, nasser Erde aus den Blumentöpfen an den Fenstern und den Lavendelsäckchen, die die alte Frau in jede Lade steckt. Ein vertrauter Geruch und, wenn er ehrlich ist, gar nicht unangenehm. Heute hat sich noch der Duft nach würziger Fleischsauce und Basilikum daruntergemischt.

Ihm läuft das Wasser im Mund zusammen. Mit regelmäßiger Ernährung hat er es nicht so, und jetzt knurrt sein Magen teuflisch.

»Sven, wie siehst du wieder aus?«

Oma wirft ihm einen dieser besorgten Blicke zu, die er als anmaßend empfindet, aber er kann nicht umhin, sich im Vorzimmerspiegel zu betrachten. Wenn der Fünftagebart nicht wäre, gäbe es für sie keinen Grund zu meckern, und die Farbe seiner kornblumenblauen Augen dominiert ohnehin alles. Vielleicht sollte er seine Haare wieder mal waschen, aber die werden bereits weniger. Besser, er lässt sie in Ruhe. Also was soll's? Schnell drückt er einen Kuss auf die runzelige Haut seiner Großmutter.

»Du stinkst nach abgestandenem Bier.« Sie zieht ihren Kopf zur Seite.

»Omi, jetzt reg dich nicht künstlich auf. Ich arbeite schwer. Hatte gestern mit der Band einen Auftritt. Was gibt's zu essen?« Erwartungsvoll streicht er über seinen Bauch.

»Hast du mir endlich das Foto des Kleinen mitgebracht?«, entgegnet sie frostig.

Genervt lässt Sven sich auf den geblümten Samt-Fauteuil im Wohnzimmer fallen. »Wird noch entwickelt.«

Seine langen Beine in den löchrigen Jeans streckt er weit von sich, die Finger nesteln nervös am Rand des gehäkelten Spitzendeckchens auf dem polierten Couchtisch. Unwillig schweift sein Blick über die unzähligen gerahmten Fotos auf der Vitrine. Auch von Helene und ihm gibt es eines. Beide schauen sie in die Kamera, hinter ihnen spiegelt sich die Sonne im Wasser des Millstätter Sees. Der Wind zerzaust Lenis Haar, die reine Idylle.

Er kann sich noch gut an den Streit vor dem Ausflug erinnern. Wieder einmal Familienplanung. Er argumentierte glasklar, fand, dass sie beide zu jung dafür wären, ein Kind großzuziehen, und viel zu sehr mit ihren eigenen Geschichten beschäftigt, um sich auch noch um jemand anderen kümmern zu können.

Sven ist schließlich Realist. Wie hätten sie das viele Geld aufbringen sollen? Leni mit ihrem unsicheren Job im Vegan-Versand und er mit seinen spärlichen Gigs? Wer würde aufpassen, wenn sie mal eine Runde um die Häuser ziehen wollten? Omi sicher nicht. Der kann er das nicht zumuten. Und ehrlich, das bisschen Entspannen, die Pillen, sein Grasrauchen, wie kommt er dazu, das aufzugeben, für so einen kleinen Wicht? Aber erklär das mal einer sturen Person, die nur an sich selbst denkt. Außerdem gibt es da noch etwas, das ihn stört. Nämlich die dunklen Flecken in Lenis Vergangenheit, über die sie beharrlich schweigt. Sven hat nichts gegen Geheimnisse, aber müssen es unbedingt die der anderen sein?

Er seufzt missmutig auf und weiß im gleichen Moment, dass das ein Fehler war.

»Was bedrückt dich, Junge? Es gibt für jedes Problem eine Lösung.« Seine Oma stützt ihre faltigen, braun gesprenkelten Hände auf die Gummigriffe des Rollators. »Wir haben bisher noch alles geschafft.«

Das stimmt. Oma hat ihm immer aus der Patsche geholfen. Und Sven ist nicht undankbar. Seit er klein ist, hat er das Bedürfnis, sich um seine Großmutter zu kümmern.

Seine Eltern hatten ihn als Einjährigen bei ihr gelassen und sich nach Mallorca abgesetzt, um dort eine Strandbar zu eröffnen und ihn später nachzuholen. Die Bar war zwar ein Renner geworden, aber geholt hatten sie ihn nie. Zu viel Arbeit. Keine Zeit.

Einmal war er mit Oma zu seinen Eltern geflogen, aber mehr als ein Urlaub mit unentwegtem Streit war daraus nicht geworden. Wenigstens Geld hatten die Alten hin und wieder geschickt, aber natürlich nie genug. Und dann, mit seinem achtzehnten Lebensjahr und einem freundlichen »Wir gratulieren zur Volljährigkeit«, kam gar nichts mehr.

»Omi«, sagt Sven und begleitet sie in die Küche. »Das ist eine schwierige Geschichte.«

Als er so neben dem Rollator hergeht, überkommt ihn die Wehmut. Was soll er tun, wenn Oma einmal nicht mehr da ist? Er beschließt, dass sie nie sterben darf. Unauffällig streicht er mit Daumen und Zeigefinger über seine Augenwinkel und lobt sich für sein Mitgefühl.

Während sie Salzwasser in einem schwarzen gusseisernen Topf erhitzt und die vorbereiteten Nudeln darin gar kochen lässt, erzählt Sven seiner Oma stockend, was sich zugetragen hat. Zumindest so viel, wie er findet, der alten Frau zumuten zu können.

»Und Leni glaubt, dass der Kleine vertauscht worden ist? Sven, solche Dinge geschehen tatsächlich. Immer wieder liest man davon in den Zeitungen.« Sie sieht ihn über den Rand ihrer Brille hinweg fragend an.

Sven starrt auf den Küchenboden und versucht das Gefühl, das ihn beschleicht, zu unterdrücken. »In den Zeitungen steht viel Blödsinn«, sagt er schließlich leise.

»Was denkst du? Wurde das Kind wirklich verwechselt, oder bildet Leni sich alles nur ein? Merkwürdig war sie schon immer. Aber ich mag sie.« Energisch zupft sie Basilikumblätter von den Stängeln.

Eine Pranke mit spitzen Krallen fährt in seine Eingeweide, tut richtig weh. Wie so oft wundert Sven sich, wie genau seine Oma Sachen auf den Punkt bringen kann.

»Oma, das Ganze wächst mir über den Kopf, ich habe es nicht mehr richtig im Griff. Im Moment wird mir alles zu viel.« Vorsichtig trägt er die beiden gefüllten Teller zum gedeckten Esstisch im Wohnzimmer.

»Jetzt iss erst mal, Junge. Danach wird es dir besser gehen.«

Wenn das bloß so wäre, denkt Sven, und anstatt zu essen, bricht er in Tränen aus.

14

Babygeschrei dringt zu ihr.

Helene fühlt sich mit einem Mal hellwach. Alles in ihr ist auf Start gestellt. Es ist, als vibriere das Blut in ihren Adern. Die feinen Härchen auf ihren Armen stellen sich auf, die Haut prickelt wie nach einem Sonnenbrand.

Der Raum riecht penetrant nach der Rindsuppe, die auf dem Tisch steht. Sie kann sich nicht überwinden, auch nur einen Bissen zu essen, aber ihrer plötzlichen Energie tut das keinen Abbruch.

Es ist später Mittag, und ein Frühlingsregen prasselt gegen das Fenster ihres Krankenzimmers. Ein heftiger Wind wirbelt Blätter von den Bäumen. Einige bleiben an der Scheibe kleben und ergeben ein merkwürdiges Muster aus grünen und roten Zacken, zwischen denen helle Tropfen entlanglaufen.

Sie kann nicht sagen, was diesen Wandel in ihr ausgelöst hat, aber ihr Kopf ist klar wie nie. Dieser diffuse Taumel, der sie seit Max' Geburt umfangen hielt, ist einer neuen Einsicht gewichen.

Endlich weiß sie, was zu tun ist. Wie konnte sie bisher so blöde sein, alles zu schlucken, was man ihr aufgetischt hat, wie konnte sie sich nur derart der Willkür anderer verschreiben?

Letzte Nacht hat sie geschlafen, ohne ein einziges Mal aufzuwachen. Dass man ihr Moritz zum Trinken brachte, ist ihr schlichtweg entgangen. Sie muss ihn instinktiv im Schlaf gestillt haben, denn Schwester Michaela schien heute Morgen sehr zufrieden mit ihrer Milchproduktion zu sein.

Kurz fragt Helene sich, ob man ihr etwas Einschläferndes in den Kräutertee getan hat. Und zuvor auch ins Wasserglas. Hatte es nicht immer sehr bitter geschmeckt, wie Medizin? Ab jetzt wird sie nur noch aus verschließbaren Plastikflaschen trinken, die Sven ihr murrend heranschaffen muss.

Oder ist die Vorstellung, betäubt oder vergiftet zu werden, ein neuerliches paranoides Konstrukt? Wahrscheinlich würden Ärzte und Pflegepersonal das so bezeichnen. Daher wird sie sich hüten, ihren Verdacht laut zu äußern.

Ausgeruht steigt Helene aus ihrem Bett und marschiert ins Badezimmer. Nach einer Dusche mit viel Orangenblüten-Lotion steckt sie ihr feuchtes Haar mit kleinen Kämmen hoch. Einige feine Strähnen zieht sie heraus, damit sie später luftig um ihr Gesicht fallen. Zum Glück hatte sie den Rat von Svens Oma befolgt und sich rechtzeitig einen Still-BH besorgt. Als sie in ihr violettes Schwangerschaftskleid schlüpft, das ihr jetzt viel zu groß ist, spürt sie neue Energie in sich aufsteigen. An einem ihrer blauen Converse löst sich an der Ferse ein Stück Sohle, aber das ist ohne Belang.

Leise vor sich hin pfeifend kramt sie in ihrem Necessaire, bis sie Lipgloss und Wimperntusche findet. Sie kann sich nicht erinnern, wann sie sich das letzte Mal geschminkt hat, egal, jetzt macht Helene sich für ihren Sohn schön. Bald wird er wieder bei ihr sein. Das Verlangen, Max zurückzubekommen, verleiht ihr unerwartete Kraft.

Sie hat einen Plan, den sie in rasender Geschwindigkeit weiterentwickelt.

Rasch holt sie aus der Handtasche einige Geldscheine und steckt sie in die Wolljacke, die sie übergeworfen hat. Jetzt bedauert sie das Fehlen ihres Handys. Helene hatte bewusst darauf verzichtet, es hierher mitzubringen, sie wollte die ersten Stunden und Tage mit ihrem Neugeborenen ungestört sein.

Der Wochenfluss ist lästig, die Wunde in ihrem Unterleib brennt, aber auch das ist belanglos im Vergleich zur Sehnsucht nach ihrem Kind.

Mit dem Bambi unter dem Arm öffnet Helene vorsichtig die Zimmertür und tritt auf den Flur.

Geschäftiges Treiben empfängt sie. Hilfsschwestern schieben Rollwägen, auf denen sich Tabletts mit Essensresten stapeln, Besucher kommen und gehen, greinende Säuglinge werden zu ihren Müttern gebracht, und eine hochschwangere Frau klammert sich vor dem Kreißsaal an den Arm eines nervös blickenden Mannes.

Helene öffnet leise die Tür zum Säuglingszimmer. Ihr Blick fliegt über die teilweise leeren Plexiglasbettchen. Wie immer beginnt sie auch diesmal zu zählen: »Eins, zwei, drei. Das Dritte von links.«

Moritz liegt ganz ruhig da, unter seinen Augen sind die Schatten dunkler geworden. Darum wird sie sich später kümmern. Die Babys träumen vor sich hin, jedes auf seine Art, nur die winzigen Zwillingsmädchen sind wach.

»Wir bringen den Kleinen schon rechtzeitig in Ihr Zimmer.« Der diensthabende Pfleger, ein breitschultriger Mann mit einem Dreitagebart, sieht sie reserviert an. »Noch ist keine Essenszeit, er schläft.«

Wann ich Moritz stille, ist meine Sache, denkt Helene und überzeugt sich, dass sich in keinem der anderen Bettchen ihr Max verbirgt. Rasch geht sie die Reihen ab.

»Suchen Sie etwas?«, fragt der Pfleger, rückt seine schwarze Brille zurecht und mustert sie eingehend.

Helene bleibt dicht vor ihm stehen. »*Etwas?* Aber klar doch. Natürlich suche ich etwas. Ich habe meinen Sohn verloren. Und da mir niemand hilft, muss ich mich allein darum kümmern, ihn zurückzubekommen.«

Donner kracht. Regen und Wind haben sich in ein für die Jahreszeit ungewöhnlich heftiges Gewitter gewandelt. Helene kann sehen, wie der Sturm gegen die Fensterscheiben drückt. Grelle Blitze zucken über den wolkenschweren Himmel.

»Passen Sie gut auf die Kleinen auf.« Sie wendet sich ab und ist schon wieder draußen auf dem Flur. Hier ist das Getöse der Elemente weniger laut zu hören.

Kurz hält sie inne, dann läuft sie, vor Aufregung außer Atem, um die Ecke des Korridors. Sie glaubt zu wissen, warum sie Max im Säuglingszimmer nicht finden konnte. Er muss in einem der Zimmer sein, bei einer der Mütter, die ihre Kinder bei sich behalten dürfen. Das ist die einzig logische Erklärung.

Entschlossen reißt Helene die erste Tür auf und sieht sich einer sehr jungen Mutter gegenüber, die erschrocken ihr Baby an sich presst.

»Tut mir leid«, bringt Helene hervor und läuft zum nächsten Zimmer.

Eine Frau mit kurzem gesträhnten Haar, das wie eine Bademütze ihren Kopf umschließt, schaut erstaunt von ihrer Zeitung auf. »Ja, bitte?«

Aber da ist Helene schon bei dem Plexiglasbettchen auf Rädern und hebt die Decke hoch. Zuerst sticht ihr das hellblaue Stoffpüppchen ins Auge, dann das borstige Blondhaar.

»Max!«, kreischt sie und reißt den Säugling an sich.

Die Frau ist aufgesprungen und drückt wie wild den Knopf über ihrem Bett. Gleich wird es hier von Schwestern und Pflegern wimmeln.

»Was erlauben Sie sich?«

»Das ist mein Kind, mein Max!« Helenes Stimme schwillt an. »Nie mehr lass ich dich los, mein Schatz. Endlich, endlich habe ich dich gefunden.«

Bevor die schockierte Frau sie erreichen kann, ist Helene schon durch die Tür, ihr schlafendes Kind fest an sich gepresst. Sie stößt eine Reinigungskraft beiseite, die einen Wischmopp über den Boden des Flurs zieht.

»Aus dem Weg!« Helenes Augen suchen wild nach dem Stiegenhaus.

»Hilfe! Schwester Hermine, Schwester Bernadette. Mein Kind wird entführt!«

Die Stimme hinter ihr ist noch lauter als ihre eigene.

Sie hat nur diese einzige Chance. Sie muss raus aus dem Spital. Ihre Gedanken überschlagen sich, sie keucht. Hinter sich hört sie das aufgeregte Stakkato von hastigen Schritten, laute Rufe, aber Helene will sich davon nicht ablenken lassen, sie muss rennen, so schnell sie kann. Vor ihr, endlich, das Stiegenhaus.

Gerade als Helene die Tür in die Freiheit aufstoßen will, packen sie kräftige Arme und hindern sie am Weiterlaufen.

»Loslassen!«

Sie wehrt sich mit aller Kraft gegen die Umklammerung, tritt ihren Gegner mit den Füßen. Max, ihr Max, ist jetzt aufgewacht, er weint laut, und Helene leidet Höllenqualen.

Dann wird sie mit ihrem Kind zu Boden gedrückt und ist umgeben von vielen Menschen. Durch einen Dunst aus Benommenheit erkennt sie die Reinigungsfrau von vorhin, eine ältere, grau melierte Ärztin, die gestern bei ihr im Zimmer war, eine Schwester und den Pfleger mit der schwarzen Brille. Doch viele der Gesichter sieht sie zum ersten Mal. Die Frau, die ihren Max geraubt hatte, beugt sich über sie.

»Geben Sie mir mein Kind zurück! Bitte.«

Vanillepudding, denkt Helene, die ihren Atem riechen kann. Sie muss als Nachspeise Vanillepudding gegessen haben.

Ein junger Arzt, der ihr vage bekannt vorkommt, versucht, ihr das Baby aus den kraftlos werdenden Armen zu nehmen, aber Helene will ihren Max nie wieder hergeben. Krampfhaft hält sie ihn fest.

Sie spürt ein jähes Stechen im Oberarm. Sind hier denn Bienen? Mit der freien Hand versucht sie, ihr Kind vor dem Insekt zu schützen.

Alles verschwimmt. Die lärmenden Stimmen weichen zurück, ein Gefühl lähmender Taubheit breitet sich aus. Ihre Gedanken, die eben noch rasend im Kreis galoppiert sind, werden schleppend. An den Rändern ihres Gesichtsfeldes tanzen dunkler werdende Schatten.

Die Schwärze breitet sich langsam aus, bis sie Helene ganz erfasst hat.

15

Janisha Narayan beugt sich über ihre Mutter.

»Ich muss ins Krankenhaus. Kommst du ohne mich zurecht?«

Schwerfällig erhebt sich die ältere Frau vom Teppich. Der Seidenstoff ihres traditionellen weißen Witwensaris raschelt. Janishas Herz zieht sich schmerzhaft zusammen. Ihre Kehle ist rau, und ihr Mund schmeckt bitter vom Kurkuma. Es ist das Lieblingsgewürz ihrer Mutter, die kein Curry ohne dieses grellgelbe Pulver zubereitet.

»Janisha, Kind. Wie werde ich im Leben ohne deinen Appa bestehen? Warum begrabt ihr mich nicht mit ihm?« Ihre Stimme erhebt sich zu einem hohen Klagen.

So viele Jahre ihre Mutter jetzt auch schon hier ist, immer noch fühlt sie sich stark mit den Bräuchen und Ritualen ihres Heimatlandes Indien verbunden.

»Ach, Amma, liebe Amma. Mach mich nicht unglücklicher, als ich es durch Appas Tod ohnehin bin.«

Ihr Vater war unerwartet gestorben, auch wenn alle gewusst hatten, dass es um seine Gesundheit nicht zum Besten stand. Trotz der Diabetes kümmerten ihn seine Zuckerwerte nicht. Sobald er Süßigkeiten nur ansehe, steige sein Spiegel, behauptete er bis zuletzt und wusch seine Hände in Unschuld. In Wahrheit verschlang er alles, was er in die Finger bekam. Egal, ob salzig oder süß. Dieses kindische, uneinsichtige Verhalten hatte oft zu Streit innerhalb der Familie geführt. Janishas jüngere Geschwister konfrontierten ihn regelmäßig mit den grauenvollen Konsequenzen, die sein Tun eines Tages haben würde. Sie wussten auswendig, wie viele Punkte er täglich leichtsinnigerweise überschritt.

Und nun hatte sein Herz aufgehört zu schlagen.

Unabhängig von ihrer Trauer um den geliebten Vater weiß Janisha, was die neue Situation für sie bedeutet. Als ältestes der Kinder muss sie sich nun vermehrt um ihre Mutter kümmern. Es wird ihr nicht viel Zeit bleiben, eine eigene Familie zu gründen.

Nicht dass sie einen passenden Ehemann in Aussicht hätte. Zwar schwärmen einige ihrer männlichen Kollegen für sie, das ist ihr bewusst, doch bisher war der Richtige noch nicht dabei.

Kurz taucht Emanuel Friedes lausbubenhaftes Grinsen vor ihrem inneren Auge auf, und eine leichte Röte überzieht ihr fein geschnittenes Gesicht. Ja, es macht Spaß, mit dem jungen, unkonventionellen Psychiater zu scherzen. Aber über gelegentliche harmlose Neckereien sind sie zu ihrem Bedauern nie hinausgekommen.

Janisha schüttelt den Kopf. Was denkt sie sich da bloß? Ihr Appa ist noch nicht unter der Erde, und sie denkt an Vergnügungen? Eben hat sie sich klargemacht, künftig keine Zeit mehr für solche Kindereien zu haben, und jetzt das? Was ist los mit ihr? Bekommt sie mit ihren zweiunddreißig Jahren etwa schon Torschlusspanik?

Rasch bückt sie sich, um das Tablett mit den Essensresten hochzuheben. Sie ruft ihre Brüder und bittet sie, das Geschirr zu waschen und die Küche aufzuräumen. Wie nicht anders zu erwarten war, murren die beiden. Ihre Hilfsbereitschaft, die sie nach Appas Tod gezeigt haben, gehört bereits der Vergangenheit an.

Der Alltag scheint wieder begonnen zu haben.

Janisha beschließt, sich diesmal nicht über das Machogehabe ihrer Brüder zu ärgern. Spätestens wenn ihre Schwestern herunterkommen, wird der Streit ohnehin losgehen.

Hastig schlüpft sie in ihre Schwesterntracht und bindet die Schnürsenkel ihrer braunen Halbschuhe zu.

»Amma«, sagt sie an ihre Mutter gewandt, »wenn mein Dienst zu Ende ist, kümmere ich mich um den Papierkram. Du musst dich damit nicht belasten.«

»Du bist eine gute Tochter.«

»Und eine sehr böse Schwester!«, ruft ihr jüngster Bruder und grinst sie an.

Sie verabschiedet sich und steigt schweren Herzens die Treppe hinab. Als sie vor nicht mal drei Tagen das letzte Mal zur Arbeit ging, lebte ihr Vater noch. Sie sieht seine braunen Augen unter den buschigen Brauen, und ihr Hals wird eng.

Strömender Regen empfängt sie, als sie aus der Haustür tritt. Eilig spannt sie den großen schwarzen Schirm auf, der ihrem Vater gehörte.

Jetzt ist er meiner, denkt sie und marschiert los.

Die Straßen versinken im nachmittäglichen Verkehrschaos, und die Luft ist von Abgasen getränkt. Ein silbern glänzendes Auto fährt so knapp an ihr vorbei, dass ihre Beine nass gespritzt werden. Das Nylon der Strumpfhose klebt unangenehm auf ihrer Haut, und Janisha schaut grimmig dem Wagen nach. Hat nicht Emanuel Friede so einen?

Schon wieder ist der Psychiater mit den dunklen Locken in ihrem Kopf.

Ärgerlich umrundet sie eine tiefe Pfütze, die sich auf dem Gehsteig gebildet hat. Donner grollt, es klingt, als würden schwere Fässer über einen Steinboden rollen. Zum Glück liegt das Krankenhaus nur ein paar Straßen vom Haus ihrer Eltern entfernt.

Zehn Minuten später schüttelt sie die Regentropfen von ihrem Mantel und hängt ihn ordentlich auf den Kleiderbügel im Dienstzimmer, das sie mit zwei weiteren Säuglingsschwestern teilt.

Sie hat die Kleinen vermisst, sie kann gar nicht anders, als jedes Neugeborene sofort in ihr Herz zu schließen. Trotz der fünf jüngeren Geschwister und der damit verbundenen Arbeit liebt Janisha Kinder über alles.

Wie immer führt ihr erster Weg sie ins Säuglingszimmer, doch statt des erwarteten gedimmten Lichtes und der schläfrigen Ruhe empfängt sie Trubel und Chaos. Es sind viel zu viele Menschen im Raum, als hätte die ganze Station sich hier versammelt.

»Was ist denn los?« Janishas Stimme durchschneidet das Stimmengewirr, die Kollegen drehen sich zu ihr um, und schlagartig breitet sich eine bedrückende Stille im Raum aus, bis Guido, einer der Pfleger, das Schweigen bricht.

»Gut, dass du wieder da bist. Heute ist dir etwas entgangen. Der totale Wahnsinn ist ein schwacher Ausdruck für das, was eben passiert ist.«

Janisha sieht sich beunruhigt um. Die Zwillinge sind nicht mehr im Brutkasten, sondern liegen nebeneinander in Plexiglasbettchen, stellt sie fest und freut sich, dass es den kleinen Mädchen anscheinend besser geht. Die anderen Bettchen sind größtenteils leer.

»Bitte der Reihe nach.«

Michaela, eine ihrer zuverlässigsten Kolleginnen, kommt auf sie zu und berichtet.

Langsam nur bekommt Janisha eine Vorstellung von dem, was geschehen ist.

»Wo ist die arme Seele denn jetzt?«, fragt sie und spürt, wie ein bohrender, vom Nacken ausgehender Kopfschmerz ihre Stirn und Schläfen erobert.

»Wenn ich sie nicht aufgehalten hätte, wäre sie mit dem Jungen der Apothekerin aus Zimmer elf nach draußen gelaufen, mitten hinein ins Unwetter. Sie war nicht mehr bei Sinnen. Sie hat geschrien und getobt. Zum Glück hat der diensthabende Arzt ihr eine Beruhigungsspritze verpasst. Die andere Mutter mussten wir auch versorgen, die war weiß wie die Wand und wäre uns fast zusammengeklappt. Dr. Friede hat Frau Kasper dann mit der Rettung in die Psychiatrie überstellen lassen.«

Janisha schaut zum Bettchen, in dem der kleine Max lag.

Eins, zwei, drei. Das Dritte von links, erinnert sie sich.

Das Bett ist leer und frisch bezogen.

»Wo ist Max?«, fragt sie voll böser Vorahnung.

»Frau Kasper nennt ihr Kind jetzt Moritz. Der Säugling ist natürlich mit ihr in die Psychiatrie gekommen, dafür hat Dr. Friede gesorgt. Solange sie sediert ist, bekommt er dort allerdings ein Fläschchen.«

Schwester Hermine ergänzt: »Wir haben die meisten Babys zu ihren Müttern gebracht, um alles in Ruhe besprechen zu können.«

»Wieso hat Frau Kasper das getan?« So richtig verstanden hat Janisha bisher nur, dass die Patientin aus Zimmer sieben den kleinen Florian von Frau Grün an sich gerissen hatte und mit ihm davonlaufen wollte. »Ja, sie schien mir ein wenig konfus und schwer verunsichert. Aber das sind doch viele, sie war einfach überfordert vom ersten Kind. Warum hat sie das bloß getan?«

Ein greller Blitz taucht den späten Nachmittag in ein verzerrtes Licht. Der gewaltige Donner, der ihm nachfolgt, lässt das Kinderzimmer erbeben.

Die junge Hilfsschwester mit dem roten Zopf lacht unterdrückt. »Na, weil sie ein Psycho ist.«

»Achte nicht auf sie, Janisha.« Michaela sieht sie ernst an. »Frau Kasper war völlig außer sich, sie ist hier im Säuglingszimmer sogar ohnmächtig geworden, weil sie dachte, der kleine Max wäre nicht ihr Sohn, sondern ein fremdes Kind. Damit hat alles begonnen. Niemand konnte sie vom Gegenteil überzeugen. Dr. Friede und ich versuchten mit ihr zu reden, ihr zu erklären, wie es zu einer Kindbettpsychose kommt, und wollten sie überzeugen, Antipsychotika und Benzodiazepine zu nehmen, die ihr helfen würden, alles wieder in den Griff zu bekommen, aber sie bestand darauf, dass man ihr Kind ausgewechselt hätte. Sie war völlig darauf fokussiert.«

»Ist das wahr?« Der Schmerz hat sich inzwischen wie eine Eisenklammer um Janishas Kopf gelegt. Sie kann kaum einen klaren Gedanken fassen. »Wenn hier, auf meiner Abteilung, eine Mutter behauptet, ihr Kind wäre vertauscht oder gestohlen worden, muss ich der Sache nachgehen. Das heißt«, mit einer Handbewegung wehrt sie den Protest der Kollegen ab, »ich kann nicht automatisch davon ausgehen, dass die Frau psychotisch ist, auch wenn dies eine naheliegende Erklärung für Frau Kaspers Verhalten wäre. Wo bitte ist Dr. Friede?«

Janisha fühlt sich längst nicht so gelassen, wie ihre Stimme sich anhört.

»Er ist in der Psychiatrie und bespricht die Angelegenheit mit seinen Kollegen.«

»Angelegenheit? Hier geht es um eine unserer Patientinnen, um einen Menschen, der in großen Schwierigkeiten steckt.«

Die Stille, die sich im Säuglingszimmer ausbreitet, wird durch das ungeduldige Klopfen einer Mutter mit einem Baby auf dem Arm unterbrochen.

Guido bläht seine Wangen auf wie kleine Ballons und stößt

pfeifend die Luft aus. »Es ist spät. Wir sollten den Müttern die Kinder wieder abnehmen.« Wie zur Bekräftigung seiner Worte nimmt er seine Brille ab.

Janisha nickt. Sie muss dringend mit Dr. Friede sprechen.

16

Den ganzen Tag schon hing eine erwartungsvolle Spannung in der Luft, aber erst am Nachmittag verwandelte sich die Welt, wie vom Zauberstab berührt, in zartes Weiß.

Eben noch hatte ich in das diesige Grau gestarrt, das den Tag in den Abend zu begleiten schien, als vor dem Fenster auf einmal weiße Flocken durch die Luft zu wirbeln begannen.

Schnee?

Zuerst konnte ich es nicht glauben. Schneegestöber war für mich untrennbar mit Weihnachten verbunden, und die Adventszeit hatte noch nicht einmal begonnen. Natürlich war es mehr als sentimental, doch ich liebte nun mal die Vorstellung, dass sich das Wetter an den jeweiligen Jahreszeiten und den dazugehörigen Festen ausrichtet. Zu Ostern erfolgte auf frühlingsgrünen Wiesen die Eiersuche, und Schnee gab es im Advent. Mehr an Idylle brauchte ich nicht.

Gebannt presste ich meine Nase an die Fensterscheibe und fühlte mich wie inmitten einer dieser Glaskugeln, die man nur fest genug schütteln muss, damit die Welt im Schneegestöber versinkt.

»Mama! Tim«, rief ich, »kommt her, das müsst ihr euch ansehen.«

Beide kamen ins Wohnzimmer gelaufen und stellten sich neben mich.

»Das Christkind kommt!«, schrie mein kleiner Bruder, dem es mit dem Wetter anscheinend ebenso ging wie mir, und Mama lachte und kitzelte uns beide, bis wir vor Kichern kaum noch Luft bekamen.

Schon hatte sich der Schnee wie eine Decke über den Garten gebreitet und auch das leicht angefrorene Wasser unseres großen Schwimmteichs mit einer weißen Schicht überzogen. Das Baumhaus trug nun ein Dach aus Watte.

»Wie mit Puderzucker bestäubt sieht das aus«, stellte ich freudig fest. »Franky wird begeistert sein.«

»Und ich«, meinte meine Mutter amüsiert, »muss mir für heute Abend ein anderes Outfit überlegen.«

»Esst ihr denn im Freien?«

Ganz so abwegig war meine Frage nicht, denn meine Eltern und ihre Freunde liebten Mottopartys. Da konnte schon mal ein Barbecue darunter sein, selbst im November.

»Dummchen.« Mama strich mir über mein Haar, das elektrisiert knisterte. »Ich will mir bloß die Seide nicht mit der Feuchtigkeit ruinieren.«

»Baut Franky mit mir einen Schneemann?« Mein Bruder hatte vor Aufregung rote Wangen.

»Klar.« Ich grinste ihn an.

Seit Tagen schon freute ich mich auf diesen Abend. Und auf Franky. Wir sollten babysitten, während meine Eltern bei Freunden waren. Ich hatte mir vorgenommen, Hotdogs und Popcorn zu machen.

Langsam schlenderte ich zum gegenüberliegenden Fenster, zu dem, das auf die Straße führte.

Auf dem Sims hatte sich zentimeterdick Schnee angehäuft, die Eiskristalle glitzerten und funkelten wie Diamanten.

Draußen versank die Welt mehr und mehr in dämmrigem, milchigem Weiß.

Ich konzentrierte mich auf einzelne Flocken und versuchte, ihren taumelnden Weg im matten Lichtschein der Laterne oder dem Scheinwerferlicht vorbeifahrender Autos zu verfolgen. Ich fühlte mich unbeschwert und glücklich.

War mein Leben nicht wunderbar? Und jetzt noch der unerwartete Schneefall.

Als meine Mutter Franky die Haustür öffnete, wehte fein gesponnene Zuckerwatte ins Vorzimmer.

»Überall Flocken!«, schrie Tim aufgeregt.

»Die Dunkelheit macht den Schnee noch weißer«, sagte Franky ernst, und mein Vater lächelte gut gelaunt.

»Aus dir wird noch mal ein Poet.«

Als meine Eltern gingen, strömte frische Abendluft ins Haus.

»Ich kann Schnee riechen, bevor er fällt«, sagte ich.

»Das glaube ich dir aufs Wort, Helen. Du spürst auch Erdbeben, die Hunderte Kilometer entfernt sind, witterst den Rauch südamerikanischer Vulkanausbrüche und findest sicher am schnellsten von allen Menschen die am besten versteckten Ostereier. Du bist eine kleine Fee mit einem sehr großen Hang zum Übersinnlichen.«

So hatte ich das bisher noch nicht gesehen, aber mir gefiel, was Franky da sagte, gab es doch Aufschluss darüber, wie er mich sah. Und fast hätte ich ihm geglaubt, aber eben nur fast. Als er schließlich sein Grinsen nicht mehr hinter der ernsthaften Miene verbergen konnte, war es um uns geschehen. Wir zerkrümelten uns vor Lachen, und Tim, ohne zu wissen, worum es ging, lachte lauthals mit.

»Helen, du bist der hellseherisch unbegabteste Mensch, den ich je kennengelernt habe, aber dafür pflegst du einen nicht zu überbietenden Hang zur Übertreibung.«

Den Schneemann, genauer gesagt die Schneefrau, die Franky und Tim später bauten, verewigte ich mit dem Fotoapparat. Der Hut von Mama passte ausgesprochen gut zu meinem Hängekleid, das die beiden der rundlichen Dame in unserem Vorgarten übergezogen hatten.

Während ich das Popcorn und Franky die Würstchen zubereitete, erzählte er, dass Tim unbedingt auf dem Teich eislaufen lernen wolle. Ich fand die Vorstellung, meinen kleinen Bruder, der noch nicht mal schwimmen konnte, elegant übers Eis flitzen und dabei kunstvolle Pirouetten drehen zu sehen, köstlich.

Immer wieder versuchte Tim uns zu überreden, ihm jetzt sofort die erste Trainingsstunde zu geben, denn Franky hatte sich leichtsinnigerweise bereit erklärt, ihm das Schlittschuhlaufen beizubringen. Und als der Kleine Papas alte Eishockeyschuhe ins Wohnzimmer schleppte, gab es bei uns überhaupt kein Halten mehr. Es dauerte eine Weile, bis wir zu Ende gekichert und ihn überzeugt hatten, dass heute nicht der richtige Tag wäre, um so ein großes Projekt zu beginnen. Und noch mehr Überredungskunst kostete es uns, ihn dazu zu bringen, ins Bett zu gehen. Wir durften sein Kinderzimmer erst verlassen, nachdem wir uns abwechselnd Geschichten übers Eisschuhfahren und über berühmte Eiskunstläufer hatten einfallen lassen.

»Süß ist er ja«, Franky stöhnte, »aber zwei Stunden Krafttraining im Fitnessstudio sind weniger anstrengend.«

Endlich wurde es richtig schön. Als der zukünftige Held auf dem Eis endlich eingeschlafen war, spazierten wir durch den verzauberten Garten.

Der Schnee rieselte leise von den Bäumen, und die blattlosen Äste der Kastanie, in der sich unser Baumhaus befand, trugen schwer an der weißen Pracht. Ein leichter Wind war aufgekommen und wehte Schneestaub von den Sträuchern. Es sah malerisch, ja fast unwirklich aus, wie sich die Welt innerhalb von Stunden verwandelt hatte.

Franky legte den Arm um meine Schulter und zog mich an sich. Er machte das oft, eigentlich ständig, doch diesmal hatte diese vertraute Bewegung etwas Neues.

»Helen«, flüsterte er in mein Ohr, »lassen wir diese Nacht zu einer besonderen werden.«

»Klar. Ist sie doch schon.« Ich fing Schneeflocken mit der Zungenspitze auf.

Als ich zur Seite und seinen Gesichtsausdruck sah, fragte ich fast erschrocken: »Was schaust du so ernst?«

Seine grauen Augen hatten einen seltsamen Glanz.

Von irgendwoher drang leise Musik zu uns. Als er den Mund öffnete, um mir zu antworten, erwartete ich fast, er würde mich zum Tanzen auffordern, und schüttelte schnell den Kopf. Vor knapp einem Jahr war ich mit einem meiner Cousins in der Tanzschule gewesen und hasste es seither.

»Ich will mich nicht im Kreis drehen«, sagte ich und stampfte auf.

Über diese Winternacht habe ich nachgedacht, mehr als über alles andere in meinem Leben. Und im Nachhinein glaube ich, dass ich mich nur deshalb so kratzbürstig verhielt, um die in mir aufsteigenden Gefühle zu besänftigen.

»Helen«, sagte Franky, und mir wurde noch ein Stück flauer im Magen, »dann lass uns diesen verschneiten Abend zum Winter unseres Lebens machen.«

Er küsste mich lange, so lange, bis ich fast keine Luft mehr bekam.

»Was meinst du damit?«

»Ich glaube, du verstehst mich«, sagte er, und gemeinsam gingen wir zurück ins Haus.

Und ja, ich hatte verstanden.

Tim schlief, meine Eltern erwarteten wir erst in Stunden, warum also sollten wir im Wohnzimmer auf die beiden warten? Was sollte uns daran hindern, in mein Zimmer zu gehen?

Franky fühlte sich vertraut an, er roch so gut, schmeckte noch besser als sonst, und draußen fiel der Schnee und versetzte uns in eine aus Zucker gemachte Traumwelt.

»Zauberhaft, Helen Kasper, du bist zauberhaft«, flüsterte er in mein Ohr, und ich fühlte mich besser als je zuvor.

An seiner Seite war ich unbesiegbar. Alle meine Wünsche und Hoffnungen würden mit ihm in Erfüllung gehen. Solange er da war, konnte mir nichts geschehen.

»Franky, versprich mir, dass wir auf immer und ewig zusammenbleiben. Versprich mir, dass nichts und niemand uns trennen kann.«

»Ich verspreche es.«

Ruckartig wachte ich auf.

Ich lag nackt auf dem Laken, meinen Körper dicht an Franky gepresst. »Wach auf!«, rief ich erschrocken. »Meine Eltern werden gleich hier sein.«

Franky sah mich traumverloren an und lächelte sanft.

»Helen«, sagte er, »ich liebe dich. Und ich werde dich bis ans Ende aller Tage lieben.«

Wenig später saßen wir auf der Wohnzimmercouch, tranken Limonade und warteten auf meine Eltern. Franky nahm meine Hand und legte sie sacht an seine Wange.

Ein kühler Luftzug streifte mich. Es war genau dieser Moment, in dem ich erkannte, dass etwas passiert war.

»Warum ist die Tür zum Garten offen? Ich hatte sie geschlossen, das weiß ich genau.«

Panik durchströmte mich. Ich sprang auf und lief die Treppe hinauf.

»Tim!«

Die Bettwäsche war zerknüllt, das Bambi, sein Lieblingskuscheltier, lag auf dem Boden.

Und Tim?

Er war nicht da.

Sein Bett war leer – der Schrank stand sperrangelweit offen.

Grauen, vom Magen ausgehend, bemächtigte sich meines Körpers.

»Franky«, brüllte ich, »Franky, lauf in den Garten, wir müssen Tim finden!«

Ich hetzte ihm nach.

»Tim!«

Bei jedem Schrei bekam ich weniger Luft. Die Eiseskälte brannte in meinem Hals. Weit vor mir sah ich Frankys schemenhafte Gestalt im T-Shirt durch den Garten laufen.

Ich hatte nur Socken an den Füßen und rutschte durchs nasse Gras. Doch ich spürte die Kälte nicht. Auch nicht die Dornen des alten Himbeerstrauchs, die mir Gesicht und Hände zerkratzten. All das merkte ich erst viel später. Später merkte ich auch, wie wohl jede Wunde mir tat. So wohl, dass ich den Schorf immer und immer wieder abriss und sich meine Nägel ein um das andere Mal in die offenen Wunden gruben.

»Helen.« Frankys Stimme hatte einen Klang, den ich nie vergessen werde.

Doch ich sah es auch so.

Es war nicht mehr als ein schwarzes, gezacktes Loch im weiß bestäubten Teich. Und obenauf, wie auf eine unsichtbare Luftmatratze gebettet, trieb Tim. Ich sah seinen Hinterkopf, den Rücken, die Beine, und ich sah, dass er sich nicht bewegte, sich nie wieder bewegen würde.

Was unmittelbar danach passierte, weiß ich nicht mehr.

Papa sagte mir später, dass Franky alles Menschenmögliche versucht habe, um Tim ins Leben zurückzuholen. Er sagte es vorsichtig, bei jedem Wort stockend, und er hielt dabei meine Hände. Und doch sah ich in seinen traurigen Augen den Vorwurf.

Mein kleiner Bruder war mit den schweren Schlittschuhen meines Vaters an den Füßen durch die dünne Eisschicht gebrochen. Er hatte nach mir geschrien, in Todesangst, ganz sicher hatte er das. Und als das brackige Wasser über ihm zusammenschlug, hatte er um sein Leben gekämpft, bis er nicht mehr konnte, immer noch in der Hoffnung, von seiner Schwester gerettet zu werden. Er hatte gekämpft, bis das letzte bisschen Luft aus seinen Lungen entwichen war. Und wir hatten nichts gehört, dort oben in meinem Zimmer. Wären wir unten im Wohnzimmer geblieben, statt unsere Liebe zu feiern, hätte Timmi sich niemals unbeobachtet hinausschleichen können.

Meine Mutter vergrub sich in ihre Arbeit. Wenn sie mit mir sprach, was selten vorkam, redete sie mit leiser, beherrschter Stimme. Nur selten sah sie mir dabei in die Augen, und das war in Ordnung, ich hatte es nicht anders verdient.

Mein Vater ging kurz nach Ostern in die Garage und erhängte sich dort.

Alles zerbrach.

17

Rosner flucht.

Es ist ein hilfloses Fluchen – eines, das in seiner zurückhaltenden Form bereits den Ansatz zur Resignation erkennen lässt.

Nur nicht aufregen, denkt er. Ich darf sie nicht aufregen. Aber was ist mit mir? Mich darf ich doch?

Er beschließt, sich aufregen zu dürfen, ohne es zu zeigen, ein Kompromiss, mit dem er seinen inneren Frieden zu halten hofft.

Aber neuer Zorn steigt wild in ihm auf, es ist so ungerecht.

Als wäre die prekäre Situation, in der seine Alice sich befindet, nicht genug, als würden die Sorgen um ihr ungeborenes Kind nicht reichen, beschäftigt sich Alice neuerdings intensiv mit dem Schicksal einer Mitpatientin. Einer Person, wohlgemerkt, die Rosner gestohlen bleiben kann. Einer offensichtlichen Hysterikerin, die sich einbildet, ihr Kind wäre vertauscht worden, einer, die selbst ein fremdes Baby fast gestohlen hätte. Rosner ist es egal, dass diese Person mit ihren krankhaften Anschuldigungen bereits die komplette Station aufgemischt hat – nicht egal aber ist ihm, dass sie dabei Alice beunruhigt. Deren gutes Herz hat sich nämlich für die absurden Vorstellungen und Ängste jener Frau zu erwärmen begonnen, ja, Rosner kann nur den Kopf schütteln, Alice empfindet nicht nur Verständnis, sie hat auch angefangen, dieser Verrückten zu glauben.

»Schau dir das Ganze doch einmal mit den Augen eines Kriminalisten an«, bat sie ihn, und Rosner, der bisher nicht gewusst hatte, zweierlei Augen zu besitzen, und sich mit logischen Argumenten gegen das Ansinnen wehrte, zumindest so lange wehrte, bis er meinte, Alice weiteren Widerspruch nicht zumuten zu können, gab schließlich nach und erklärte sich knurrend dazu bereit, sich im Umfeld jener Frau Kasper, die inzwischen wohl völlig zu Recht in die Psychiatrie überstellt worden war, umzuhören. Angeblich, meinte Alice zu wissen, hat der Kindsvater mit Drogen zu tun.

Amtsmissbrauch, dachte er wenig später, als er, seinen Dienstausweis zeigend, in der Leitstelle der Geburtsklinik nach der Adresse der Frau fragte. Ein Gespräch mit dem Lebensgefährten würde Klarheit schaffen, vor allem aber Alice beruhigen.

Rosner, der sich den nächsten Tag freigenommen und geplant hatte, die Wohnung auf Vordermann zu bringen, verabschiedete sich von Alice und wurde für seine Beteuerung, sich umgehend um die leidige Sache kümmern zu wollen, mit einem strahlenden Lächeln belohnt.

Er erwachte mit einem Kater.

Sein Kopf brummte, die Zunge fühlte sich pelzig an, kalter Schweiß stand auf seiner Stirn, das Herz raste.

Rosner kennt diese Symptome, er kennt sie nur zu gut. Allerdings hatte er nicht damit gerechnet, dass auch nach dem Entzug sein Körper hin und wieder verrücktspielen würde. Ist es wieder einmal so weit, wacht Rosner, der schon geraume Zeit völlig trocken ist, auf und fühlt sich, als hätte er die Nacht durchgemacht.

So auch heute. Sein erster erschrockener Gedanke beim Aufwachen war, dass er tatsächlich rückfällig geworden sein könnte. Sein Herzrasen verstärkte sich noch, aber die Erleichterung, nur einer Kapriole seines Körpers aufgesessen zu sein, milderte die Symptome gleich darauf ins Erträgliche.

Fluchend steht er auf und stellt sich unter die Dusche. Wie gern hätte er, als Balsam für seine zitternden Hände, als Hilfe für seinen schmerzenden Schädel, statt zum Duschgel zu einem Bier aus dem Kühlschrank gegriffen. Wie gern hätte er gleich aus der Flasche die ersten Schlucke in sich hineingeschüttet, um sich dann, die Flasche noch in der Hand, irgendwo niederzulassen und noch einmal anzusetzen, bis die Flasche leer wäre, bis die ersten beruhigenden Signale vom warm gewordenen Magen sein Hirn erreicht hätten und er die Kraft fände, jetzt schon mit mehr Energie, aufzustehen, um Nachschub zu holen.

In seiner schlimmsten Zeit, nach dem Tod seiner Tochter, hatte er Schnaps getrunken, wahllos und nur darauf bedacht, sich so schnell wie möglich betäuben zu können. Aber davor, in der langen Phase seines kontrollierten Trinkens, hatte er, der freilich schon damals Alkoholiker war, Bier bevorzugt.

Ja, Rosner weiß um die Freuden des ersten Bieres. Er hat lange Zeit die Wirkung, die es auf ihn ausübt, vorzugsweise auf nüchternen Magen, gesucht, und alle weiteren Biere, die er, oft dabei die Kontrolle verlierend, in sich hineingoss, dienten in Wirklichkeit einzig dazu, jenen ersten Augenblick der Euphorie wiederherzustellen. Das war ihm selbstredend nie gelungen, er war nur müde geworden und dumpf. Manchmal wurde er aggressiv, hin und wieder wurde ihm schlecht.

Nein, dieser erste, im Wortsinn berauschende Augenblick kann die Nachwirkungen des Alkohols – von den Spätfolgen ganz zu schweigen – nicht toppen.

Mit brummendem Schädel, aber immerhin gewärmt durch die neue graue Lederjacke, einem Geschenk von Alice, geht er in Richtung Innenstadt. Die Wohnung, in der die Frau mit dem Kindsvater lebt, liegt im Stadtteil St. Ruprecht. Rosner beschließt, seinem unverschuldeten Kater durch einen längeren Spaziergang Paroli zu bieten. Vorbei am Café Ingeborg, auf dessen kleiner Terrasse Alice und er im vergangenen Sommer gern saßen und den Tag ausklingen ließen, spaziert er zum Stadttheater, biegt dort rechts ab und gelangt durch die Ursulinengasse, in der seine Tochter viel zu kurz die Volksschule besuchte, zum Heiligengeistplatz und wenig später zum Marktplatz.

Diesen bunten Markt mag er.

Unter der Woche ist das frische Obst- und Gemüseangebot in den überdachten Hallen schon verlockend, doch jeden Donnerstag und Samstag kommen auch die Bauern der näheren und ferneren Umgebung, um am Vormittag ihre Ware zusätzlich anzubieten.

Rosner flaniert entspannt zwischen den Ständen dahin und gönnt sich, die ersten Strahlen der Sonne kostend, im Freien eine Melange.

Langsam geht es ihm besser, doch ganz lässt ihn seine Alkoholvergangenheit noch nicht aus den Klauen. Wieder einmal, nach langer Zeit, fällt ihm Hitchcock, ein wüster Trinker und einer der Lieblingsregisseure seiner Jugend, ein. Irgendwo hat Rosner gelesen, dass dieser Meister unzähliger Klassiker an jedem Tag die Abenddämmerung, welche für ihn die Erlaubnis, Alkohol zu sich zu nehmen, bedeutete, richtiggehend herbeigesehnt habe. Von Winston Churchill hingegen meint Rosner zu wissen, dass er den Tag bereits mit Champagner begann, woraufhin er tagsüber Whiskey und abends Cognac konsumierte, und das alles in beträchtlichen Mengen. In seiner eigenen wilden Zeit dienten ihm genau diese berühmten Männer, die beide ein beachtliches Alter erreicht hatten, oft genug und besonders in Phasen des Selbstmitleides als leuchtendes Beispiel dafür, dass es um ihn selbst nicht gar so schlimm bestellt sein könne, wie sein Verhalten es vermuten ließ. Eine weit hergeholte Entschuldigung, wie Rosner sehr wohl wusste.

Erleichtert, diese schwere Prüfung in seinem Leben gemeistert zu haben, trinkt Rosner den letzten Schluck seines Kaffees und setzt den Weg fort. Er schlendert zur 10.-Oktober-Straße und ihrer stadtauswärts verlaufenden Verlängerung, der Sankt Ruprechter Straße, vorbei an seiner Dienststelle in Richtung Bahnstraße.

In einem fünfstöckigen Mietshaus befindet sich die gesuchte Adresse. Der Geruch, der Rosner entgegenschlägt, dieser Arme-Leute-Geruch nach Kohl, Katzenpisse, Unrat und Schweiß, lässt ihn an seine Kindheit denken, genauer an einen Mitschüler aus der Volksschule, der diese Ausdünstung gleichsam mit sich herumgetragen hatte.

Das Stiegenhaus ist schlecht ausgeleuchtet, und zwei der zehn Postkästen, die an der linken Wand angebracht sind, wurden offensichtlich mit Gewalt geöffnet. Rosner sieht Berge von Werbesendungen, teils auf den Briefkästen, teils davor auf dem Boden.

Ein mit der Hand geschriebenes Türschild im zweiten Stock zeigt ihm, hier richtig zu sein. Rosner will anklopfen, die Klingel funktioniert nicht, und merkt, dass die Tür nur angelehnt ist.

Rufend tritt er ein und bleibt, sich umsehend, im Flur stehen.

Etwas vollgeräumt ist es hier, als hätten die Wohnungsbesitzer in den anderen Räumen keinen Platz für die restlichen Möbel gehabt, aber wirklich unordentlich sieht es nicht aus.

Rosner, dem sein ungebetenes Eindringen zunehmend unangenehm ist, überlegt, wieder zu gehen. Allerdings hat ihn die offene Wohnungstür irritiert. Also ruft er noch einmal etwas lauter »Hallo!«, lässt ein »Ist hier jemand?« folgen und geht Schritt für Schritt weiter.

Durch eine Glastür rechts von ihm kann er schemenhaft eine Küchenzeile erkennen, eine weitere Tür – Rosner klopft und sieht kurz hinein – führt zu einem Bad mit WC. An der Stirnseite des Flurs muss sich das Wohnzimmer befinden, mehr Räume gibt es hier wohl nicht, denkt Rosner und klopft.

Er erhält keine Antwort.

Es ist der Geruch, zuerst ist es immer der Geruch.

Ein noch ganz leichter, ein süßlicher Atem hängt in der Luft und lässt die Tendenz zur Fäule erst ahnen, aber Rosner weiß sofort, dass ihn hier der Tod erwartet.

Einige Schritte weiter sieht er die Leiche.

Ein Mann liegt auf dem Parkettboden, sein Kopf schwimmt in einer Lache aus Blut. Eine Hand, wie um den letzten Schrei allumfassenden Elends zurückzuhalten, bedeckt Lippen und Mund. Rosner meint, in den gebrochenen Augen noch immer Schock und Unglauben erkennen zu können.

Zweiter Teil

1

Helene erwacht schreiend. Wieder sah sie ihren Bruder leblos im Wasser treiben, wieder ihren Vater am Strick hängen.

Keuchend schnellt sie hoch und starrt in Frankys graue Augen.

Franky?

Verdammt, sie befindet sich im nächsten Alptraum.

Um klar zu werden, vergräbt sie ihr Gesicht im Kissen, reibt ihre Wange verzweifelt am rauen Stoff. Das hier ist nicht ihr Bett, weder das in der Wohnung von Sven, noch das im Haus ihrer Eltern. Sie liegt auf einer dieser Rosshaarmatratzen, die mit unsäglich kratzigem Leinen bezogen sind. So riechen nur Laken in Spitälern.

Die Geburt.

Max.

Eins, zwei, drei. Das Dritte von links.

Moritz.

Langsam sickert die Erinnerung ein und mit ihr schiere Panik. Sie war so knapp dran, so verdammt knapp. Alles umsonst.

Wieder haben sie ihr den Sohn gestohlen.

»Max? Wo ist mein Kind?«, stöhnt sie in die feuchte Daunendecke.

Als sie keine Antwort bekommt, dreht sie sich um. Sie blinzelt, ihre Wimpern scheinen aneinanderzukleben, festgekleistert wie mit Uhu. Und ihr ist schwindlig, so schwindlig, dass sie die Wände tanzen sieht. Ein irrwitziges Muster scheint die Tapete verlassen zu wollen. Die hellgrünen Kreise beginnen sich zu drehen, schneller, immer schneller, bis sie in Helenes Kopf eindringen, um sich in einem bedrohlichen Schwarz aufzulösen.

Sie muss Wasser trinken, ihre Kehle ist ausgedörrt, und dann muss sie aufstehen. Ihre Finger zittern. Fahrig stößt sie ein Glas zu Boden. Das Ausbleiben des Klirrens ist ein weiteres Indiz dafür, dass sie im Krankenhaus liegt. Der Becher ist aus Kunststoff. Sie bückt sich, um ihn aufzuheben, und zuckt zurück. Da stehen Männerschuhe, braune Timberlands, und aus ihnen ragen lange Beine in hellblauen Jeans. Noch ein Traum?, fragt sich Helene und blickt zögernd der Hose entlang nach oben.

Ein großer Mann steht vor ihr und starrt sie an. Ein feiner Speichelfaden hängt an seiner Unterlippe. Wie in einem Gruselkabinett, denkt Helene. Ist er der Rattenfänger von Hameln, der Kinderräuber?

»Hilfe«, flüstert sie und weicht zurück. »Warum hilft mir keiner?«

»Helen, Helen Kasper? Sind Sie … bist du … jetzt endlich wach?«

Das ist kein Traum. Da steht einer und sabbert Speichel auf sie. Helene kratzt über ihre linke Augenbraue, kratzt so fest, bis sie den Schmerz spürt.

Jetzt ist sie wach, zurück in der Wirklichkeit. Langsam richtet sie sich auf, beißt ihre Zähne zusammen, presst ihren Rücken an das Kissen und zwängt die Alptraumreste aus ihrem Kopf. Sie spürt ein Ziehen in ihren geschwollenen Brüsten. Es tut weh. Leise beginnt sie zu wimmern.

»Wo ist mein Baby?«

»Beruhige dich, Helen. Niemand hat dir dein Kind weggenommen. Die Schwester wickelt den Kleinen. In ein paar Minuten bringt sie ihn dir.«

Die Helligkeit, die durch das Fenster in den Raum dringt, blendet sie. Helene kneift die Augen zusammen, um besser sehen zu können.

Franky?

Eindeutig, das ist Franky.

Wie kommt er hierher?

Nachdem ihr kleiner Bruder ertrunken war, hat sie Franky nie wieder allein getroffen. Bei der Beerdigung stand er eingekeilt zwischen seinen Eltern. Ganz erstarrt wirkte er, knochendürr, bleich, und als sie ihn ansah, senkte er den Blick. Dennoch war Helene sich sicher gewesen, dass er sich melden würde. Tat er aber nicht.

»Franz Frank?« Ihre Stimme zittert.

»Ja«, kommt es knapp zurück.

Seine Stimme hat sich verändert. Sie hört sich rau an und heißer. Erwachsen.

Franky steht einfach so da und starrt sie an. Unverschämt graue Augen. Und Helene kann nicht anders, als in diesem Grau zu versinken. Sie wird hineingesogen, und Zeit und Ort scheinen sich aufzulösen.

Franky hat ein Gesicht, das sie einfach anlächeln muss. Das ist ihr von Anfang an so gegangen.

Sie betrachtet ihn eingehend. Er ist gewachsen und hat ein wenig an Gewicht zugelegt. Die Haare sind immer noch strohblond und stehen ungeordnet zu Berge. Unter dem weißen Kittel sieht sie einen vertrauten grün karierten Hemdkragen.

Verlegen streicht Helene eine Strähne ihres Haares zurück und zieht unter der Decke an ihrem T-Shirt. Sie fühlt sich grauenvoll.

»Was machst du hier?«

»Dr. Friede hat dich zu uns überstellen lassen. Du bist auf der psychiatrischen Abteilung im Klinikum, du hattest einen Zusammenbruch.«

Langsam bilden die Bruchstücke ein Bild. Helene spürt, wie ihre Tränen zu fließen beginnen.

»Und du bist hier Wärter?«, stößt sie weinend hervor.

Sein Mund verzieht sich zu einem Lächeln. Die Oberlippe ist voll, und die Unterlippe wirkt wie vorgeschoben. Früher kam es Helene vor, als würde Franky ständig schmollen. Die lebhafte, zugleich schmerzliche Erinnerung an ihren ersten Kuss steigt in ihr auf.

»Kein Pfleger. Nein. Ich bin Arzt auf dieser Station.«

Hat nicht Dr. Friede ihr gegenüber irgendeinen Mediziner, der ihr helfen sollte, erwähnt?

»Dann bist du der Spezialist, von dem der Psychiater im Sanatorium geredet hat?«, fragt sie ungläubig.

»In erster Linie behandle ich Mütter, die ihr Kind verloren haben.«

»Verloren. Das klingt, als hätten diese armen Frauen nicht aufgepasst, es einfach so vergessen, es achtlos im Supermarkt zurückgelassen. Du wolltest doch Mathematiker werden? Oder Dichter. Dafür warst du begabt.«

Franky sieht sie merkwürdig an. Bevor er etwas erwidern kann, kommt eine Schwester mit einem an die Schulter gelegten Baby ins Zimmer. Fürsorglich stützt ihre Hand den zart geformten Hinterkopf.

Einen Moment lang steigt Hoffnung in Helene auf.

»Max«, flüstert sie, »mein Max.«

Die Schwester lächelt und reicht ihr das Bündel.

Der Säugling hat die Augen geschlossen und atmet geräuschvoll durch die Nase. Natürlich ist es nicht Max.

Ihre Tränen beginnen wieder zu fließen.

»Da ist er ja, dein kleiner Sohn.« Franky sagt es leise, fast vorwurfsvoll.

Helene drückt das zerbrechlich wirkende Baby sanft an sich. »Das ist nicht mein Kind. Dieser Junge hier ist Moritz. Man hat meinen Max gegen ihn ausgetauscht.«

Franky antwortet nicht, er schaut sie nur an. Helene meint, Mitleid in seinem Blick zu erkennen.

Sie funkelt ihn an.

»Nur weil du Seelenklempner bist, gibt dir das nicht das Recht, meine Worte in Frage zu stellen. Ich bedauere diesen Kleinen zutiefst. Er ist ein armes Würmchen, aber er ist nicht mein Kind. Es tut mir sehr leid, einer Frau auf der Säuglingsstation durch meine Überreaktion so einen Schrecken eingejagt zu haben. Aber: Mein Sohn Max ist verschwunden. Und ja, mir ist völlig klar, wie absurd sich das anhört und dass mir keiner glaubt. Und ich frage mich auch, weshalb niemand den kleinen Moritz vermisst.«

»Helen.« Kaum dass Franky ihren Namen auf diese alte, vertraute Weise ausgesprochen hat, spürt sie ein Ziehen in ihrer Brust. »Helen, bei einer Psychose kann es vorkommen, jemanden anders als zuvor wahrzunehmen, ihn nicht wiederzuerkennen. Das heißt aber nicht, dass es wirklich jemand anderer ist. Das Gehirn gaukelt es uns nur vor.«

»Dir sicher nicht. Wenn, dann ja wohl mir allein. Und hör auf, so herablassend mit mir zu sprechen. Das vertrage ich schlecht.«

Franky sieht sie an, als wolle er etwas sagen, belässt es aber dabei.

»Und Helen bin ich schon viele Jahre nicht mehr. Genau genommen seit jenem Winterabend, an dem Tim sterben musste.«

Blöde Hormone, denkt sie, als sie abermals in Tränen ausbricht.

2

»Wahrscheinlich ein Unfall.«

Rosner versucht, möglichst viel Überzeugungskraft in seine Stimme zu legen, aber Alice schüttelt weiterhin störrisch den Kopf.

»Erst verschwindet ihr Baby, dann kommt der Kindsvater ums Leben, und du redest von Zufall«, fährt sie ihn an.

»Unfall, nicht Zufall«, verteidigt er sich, »wir müssen die Obduktion abwarten, dann sehen wir klarer.« Wieder einmal fragt er sich, wie er es schaffen soll, seine Liebste nicht aufzuregen. Zu viel Emotion wäre Gift für Alice, hat ihm die behandelnde Ärztin vor Kurzem in einem Vieraugengespräch erklärt, und Rosner findet, dass Ärger und Zorn eindeutig zu diesen Giften gehören.

Himmel, Alice badet geradezu in ihnen.

Wie sie ihre Chancen, das Baby zu behalten, denn einschätze, hatte er sie gefragt, doch die Ärztin, die eigentlich einen durchaus kompetenten Eindruck machte, wollte sich einfach nicht festlegen.

»Jeder Tag ohne Krise ist ein Gewinn und erhöht die Überlebenschancen des Kindes«, hatte sie gemeint und dabei die Achseln gezuckt. »Halten Sie jeglichen Stress von Ihrer Frau fern.«

»Schatz, selbst wenn es ein Unfall war, ändert es nichts daran, dass ich mich weiter erkundigen werde. Ich habe es dir versprochen«, sagt er artig, um sie zu beruhigen.

Wie immer im Krankenhaus überwiegt bei ihm die Sorge, dass etwas passieren könnte, wie immer lässt ihn die Angst um Alice und ihr gemeinsames Baby ihre Ausbrüche geduldig ertragen.

Von durch Schwangerschaft verursachten hormonellen »Wallungen« hat er gelesen, hütet sich aber ihr gegenüber, in dieser Form Verständnis zu zeigen.

Freilich, daheim kann es schon passieren, dass auch er zornig wird, aber er ist nicht mehr der Typ von damals, der einfach unbeherrscht losschrie.

Und sich selbst anzuschreien, das fehlte ihm noch, also frisst er die Wut mittlerweile in sich hinein.

Obwohl Alice nicht nur sein Engagement, sondern auch seine berufliche Kompetenz in Frage stellt, versucht Rosner mit zusammengebissenen Zähnen lächelnd, ihr sanft über das Haar zu streichen.

Doch ihr Blick lässt ihn ertappt mitten in der Bewegung innehalten.

»Ich spreche verlässlich mit den behandelnden Ärzten deiner neuen Freundin und mit den Schwestern im Kinderzimmer«, nimmt er jetzt einen neuen Anlauf, »und wenn es möglich ist, rede ich auch mit der Frau selbst.«

Bis jetzt ist es ihm nicht gelungen, Kontakt mit Helene Kasper aufzunehmen. Die Ärzte hatten dringend davon abgeraten, sie in ihrem labilen Zustand mit dem Tod ihres Freundes zu konfrontieren. Rosner selbst, der nach wie vor überzeugt davon ist, es mit einer Hysterikerin zu tun zu haben, ist dankbar dafür.

Er versucht natürlich, dies nicht allzu deutlich zu zeigen, aber ihm ist völlig klar, dass Alice die Sache ganz falsch sieht. Eine arme verwirrte Frau hat es geschafft, Alices gutes Herz zu berühren. Na großartig, und deshalb muss er jetzt springen. Als hätte er nicht genug um die Ohren.

Ganz abgesehen von den privaten Sorgen, die schließlich auch an seinen Nerven zerren, hat er ja auch noch beruflichen Stress.

Der »fröhliche Weinberg«, dieser nicht fassbare Einbrecher, war wieder aktiv geworden. Vorgestern Abend, durch eine schlecht gesicherte Kellertür in ein Einfamilienhaus eingedrungen, fesselte er ein betagtes Ehepaar, das friedlich vor dem Fernseher saß, sie schlummernd, er nahe daran, bediente sich an den Weinvorräten und fragte höflich nach Wertsachen. Gar nicht mehr höflich verlieh er seiner Forderung gleich darauf Nachdruck, indem er dem Hausherrn mit einem Faustschlag den Kiefer brach.

Spahic hat recht gehabt, denkt Rosner, der Mann wird von Mal zu Mal dreister und aggressiver.

Spuren gibt es genug, aber sie sind mal wieder nicht zu verwerten. Handschuhe hatten bisher jegliche Fingerabdrücke vermieden, und die DNA-Spuren, die sichergestellt werden konnten, hatten in der Datenbank keinen Treffer ergeben. Dabei kann Rosner sich wahrlich nicht vorstellen, es mit einem sogenannten Ersttäter zu tun zu haben, dazu agiert der Mann viel zu abgebrüht.

Sie kommen seit Wochen keinen Schritt weiter, und der Druck der Öffentlichkeit, durch die teilweise reißerische Berichterstattung noch verstärkt, lastet schwer auf ihm und seinem Team.

Der dicke Brunner, sein Vorgesetzter, hat ihm in drastischen Worten noch einmal deutlich gemacht, was Rosner ohnehin klar ist: Sie brauchen Ergebnisse, und zwar möglichst bald.

Und nun soll er sich außerdem um diese Säuglingsgeschichte kümmern?

Er ist nicht einmal zuständig. Zwar hat er die Leiche gefunden – er erklärte seinen Besuch mit einer Bekanntschaft im Krankenhaus, die er bewusst vage hielt –, aber solange kein eindeutiges Tötungsdelikt nachgewiesen werden kann, gehen die Kollegen von einem Unfall aus.

Im Gegensatz zu seiner Alice teilt Rosner diese Meinung. Der Mann hatte einfach Pech gehabt. Er war betrunken gewesen, so viel war bereits klar, auch Suchtgift konnte nicht ausgeschlossen werden, und hatte sich bei einem Sturz an der Kante des Wohnzimmertisches das Stirnbein eingeschlagen. Letztlich sei er verblutet, vermutete der Amtsarzt vor Ort, der allerdings dem Obduktionsergebnis nicht vorgreifen und sich daher noch nicht endgültig festlegen wollte.

Trotzdem muss Rosner halten, was er versprochen hat.

Das kleinere Übel, denkt er, als er wieder einmal zur Leitstelle des Krankenhauses geht. Sich mit Brunner statt mit Alice anzulegen ist eindeutig das kleinere Übel.

Dr. Emanuel Friede ist im Haus, und Rosner macht sich auf den Weg zu dessen Büro.

Der auf Hochglanz getrimmte Mann ist ihm vom ersten Augenblick an unsympathisch, und Rosner fragt sich, woran das liegt. Vielleicht an der aufgesetzten Professionalität, mit der Friede seine konkreten Fragen abschmettert?

Nein, über Patienten gebe er grundsätzlich keine Auskunft,

muss Rosner sich anhören, schon gar nicht an Personen, die nicht zur Familie gehören, und fragen lassen muss er sich, wieweit Rosners Interesse, »Oder sprechen wir hier von Ermittlungen?«, sich mit der ärztlichen Schweigepflicht und dem Datenschutz vereinbaren lässt.

Erst als es ihm gelingt, den Psychiater dazu zu bringen, ganz allgemein über ähnliche Fallgeschichten zu sprechen, entspannt sich die Situation etwas.

»Bei schweren psychischen Störungen«, führt Friede aus, »verliert der Patient häufig den Bezug zur Realität. Auslöser können sowohl organische Ursachen als auch traumatische Erlebnisse, Suchtmittelmissbrauch oder psychotische Erkrankungen wie zum Beispiel Schizophrenie sein. Uns Ärzten«, er klopft sich dabei tatsächlich an die Brust, »obliegt es, die individuelle Situation des Patienten zu beurteilen, um geeignete Schritte zur Behandlung ergreifen zu können.«

Ob es noch ein wenig allgemeiner ginge, will Rosner fragen, verkneift es sich aber im letzten Moment. Er weiß, dass er hier keinen Schritt weiterkommen wird, und verschließt seine Ohren vor den sich immer mehr ins Uferlose verlierenden Ausführungen des sichtlich in Fahrt gekommenen selbstverliebten Psychiaters.

Nach so viel Theorie braucht er Praxis.

Janisha Narayan, die tamilische Krankenschwester, die über die Säuglingsstation wacht, wird er als Nächstes aufsuchen. Alice hat ihm von ihr erzählt, eigentlich hat sie ihm von ihr vorgeschwärmt. Sie selbst habe zwar nur wenige Male mit ihr gesprochen, aber seit sie im Krankenhaus sei, höre sie nur Gutes über sie, und es mache sie froh, dass eine so verantwortungsbewusste Kinderschwester sich vielleicht bald auch um ihr Neugeborenes kümmern werde. Hinter ihrer rauen Schale verberge sich der sprichwörtlich weiche Kern, hatte Alice betont, und wenn er, Rosner, einmal nach einem Synonym für Kompetenz suchen müsse, dann sei er gut beraten, wenn ihm als Erstes das Wort Narayan einfiele.

Rosner begegnet der Frau im Säuglingszimmer und kann sie dazu überreden, ihn in die Cafeteria zu begleiten. Er wundert sich über ihre strenge Schwesterntracht, die altmodischen Halbschuhe und den glänzend blauschwarzen Chignon.

»Sie haben Glück, mich in meiner Mittagspause anzutreffen, normalerweise nutze ich die Zeit, um schnell etwas einzukaufen.«

Caffè Latte bestellt sie und bemerkt auf Rosners Frage, dass Tee ihr verhasst sei, seitdem sie weiß, dass Singhalesen auf Ceylon ihre Landsleute auf den Teeplantagen wie Sklaven behandeln. Ein beinahe entschuldigendes Lächeln überzieht ihr Gesicht, und Rosner ertappt sich dabei, ihr bedingungslos zustimmen zu wollen.

»Frau Kasper«, jetzt seufzt sie, »war keine einfache Patientin, ihr monotones Zählen im Säuglingszimmer hatte etwas Neurotisches, aber ich habe hier schon Außergewöhnlicheres erlebt.«

»Zählen?«, fragt Rosner.

»Sie hat die Bettchen abgezählt, um ihren Sohn wiederzufinden, panische Angst hatte sie davor, ihn nicht wiedererkennen zu können, ihren kleinen Max.«

Rosner verdreht die Augen. Da haben wir es, denkt er, eine Hysterikerin, wie sie im Buche steht.

»Aber sie ist ohne Zweifel eine liebevolle Mutter, und ich hatte den Eindruck, dass sich ihr Gemütszustand deutlich besserte. Als ich von einem ungeplanten Urlaub zurückkam, war ich mehr als erstaunt über den Rückfall.«

»Kann es sein«, Rosner zögert, fährt aber dann ohne Überzeugung fort, »dass das Baby tatsächlich vertauscht wurde?«

Janisha Narayan schüttelt den Kopf. »Das halte ich für ausgeschlossen. Aber wenn die Behörde darauf besteht, bin ich gerne bereit, mir das angeblich fremde Kind einmal anzusehen.«

Irrt sich Rosner, oder zwinkert die Frau ihm bei diesen Worten verschwörerisch zu?

»Immerhin weiß ich, wie Max aussieht«, fährt sie fort. »Ich merke mir jedes meiner Kinder. Daher weiß ich auch, dass der kleine Florian von Frau Grün tatsächlich ihr Florian ist.«

»Haben Sie ihn nach dem Vorfall denn gesehen?«

»Selbstverständlich.«

»Dann wird das nicht notwendig sein«, sagt er freundlich, »außerdem darf Frau Kasper keine Besuche empfangen.«

»Das gilt aber nicht für ihren Sohn.« Jetzt lächelt Janisha Narayan offen. »Nur frage ich mich bei einem Babytausch, wo denn der kleine Max im Fall des Falles abgeblieben sein soll und woher das andere Kind gekommen ist.«

»Eben«, Rosner steht auf und bedankt sich, »Sie haben mir sehr geholfen, Frau Narayan, vielen Dank.«

Ein Gespräch hat er sich noch vorgenommen, und vor dem graut ihm. Nach einem Todesfall mit den Angehörigen sprechen zu müssen ist ihm immer schon schwergefallen, und die Tatsache, dass er inoffiziell ermittelt, macht die Sache nicht besser.

Kurz überlegt er sich, Alice zu erzählen, der Besuch hätte nichts gebracht, aber sogleich ruft er sich wieder zur Ordnung. In ihrer Beziehung ist Ehrlichkeit eine der unverrückbaren Säulen, und Rosner hat nicht vor, daran etwas zu ändern. Die Vorstellung, er könnte das von ihr entgegengebrachte Vertrauen leichtfertig aufs Spiel setzen, jagt ihm kalte Schauer über den Rücken.

Die alte, gebrechliche Frau, die nach mehrmaligem Läuten die Wohnungstür in der Reihenhaussiedlung im Stadtteil Welzenegg öffnet, sieht erschöpft aus. Schwarze Ringe zeichnen sich unter ihren Augen ab und verleihen den bitteren Falten, die sich tief um ihre Mundwinkel eingegraben haben, einen tragischen Ausdruck.

»Frau Goritschnig«, sagt er sanft, als sie ihn in die Wohnung bittet, »ich weiß, dass Sie von meinen Kollegen schon kontaktiert wurden. Mein Beileid zu Ihrem Verlust. Ich bin hier, weil ich es war, der Ihren Enkel gefunden hat. Ich kann Ihnen immerhin versichern, dass er nicht leiden musste.«

Die Frau macht eine abwehrende Handbewegung.

»Wie kommen Sie darauf? Es war kein Unfall. Mein Enkel hat mir alles erzählt. Er wurde ermordet.«

3

Helene stillt Moritz, der dabei gurgelnde Laute von sich gibt. Schon die Tonlage dieses Babys unterscheidet sich von der ihres Sohnes. Max' Stimmfarbe ist kräftig, die des kleinen Moritz bestenfalls erschöpft. Müde nickt der Säugling an ihrer Brust ein. Hinter den Lidern zucken die Augäpfel unruhig. Seine Haut ist so hell, dass die Adern bläulich durchschimmern. Ein Tropfen Milch sickert aus seinem Mundwinkel.

Entschlossen verbietet Helene sich allzu viel Mitleid, erst muss sie mit sich selbst ins Reine kommen. Jetzt, da die Beruhigungsmedikamente in ihrer Wirkung nachzulassen beginnen, gelingt ihr das immer besser. Das Gefühl, in Watte gehüllt zu sein, weicht langsam einer lange vermissten Klarheit.

Die schockierende Begegnung mit Franky hat ihre Gedanken zum Kreisen gebracht.

Um den Kleinen nicht zu wecken, schiebt sie vorsichtig ein weiteres Kissen hinter ihren Rücken. Ja, es war ein Schock, Franky zu begegnen. Ein besonders schwerer sogar, unter diesen Umständen.

Beinahe hätte sie ihn nicht wiedererkannt, und das lag nicht nur an den Medikamenten. Der schlaksige Freund von damals hatte sich in einen skeptisch blickenden Mediziner, in einen Fremden, der fernab ihrer Welt agiert, verwandelt. Von seiner einstigen bedingungslosen Zuneigung war nichts mehr zu spüren.

Verdammt. Das hatte wehgetan. Trotz der langen Zeit, in der sie keinen Kontakt hatten.

Für sie unverständlich war zudem Frankys Berufswahl. Ihr Vater hatte ihn als Poeten bezeichnet, sein verspielter Zugang zur Welt war unübersehbar gewesen. Freilich, im Nachhinein betrachtet, war vieles, was Franky in ihrer gemeinsamen Zeit von sich gegeben hatte, nur Ausdruck seiner romantischen Verliebtheit gewesen. Er selbst fühlte sich zur Mathematik hingezogen.

Aber ausgerechnet Medizin mit dem Fachgebiet Psychiatrie?

Das hätte sie ihm nicht zugetraut. Und dann auch noch dieses Spezialgebiet, also Mütter, die den Verlust ihres Kindes zu verkraften haben.

Solche Frauen wie ihre Mutter, solche Frauen wie nun auch sie.

War das seine Art, die tragischen Geschehnisse von damals zu verarbeiten?

In ihrer Brust weitet einschießende Milch schmerzhaft die Kanäle. Wieder war der Kleine zu kraftlos zum Weitertrinken, wieder ist er gleich nach der ersten Labung eingeschlafen. Sie wird ihn später sanft wecken und nochmals anlegen müssen.

»Schwester, finden Sie nicht auch, er ist viel zu blass?« Sosehr ihr die ewige Anwesenheit der Aufpasserin widerstrebt, jetzt ist sie froh, jemanden danach fragen zu können.

»Heute Morgen bei der Visite hat Ihnen der Arzt versichert, dass mit dem Kleinen alles in Ordnung sei.«

Ja, Helene erinnert sich daran und auch an die bedeutungsvoll gewechselten Blicke. Mit ihm schon, wollten sie ihr damit wohl zu verstehen geben, mit ihr allerdings nicht.

Franky war in der Menschentraube der Weißmäntel nicht auszumachen gewesen. Obwohl Helene darüber erleichtert war, spürte sie einen feinen Stich der Enttäuschung. Diese Ambivalenz ignorierend, überschüttete sie das Ärzte- und Pflegeteam mit Fragen, löcherte es geradezu.

Man antwortete ihr mit betont kontrollierter Stimme und unbewegter Miene, doch wenn sie darüber nachdenkt, was man ihr gesagt hat, war da nichts, was sie nicht ohnehin wusste. Einzig eine der Ausbildungsärztinnen hatte sie unverhohlen angestarrt, und als sich ihre Blicke trafen, meinte sie, Erschrecken und so etwas wie Mitleid in ihrer Miene zu erkennen. Als sie sich aber persönlich an die junge Frau wenden wollte, hatte diese das Zimmer bereits verlassen.

Längst ist Helene klar, dass es eine Dummheit ihrerseits gewesen war, Max in einem der Zimmer an der Brust einer fremden Frau zu vermuten. Im Nachhinein schämt sie sich für diese temporäre Besessenheit, anders kann sie ihr Handeln beim besten Willen nicht bezeichnen. Was war da bloß in sie gefahren?

Sie gesteht sich verwundert ein, dass sie es fast akzeptiert hätte, verrückt geworden zu sein. Wäre einem ihrer behandelnden Ärzte der unumstößliche Beweis gelungen, dass der kleine Moritz ihr Max ist, Helene hätte es hingenommen. Dass ihre Psyche dieser Beweis sein soll, lässt sie nicht gelten.

Sie beißt die Zähne zusammen.

Nein. Weder ihre biochemischen Botenstoffe im Hirn noch die Hormone sind durcheinandergeraten.

Nein. Sie ist nicht übergeschnappt, sie hat ihren Verstand nicht verloren.

Jetzt bettet sie den unruhig träumenden Moritz vorsichtig zwischen die Falten ihrer Decke und verhindert durch das Kissen, dass der Kleine über den Rand des Bettes rollt.

Im Wandschrank findet sie weder Kleidung noch Handtasche oder Schuhe. Nichts, gar nichts, das ihr gehört, nur ein weiteres Baumwollnachthemd, das man hinten zubinden muss, und Windelhosen mit Einlagen.

Werde ich denn operiert?, fragt sie sich und spürt Angst in sich aufsteigen. So hässlich es auch ist, sie nimmt das kratzige Nachthemd, dann läutet sie nach der Schwester, die sie kurz mit Moritz allein gelassen hat. Während sie duscht, will sie Moritz nicht unbeaufsichtigt lassen.

»Es geht mir schon besser«, bemüht sich Helene der jungen Schwester gleich darauf zu versichern, aber die scheint sie nicht verstanden zu haben. Wortlos kippt sie das Fenster und schiebt das Kinderbett zur Seite. Lächelnd betrachtet sie das schlafende Baby und nimmt es hoch. Leise schließt sie dann, mit Moritz im Arm, die Tür hinter sich. Sie wird ihn wohl waschen und wickeln.

Fast erinnern die Dusche und eine ausgiebige Haarwäsche Helene an einen Wellness-Trip. Selten zuvor hat sie diesem alltäglichen Säuberungsvorgang so viel Genuss abgewinnen können. Es ist ein wenig wie Aufwachen in einem tropischen Wasserfall.

Kurz nur schiebt sich das Bild einer anderen Dusche zwischen sie und ihr Wohlgefühl, jener letzten Dusche im Sanatorium kurz vor ihrer fatalen Aktion, die sie hierherbrachte. Das war wohl einer der wenigen Momente gewesen, in dem ihre Hormone und Botenstoffe wirklich durcheinandergeraten waren.

Weder Bürste noch Kamm gibt es hier, also fährt Helene sich mit den Fingern durchs nasse Haar und trocknet es mit dem an der Wand befestigten Fön, bis es in weichen Wellen über ihre Schultern fällt. Aus dem Cremetiegel des Krankenhauses tupft sie sich einen Klecks ins Gesicht und verreibt ihn. Sie wird Sven bitten müssen, ihr ein paar Sachen zu bringen.

Sven! Weiß er überhaupt, dass sie in diese Klinik verlegt wurde?

Schuldbewusst fällt ihr auf, dass sie sein Fehlen bisher gar nicht bemerkt hat. Nein, vermisst hat sie ihn nicht, dennoch findet Helene es unerhört, wie wenig er sich um sie und den Kleinen kümmert.

Sie überlegt, wann sie ihren Freund zum letzten Mal gesehen hat, was unmittelbar zu der Frage führt, wie lange sie eigentlich schon hier ist. Vielleicht schon mehrere Tage? Ihr Zeitgefühl beginnt erst langsam wieder zu funktionieren.

Als die Schwester ihr den Säugling zurückbringt, ist er frisch gewickelt und riecht angenehm nach Babypuder, schläft aber immer noch. Helene legt ihn behutsam in sein Bett, schiebt es nahe zu ihrem und verzichtet darauf, die junge Schwester mit Fragen zu löchern. Inzwischen hat sie sich damit abgefunden, keine befriedigenden Antworten zu erhalten.

Sie sieht sich um, wundert sich über die hässliche Tapete mit den grünen Spiralen, die ein mulmiges Gefühl in ihr auslöst. Man möchte meinen, denkt sie, dass die Wände in psychiatrischen Anstalten mit nervenschonender Farbe gestrichen wären und keine hektisch machenden Muster aufweisen. Nervosität bringen die meisten Patienten ohnehin selbst mit.

Und wann beginnt überhaupt ihre Therapie? Sie war davon ausgegangen, in eine Gruppensitzung mit anderen psychisch Beeinträchtigten zu müssen, hatte sich das ein bisschen so vorgestellt wie im Film »Einer flog über das Kuckucksnest«. Aber noch nicht mal zu einem Einzelgespräch hatte man sie bisher geholt, und die paar Worte, die sie mit Franky gewechselt hatte, kann man wohl kaum in dieser Kategorie verbuchen. Die

Schwestern, die ihren Umgang mit dem Säugling überwachen, vermeiden es zudem, mit ihr zu reden. Wahrscheinlich ist das so angeordnet.

Befindet sie sich eigentlich in einer offenen oder geschlossenen Abteilung? Auch diese Frage stellt sie sich zum ersten Mal. Wäre es nicht die Aufgabe der Visite am Morgen gewesen, sie darüber aufzuklären? Oder hatte man sie schon vorher darüber informiert, und sie erinnert sich nicht daran?

Bisher hatte sie noch nicht mal das Zimmer verlassen. Kann sie das überhaupt, oder hat man sie eingesperrt?

Seltsam, dass mich das bisher nicht interessiert hat, denkt sie. Vielleicht liegt das daran, dass sie sich kaum allein in diesem Zimmer befindet. Sie trauen ihr nicht, befürchten wohl, sie könne dem Baby etwas antun.

Lang sitzt Helene da und beobachtet Moritz' unruhigen Schlaf. Manchmal scheint sein Atem auszusetzen, dann schnappt er geräuschvoll nach Luft. Armes Kerlchen. Sie wird darauf bestehen, dass er von einem Kinderarzt untersucht wird. Das ist das Mindeste, was sie für ihn tun kann.

Schon bevor er die Tür zu ihrem Raum öffnet, kann Helene sein Husten auf dem Flur hören.

Franky kommt.

Obwohl sie auf ihn vorbereitet ist, erschrickt sie, kaum dass er vor ihr steht. Die Schwester verlässt den Raum. Franky trägt eine abgerissene Lederjacke, täuschend ähnlich jener, die sie vor vielen Jahren gekannt hat, aber es ist sein Gesichtsausdruck, der ihr Angst macht.

Er scheint sich noch nicht umgezogen zu haben, trägt seine Freizeitkluft. Anscheinend war sein erster Weg der zu ihr. Geräuschvoll zieht er einen Stuhl über den Linoleumboden und setzt sich ihr gegenüber, neben das Babybett. Er wirft einen Blick auf das schlafende Kind. Dann sieht er sie längere Zeit schweigend an.

Einen Hauch Straßenluft hat er mitgebracht, der sie mit Sehnsucht nach draußen, nach Normalität erfüllt. Was gäbe sie jetzt darum, mit Max im Kinderwagen spazieren zu gehen oder das Abendessen für Sven und sich zuzubereiten.

»Franky«, setzt sie an, aber er unterbricht sie.

»Es ist etwas passiert, Helen, und ich möchte, dass du es von mir erfährst. Die Polizei wird gleich hier sein, und ich will nicht, dass du es von denen erfährst.«

»Sie haben mein Kind gefunden!« Sie springt auf und legt beide Hände an ihre heißen Wangen. Die Freude, ihren Max endlich wieder in die Arme nehmen zu können, fühlt sich wie ein süßer Schmerz an.

»Nein. Bitte setz dich. Es geht um Sven.«

»Sven«, wiederholt Helene enttäuscht, als höre sie diesen Namen zum ersten Mal. »Was ist mit ihm? Wo bleibt er überhaupt? Hält er es denn nicht für notwendig, uns hier zu besuchen, uns Beistand zu leisten?« Ihre Stimme hat einen unversöhnlichen Klang.

Als Franky nicht antwortet, dämmert ihr, dass ihr Freund wieder einmal in eine schlimme Sache geraten sein muss. »Er steckt wohl in Schwierigkeiten? Was hat er diesmal angestellt?«, fragt sie ruhig.

Moritz hat leise zu weinen begonnen, und Helene hebt ihn aus dem Bett. Seine Augen sind jetzt geöffnet, er starrt sie erwartungsvoll an.

»Helen. Wo ist deine Mutter? Ich habe keine Kontaktdaten von ihr und konnte sie daher nicht verständigen.«

»Mama?« Helene glaubt einen Moment lang, ihn nicht richtig verstanden zu haben.

Erst als Franky seine Frage wiederholt, reagiert sie. »Ich habe sie schon lange nicht mehr gesehen. Keine Ahnung, wo sie gerade ist. Wir haben uns aus den Augen verloren.« Tränen laufen ihre Wangen entlang.

Franky kratzt sich verlegen am Kinn. Auch diese Geste kennt sie von früher.

»Sag schon. Was hat Sven diesmal ausgefressen? Oder warte, eigentlich ist es mir egal. Alles, was zählt, ist mein Kind. Soll er sich mit seinen Dummheiten ruhig das Leben schwer machen und uns in Ruhe lassen. Macht er doch ohnehin schon. Er war, seit ich hier bin, kein einziges Mal da.« Ihre Stimme klingt selbst in ihren Ohren hart.

Franky beugt sich zu ihr, und sie zuckt erschrocken zurück. Moritz beginnt zu wimmern.

»Helen. Es ist etwas Schlimmes passiert.«

»Ich weiß«, fährt Helene dazwischen. »Man hat mir mein Kind gestohlen und ein fremdes an seiner Stelle in die Wiege gelegt.«

»Helen«, wiederholt Franky geduldig, und seine Stimme klingt sanft. »Sven ist gestorben. Man hat ihn tot in eurer Wohnung gefunden.«

Helene versteht nicht sofort. Langsam nur sickert die Bedeutung seiner Worte in ihr Bewusstsein.

»Drogen?«, fragt sie schließlich tonlos. »War es eine Überdosis?« Tief in ihrem Inneren hat ein Teil von ihr immer mit so einer Botschaft gerechnet.

»Sie wissen es nicht«, entgegnet Franky ruhig.

Mit einem Mal wird sie traurig.

Dummer Sven, denkt sie.

»Seine arme Oma, sie hat ihn so geliebt.«

In diesem Moment trifft sie die Erkenntnis: Sie liebt Sven nicht. Schon lange nicht mehr.

Ein Klopfen an der Tür reißt sie aus ihren Gedanken.

Kaum dass sie »Herein!« rufen kann, stehen zwei Personen im Zimmer.

»Kriminalpolizei«, sagt die Frau. »Mein Name ist Wildner, und das ist mein Kollege Rosner.«

»Frau Kasper ist im Bild. Ich habe die Patientin bereits informiert.« Frankys Stimme klingt abweisend.

Patientin, denkt Helene und wendet sich von ihm ab.

Beide Polizeibeamten ignorieren ihn.

Der Mann ist groß und steht leicht vornübergebeugt da. Er starrt sie an. Seine Augen sind grau, aber von einem anderen Grau als die von Franky. Sie wirken auf verstörende Art durchdringend.

»Frau Kasper, es tut uns leid, Ihnen in Ihrer schwierigen Situation weiteren Kummer bereiten zu müssen«, sagt er.

Seine Stimme klingt unerwartet tief, sie erinnert Helene an den Bass in einer Mozartoper.

Die Frau, eine mittelgroße, unscheinbar wirkende Beamtin,

schaut kurz zu ihm und sagt: »Mein Kollege und ich haben ein paar Fragen an Sie.«

Franky räuspert sich. »Tatsächlich ist es mehr als unverantwortlich, was Sie hier machen. Bitte fassen Sie sich wenigstens kurz.«

Zu ihrer Überraschung ist sie es, die abwinkt. »Fragen Sie ruhig, wenn ich kann, helfe ich Ihnen gern.«

»Frau Kasper, Ihre Geschichte ist mir nicht fremd. Ich weiß von Ihrer Sorge, Ihr Kind wäre entführt worden.«

Sie sieht den Mann erstaunt an. Hatte die Klinik doch Anzeige erstattet? Aber auch seine Kollegin wirft ihm einen eigenartigen Blick zu. Auf diese Gesprächseröffnung war sie nicht vorbereitet, folgert Helene.

Dann kombiniert sie blitzschnell.

»Sie sind der Mann von Alice«, stellt sie fest.

Der Graue nickt. »Meine Verlobte«, setzt er nach, und Helene registriert, dass er das Wort auf altmodische Weise betont, »macht sich große Sorgen um Sie, Frau Kasper. Sie meinte, ich müsste der Angelegenheit dringend nachgehen.«

Zum ersten Mal seit Langem breitet sich ein Gefühl der Sicherheit in Helene aus. Endlich hält sie jemand nicht für durchgedreht und schenkt ihr Glauben.

Bereitwillig erzählt sie von Svens Drogenproblemen. Sie berichtet, dass ihr Freund die wenigen Male, die er sie besucht hat, abwesend gewirkt habe, grad so, als würde ihn etwas belasten. Und immer sei er mit rot geränderten Augen im Sanatorium erschienen, obwohl er ihr doch versprochen hatte, mit dem Haschrauchen aufzuhören.

»Da Sie aber ein wenig mit meinen Problemen vertraut sind, werden Sie sich vorstellen können, dass ich in letzter Zeit nicht besonders auf das Befinden meiner Umgebung geachtet habe. Und«, ihre Stimme wird lauter, »Sie können mich gerne für gefühlskalt und egoistisch halten, aber die Sorge um meinen entführten Sohn steht für mich nach wie vor im Vordergrund. Was werden Sie tun, um ihn zu finden?«

Franky will etwas sagen, belässt es dann aber dabei, zu schweigen.

Alices Freund steht an die Wand gelehnt da und beobachtet sie aufmerksam. Ein nicht zu deutender Ausdruck liegt auf seinem fahlen Gesicht.

»Ich habe gehört, dass Sie einer Mutter das Baby weggenommen haben. War das so?«

»Korrekt. Das ist aber keine Antwort auf meine Frage«, sagt Helene verstimmt.

Franky ist aufgesprungen. »Bitte verlassen Sie das Zimmer«, sagt er scharf. »Ich werde mich über die Art, wie Sie Ihre Ermittlungen führen, beschweren.«

Draußen wird es bereits dunkel, und Helenes Gesicht spiegelt sich verzerrt in der Fensterscheibe.

4

Janisha Narayan ist erschöpft. Einzelne Haare haben sich aus ihrem Chignon gelöst und kitzeln die Haut am Nacken. Die hellblaue Bluse, die sie bei der Arbeit trägt, ziert ein großer Milchfleck, der säuerlich riecht. Was soll's, nach einem langen Arbeitstag kann das schon mal vorkommen, denkt sie sich und streift den Rock ihrer Schwesterntracht glatt.

Ihr gegenüber im Dienstzimmer sitzt ihre Kollegin Michaela. Beide halten Becher in der Hand und schweigen. Janisha beobachtet, wie der helle Schaum ihres Caffè Latte langsam mit dem Braun des Kaffees verschmilzt.

Manchmal, wenn zu viele Gedanken in ihrem Kopf kreisen, spricht sie lautlos Mantras oder lenkt ihre Aufmerksamkeit bewusst auf äußere Vorgänge, die nichts mit ihren eigenen Problemen zu tun haben. Dieses meditative Versenken bringt ihr die abhandengekommene Gelassenheit meist zurück.

Nicht so heute. Sobald sie stumm die ihr vertrauten Wortfolgen rezitiert, schiebt sich das blasse Gesicht der jungen, verzweifelten Mutter vor ihr inneres Auge. Auch das Gespräch mit dem Kriminalpolizisten lässt sie nicht mehr los.

Vor dem Fenster hat sich die Dunkelheit des frühen Abends ausgebreitet. Die Äste der alten Kastanie schlagen unruhig gegen die Scheibe. Aus dem Säuglingszimmer dringt das unterdrückte Weinen der Kleinen.

»Sie spüren den Wetterumschwung, unsere Jüngsten«, sagt Michaela.

Janisha schreckt hoch.

»Du siehst müde aus, bist fast eingenickt. Geh doch nach Hause und gönn dir etwas Erholung.« Michaela setzt ihren Teebecher an die Lippen und trinkt.

»Mir geht diese Frau nicht aus dem Sinn. Wäre ich bloß da gewesen.«

»Was hättest du an der Situation ändern können? Es ging doch alles so schnell und war nicht vorherzusehen.«

Die Stimme ihrer Kollegin hat einen leicht gereizten Unterton angenommen.

»So meinte ich das nicht«, entgegnet Janisha beschwichtigend. Sie weiß doch, jeder gibt sein Bestes.

Anders als auf so manchen anderen Stationen herrschen hier uneingeschränktes Vertrauen und gegenseitiger Respekt. Für Janisha eine unabdingbare Grundlage, um eine tragfähige und effiziente Zusammenarbeit im Team zu gewährleisten. Und das soll auch so bleiben. Unter »ihren« Kollegen, in »ihrem« Kinderzimmer, wird sie keinen Misston aufkommen lassen. Sorgfältig wählt sie daher ihre nächsten Worte.

»Es ist einfach ein großes Pech, dass es genau an dem Tag, als sie behauptete, ihr Kind sei vertauscht worden, einen Schichtwechsel, Urlaub und zwei Krankenstände gegeben hat. Denn natürlich hat keiner von euch Max bei und nach seiner Geburt gesehen. Was ist, wenn die Frau recht hat, und ihr Kind wurde tatsächlich vertauscht?«

»Unsinn, so stimmt das nicht, Janisha«, widerspricht Michaela. »Friede war die ganze Zeit über im Haus. Er hat den Jungen einige Male gesehen. Und er schwört darauf, dass der Kleine sich nicht wie durch Zauberhand verändert hat. Er muss es doch wissen. Er ist ja immerhin Arzt!«

Janisha überlegt, wie viel Urteilsvermögen sie Dr. Friede in dieser Hinsicht zubilligen kann. Ganz so das Seine sind die Neugeborenen nicht. Ins Kinderzimmer kommt er, um ein wenig mit den Schwestern zu plaudern, aber sicherlich nicht primär aus Interesse an den Babys.

Nun, vielleicht irrt sie sich in ihrer Einschätzung. Sie glaubt ja selbst nicht ernsthaft daran, dass der kleine Junge vertauscht wurde.

»Gut«, sagt sie und richtet sich auf. »Ich werde mit Dr. Friede sprechen. Eigentlich hatte ich das ja schon länger vor. Aber zuerst war er mit der Patientin im Klinikum, dann habe ich Ihn nicht erreicht. Versteh mich bitte nicht falsch, Michaela, ich möchte mich selbst beruhigen und einfach hundertprozentige Sicherheit haben. Ich mache mir sonst nur endlose, unnütze Sorgen.«

Michaela lächelt und fährt leicht mit dem Zeigefinger über Janishas Handrücken. »Du bist unsere Beste, aber bitte hör endlich mit deinen Schuldgefühlen auf. Die machen dich fertig und bewirken nur schlechte Laune.«

Wenn das bloß so einfach wäre, denkt Janisha und spült beide Tassen ab.

In der Dienstkanzel trifft sie einige Minuten später auf Emanuel Friede. Er hat eben begonnen, Krankenberichte zu diktieren, hört aber, als sie eintritt, abrupt auf zu sprechen. Sofort schiebt er seinen Drehstuhl zur Seite und kommt ihr entgegen. Der weiße Mantel kann nicht verbergen, dass der Psychiater heute eine hellrote Stoffhose zu einem dunkelvioletten Hemd trägt. Janisha wendet irritiert den Blick ab.

»Welch unverhofftes und viel zu seltenes Vergnügen.«

Janisha nickt unbestimmt und bittet Friede, ihr in den Tablettenraum zu folgen.

»Geheimnisse?«, fragt er aufgeräumt und schenkt ihr ein breites Lächeln.

»Eher im Gegenteil. Es wurde schon ausführlich darüber gesprochen, ich weiß. Aber es will mir einfach nicht mehr aus dem Kopf.«

Als er sich ihr zuwendet, weht Pfefferminze, vermischt mit einem stark zitronig riechenden Aftershave, zu ihr. Von beidem leider eine Spur zu viel, denkt Janisha und lehnt sich an die Fensterbank.

Die hellroten Beine machen einen Schritt auf sie zu. »Geht es um unsere Verabredung?«

»Verabredung?«

»Na, genauer gesagt *wollte* ich Sie schon längst zum Abendessen einladen.«

Janisha ärgert sich über die Hitze, die spürbar vom Hals in ihr Gesicht steigt. Sie lächelt ein wenig reserviert.

»Um den kleinen Max mache ich mir Sorgen – und vor allem um seine bedauernswerte Mutter.«

»Wieso?« Dr. Friede sieht sie aufmerksam an. »Hat die Kasper denn schon wieder etwas angestellt? Zuzutrauen wäre es ihr.«

»Das müssten Sie doch besser wissen als ich, sie ist schließlich nicht mehr hier«, wehrt Janisha ab. »Ich hoffe, dass Frau Kasper bei Ihrem Kollegen in guten Händen ist und sich schnell erholt.«

»Ganz sicher. Dr. Frank kümmert sich sehr gut um sie. Es ist immerhin sein Fachgebiet.«

Zum ersten Mal, seit sie ihn kennt, fällt Janisha Dr. Friedes selbstgefällige Art unangenehm auf.

»Sie haben den Säugling gesehen. Sie kamen, wenn ich mich richtig erinnere, sogar extra wegen ihm ins Kinderzimmer.«

»Ja und?«

»Als unsere Patientin dann behauptete, ihr Kind wäre vertauscht worden, haben Sie sich den Kleinen doch sicher genau angeschaut.« Sie blickt ihm direkt in die Augen. »Dr. Friede, war das nun Max oder nicht?«

»Frau Narayan.« Janisha bemerkt, dass er anders als sonst sehr förmlich, fast ein wenig pikiert reagiert. »Das habe ich den unterschiedlichsten Personen inzwischen oft genug bestätigt. Wer, wenn nicht Max, soll es denn sonst gewesen sein? Glauben Sie mir. Die Mutter ist das Problem, nicht der Sohn. Ihr Zustand hatte sich zu diesem Zeitpunkt bereits radikal verschlechtert, was daran lag, dass sie sich hartnäckig weigerte, die vorgeschriebenen Medikamente zu nehmen.«

Emanuel Friede betrachtet Janisha mit Ungeduld. Sie fühlt sich unbehaglich. Statt des gewohnten und von ihm wohl erwarteten Geplänkels stellt sie ihm unliebsame Fragen, verhört ihn regelrecht. So hat der Psychiater sich das Gespräch mit ihr offensichtlich nicht vorgestellt. Aber muss der Mann deshalb gleich so brüsk reagieren?

Sie seufzt leise und verabschiedet sich. »Herr Doktor, danke.«

Kurz entschlossen beschließt sie, morgen ins Klinikum zu fahren. Einen Sprung in die Psychiatrie wird sie machen, um sich selbst davon zu überzeugen, dass Max Max ist und nicht etwa Moritz.

Zurück auf ihrer Station, hat sie eine Idee. Zögernd klopft sie an die Tür eines der Krankenzimmer.

»Herein«, hört sie eine helle Stimme rufen.

»Ich störe nicht lang«, sagt sie zu der blassen jungen Frau mit dem blonden Haar und den grünen Augen, die das ganze

Gesicht überstrahlen. »Mein Name ist …«, hebt sie an, wird aber unmittelbar unterbrochen.

»Ich weiß, wer Sie sind. Ihr guter Ruf eilt Ihnen voraus.« Alice Winter richtet sich umständlich im Bett auf. »Ich muss die meiste Zeit liegen und Ruhe geben und bin über jede Abwechslung dankbar. Was führt Sie zu mir?«

Janisha hat üblicherweise mit Frauen zu tun, die bereits geboren haben oder knapp vor der Geburt stehen. Es fällt ihr daher nicht leicht, die Gemütslage dieser Patientin korrekt einzuschätzen.

»Frau Kasper hat sich Ihnen anvertraut?«, fragt sie vorsichtig.

»Stimmt. Und ich bat meinen Verlobten daraufhin, mit Ihnen zu reden.«

»Inspektor Rosner, ja, er war bei mir und hat es erwähnt.«

»Ich hätte ihn auch gebeten, der Sache nachzugehen, wenn er Tischler, Lehrer oder Koch von Beruf wäre. Wissen Sie, Schwester Janisha, ich mache mir große Sorgen um Helene. Gibt es schon etwas Neues? Ich erfahre hier alles als Letzte. Man will mich schonen. Dabei brauche ich Unterhaltung.«

»Unterhaltung?« Janisha runzelt die Stirn. »Ich habe keine Information, und wenn, dürfte ich nicht darüber sprechen. Aber Sie wissen sicher, dass Frau Kasper in eine andere Klinik verlegt wurde.«

»In eine psychiatrische Abteilung. Ich weiß, und ich finde das falsch.«

Janisha geht nicht darauf ein. »Frau Winter, was hat Sie so sicher gemacht, dass an der Geschichte von den vertauschten Babys etwas dran ist? So sicher, dass Sie sogar den Inspektor baten zu ermitteln.«

»Sagen wir Intuition. Mir kam Helene anfangs belastet vor, unsicher und mit ihrer Lebenssituation unzufrieden. Aber ihr Kind liebte sie abgöttisch. Als ich sie kennenlernte, gab es nicht den geringsten Zweifel, dass der kleine Max ihr Kind ist. Und dann, auf einmal, war sie richtig aus dem Häuschen, lief herum, hatte Panik und suchte verzweifelt nach ihrem Sohn. Sie wirkte auf mich glaubhaft, verstehen Sie? Sie benahm sich so, als wären ihre schlimmsten Ängste wahr geworden. Und nachdem solche

Verwechslungen wirklich passieren, dachte ich, es ist besser, man überprüft das.«

Janisha ärgert sich ein wenig darüber, ihrem Impuls, Frau Winter einen Besuch abzustatten, nachgegeben zu haben. Obwohl mit einem großen Herz für menschliche Eigenheiten ausgestattet, findet sie diese Patientin etwas anmaßend.

»Wir achten hier sehr genau auf unsere Kleinen, ein Vertauschen der Babys kann ausgeschlossen werden«, sagt sie etwas zu laut.

Alice Winter streicht ihr Haar zurück und lächelt entschuldigend.

»Vielleicht liegt es daran, dass ich ebenfalls Mutter werde und meine Hormone genauso verrücktspielen.« Sie hält kurz inne. »Ich weiß doch, Schwester, dass Sie die Zuverlässigkeit in Person sind. Jeder hier spricht anerkennend und respektvoll über Sie. Meinem Verlobten habe ich erst unlängst gesagt, wenn er einmal nach einem Synonym für Kompetenz suchen sollte, solle er es mit Narayan probieren.«

Janisha muss lachen. Sofort schwinden ihre Vorbehalte. Wie leicht ich doch um den Finger zu wickeln bin, denkt sie belustigt. »Ich werde der Sache nachgehen und mir das Kind selbst noch einmal ansehen. Wenn ich bei Frau Kasper im Krankenhaus bin, lasse ich sie von Ihnen grüßen.«

»Ja, bitte machen Sie das.« Alice Winter reicht ihr die Hand und drückt sie dankbar.

Draußen ist es kühl, Windstöße treiben Blätter vor sich her. Aus dem Frühsommer ist unversehens Herbst geworden. Obwohl der Weg nicht weit ist, wird sie heute den Bus nach Hause nehmen.

Verwandte haben anlässlich Appas Tod ihren Besuch angekündigt, und es gilt, Palak Paneer zuzubereiten. Sie hat Amma versprochen, gleich nach Dienstende mit der Zubereitung der Spinatsauce zu beginnen. Die Mädchen wollten Mango-Chutney, Raita und Zitronen-Pickles für das Festessen vorbereiten.

Das Bild ihrer Mutter, wie sie viel zu viel Kurkuma ins Curry rührt, lässt Janisha lächeln. Doch unmittelbar wird sie ernst. Die Gedanken an Frau Kasper und das angeblich vertauschte Kind lassen sie nicht los. Sie überlegt, in welcher Verfassung sie die Arme morgen vorfinden wird.

Kurz bevor der Bus die erste Haltestelle passiert, beginnt ihr Handy zu klingeln. Die Sitar-Musik, die sie den Anrufen ihrer Amma zugeordnet hat, ist so durchdringend laut, dass sich einige Fahrgäste zu ihr umdrehen.

Sie hebt ab und meldet sich.

»Wann ist das passiert?«, ruft sie laut.

Kaum dass der Bus hält, zwängt sie sich durch die sich langsam öffnende Tür und läuft los.

5

Rosner flucht.

Jetzt hat ihm Brunner den Fall doch noch untergejubelt.

Den Fall?

Ja, seit Kurzem ist es ein Fall, genauer seit Rosner das Obduktionsergebnis in die Hand gedrückt bekam. Also scheint sich die Vermutung von Svens Großmutter bestätigt zu haben, dass ihr Enkel ermordet wurde.

Viel hatte Rosner auf die Meinung der armen Frau Goritschnig ja nicht gegeben, und tatsächlich war der Mann in der Wohnung verblutet, aber ein Hämatom im Bereich des linken Schulterblattes legt nun den Verdacht nahe, dass er zuvor heftig geschlagen wurde. Also musste die Spurensicherung ran und wurde tatsächlich fündig. Fingerabdrücke auf einem Glas, das auf dem Boden lag, ergaben einen Treffer.

Ein Kleinkrimineller, ein Gelegenheitsdieb, der auf den klingenden Namen Adolf Kresshuber getauft worden war, muss die Wohnung vor Kurzem besucht haben.

Rosner glaubt nicht daran, dass er es mit einer geplanten Tat zu tun hat. Klagenfurt ist eine Provinzstadt, und auch das sogenannte organisierte Verbrechen spielt sich hier auf Provinzebene ab, aber Gewalt bis hin zu Mord kommt natürlich vor.

Kollegen von ihm waren eben unterwegs, um den Verdächtigen festzunehmen. Gleich wird er ihm gegenübersitzen.

Viel mehr Gedanken macht sich Rosner inzwischen jedoch um diese Frau, die Freundin des Toten.

Wenn er in seinem Berufsleben etwas gelernt hat, dann, dass es Zufälle, und sogar kuriose, unglaubliche Zufälle, zwar gibt, aber die Wahrscheinlichkeit, dass scheinbar unabhängig voneinander auftretende Begebenheiten zusammenhängen, viel größer ist. Ja, Rosner glaubt erst an Zufall, wenn er alle anderen Möglichkeiten ausgeschlossen hat.

Außerdem plagt ihn das schlechte Gewissen.

Der Besuch in der Klinik verlief alles andere als zufriedenstellend. Viel zu deutlich hat er der armen Frau zu verstehen gegeben, wie wenig er daran glaubt, dass ihre Ängste und Sorgen berechtigt sind. Gut, es gehört nicht zu seinen Aufgaben, Zeugen in ihren Aussagen zu bestätigen oder ihnen gar bedingungslos zu glauben, aber mit dem jetzigen Wissen hätte er bei diesem unangenehmen Gespräch etwas feinfühliger reagiert. Vor allem auch, da sie eben erst vom Tod ihres Partners erfahren hatte.

Und noch etwas verkompliziert die gesamte Situation.

Rosner hatte sich bisher nie ausgemalt, dass sich in seinem Leben Persönliches und Berufliches vermischen könnten. Allein die Vorstellung, es könnte einmal so sein, hätte bei ihm Alpträume ausgelöst.

Aber genau das ist nun geschehen.

Natürlich möchte Alice über den Fortgang seiner Ermittlungen informiert werden, und Rosner, dem es von Natur aus unangenehm ist, privat über seinen Job zu reden, und der, das ist ihm das Wichtigste, dabei immer an ihren geschwächten Zustand denkt, filtert die Informationen, die er notgedrungen weitergibt, auf ein Mindestmaß.

Nur kommt er damit bei Alice nicht sehr weit. Geradezu entsetzt war sie darüber, dass Rosner den Freund von Helene Kasper nur noch tot aufgefunden hatte, und ihre bohrenden Fragen, ob er denn darin noch immer kein Indiz dafür sehe, dass sich vor ihren Augen ein Verbrechen gewaltiger Art abspiele, setzten ihm gehörig zu.

Überhaupt scheint sie genau zu wissen, wann er etwas zurückhält, und ihre Fragen zielen oft genug, in einer Form, die Rosner an ausgeklügelte Verhörtechnik erinnert, genau auf offene Punkte oder Details, die er gerne für sich behalten möchte.

Außerdem ist sie empört.

Rosner hat ihr, freilich in einer geschönten Version – dass er nahezu aus dem Krankenzimmer in der psychiatrischen Klinik geflogen war, ließ er aus –, von seinem gestrigen Gespräch mit Helene Kasper erzählt und musste sich danach aufzählen lassen, wie viele unangenehme Eigenschaften sich doch in seinem Charakter zu Hause zu fühlen scheinen. Alice verglich sie mit Viruserkrankungen, die immer wieder, vorzugsweise zu den unpassendsten Augenblicken, ausbrechen würden, um seinen Verstand zu trüben und seinen Körper zu animalischem Verhalten zu zwingen.

Fast hätte das vermutete Mikroben-Tier in ihm daraufhin die Oberhand gewonnen, fast hätte er mit der Faust auf den Tisch geschlagen – aber, verdammt noch mal, *er darf sie nicht aufregen.*

Kurz geht er in Spahics Büro und erkundigt sich nach Fortschritten in ihrem anderen Fall. Nichts Neues, muss er sich sagen lassen und hört noch einmal, dass dieser schreckliche Weinberg sich auch von seinen letzten Opfern mit dem üblichen launigen »Habe die Ehre, pfiat Gott« verabschiedet habe. Diese Auskunft konnte allerdings nur die Frau des Hauses erteilen, ihr Mann lag zu diesem Zeitpunkt schwer verletzt und nicht aufnahmefähig auf dem Wohnzimmerboden.

Rosner fragt achselzuckend, ob Admira ihn bei dem nun anstehenden Verhör unterstützen könne, und sie deutet abwehrend auf die Berge von Akten, die sich vor ihr auftürmen.

Als wenig später ein Mann in sein Büro geführt wird, ist Rosner mit seinen eigenen Aktenbergen beschäftigt. Stumm deutet er auf den Stuhl gegenüber seinem Schreibtisch, dann bedankt er sich beim begleitenden Beamten und bittet ihn, im Büro zu bleiben.

»Gab es Schwierigkeiten bei der Festnahme?«, fragt er leise.

»Nur verbale Empörung, kein Widerstand«, lautet die kurze Antwort.

Der Mann, der vor ihm sitzt, ist überdurchschnittlich groß und kräftig, fast muskulös. Ein kahl geschorener Schädel begrenzt einen nicht eben intelligent zu nennenden Gesichtsausdruck. Mitte vierzig ist er, das weiß Rosner aus den Akten, und dazu Besitzer eines nicht gerade kurz zu nennenden Vorstrafenregisters.

Rosner schlägt die betreffende Akte auf.

»Adolf Kresshuber«, liest er seinem Gast daraus vor und verzieht das Gesicht.

Er fragt sich, was Eltern veranlasst, ihr Kind Adolf zu nennen, und kann sich nur einen Grund vorstellen. Angewidert schüttelt er den Kopf.

»Wie werden Sie von Ihren Freunden genannt?«, fragt er fast mitleidig. »Adi oder Dolferl?«

Sein Gegenüber grummelt nervös. »Nur Huaba«, sagt er dann und kratzt sich nachhaltig am Oberschenkel. Der Mann wirkt fahrig, ja geradezu ängstlich.

»Nun, Herr Kresshuber«, sagt Rosner, »wir wissen, dass Sie Sven Goritschnig kurz vor seinem Tod besucht haben, wir wissen, dass Sie mit ihm getrunken und vermutlich Gras geraucht haben, und wir wissen auch, dass Sie ihn so geschlagen haben, dass er an den Folgen verstorben ist.«

Kresshuber will auffahren.

Hektische rote Flecke haben sich auf seinen Wangen gebildet. »So war das nicht«, stammelt er und reibt sich mit dem Handrücken über die Augen.

»Dann helfen Sie mir. Erzählen Sie mir, wie es war.«

Rosners Stimme klingt sanft, seine Körperhaltung wirkt entspannt, fast hat es den Anschein, als fände er es hier gemütlich, als träfe er einen Vertrauten zu einem freundschaftlichen Gespräch.

»Erstens«, Kresshuber hebt einen seiner zitternden Finger, »hat der Sven mir Geld geschuldet, viel Geld. Zweitens«, ein weiterer Finger schießt in die Höhe, »habe ich den Kerl nicht geschlagen, obwohl er es verdient hätte, und drittens«, jetzt hat er versehentlich auch den Daumen abgespreizt, kommt bei der Aufzählung durcheinander und lässt resigniert die Hand sinken. Er stockt und setzt neu an: »Drittens bin *ich* das Opfer. Nicht er. Ich bin komplett ruiniert.« Er schlägt die Hände vor das Gesicht, sein Kopf zuckt vor und zurück.

Rosner steht auf, schenkt ihm aus einer Kanne Kaffee in einen Becher und stellt ihn vor ihn hin.

»Trinken Sie und beruhigen Sie sich.«

Er setzt sich wieder. Interessiert beobachtet er Kresshuber, der gehorsam einen Schluck nimmt.

»Haben Sie auch Earl Grey?«

Im Hintergrund, Rosner sieht es, muss der Beamte einen Lachanfall unterdrücken. Krampfhaftes Husten erfüllt kurz das Zimmer.

»Um welchen Betrag handelt es sich?«, fragt er deshalb lauter als beabsichtigt.

Vor ihm zuckt Kresshuber zusammen. »Um meine sämtlichen Rücklagen, um alles, was ich hatte, mein gesamtes Erspartes. Herr Inspektor, der Kerl schuldete mir glatte hunderttausend.«

»Und wie konnte es so weit kommen?«

»Ich habe sie ihm geborgt. Im guten Glauben und mit einem vereinbarten Zinssatz von zehn Prozent. Ich bin ja nicht blöde. Einfach so gebe ich nichts. Da muss schon auch etwas für mich herausspringen.«

»Wissen Sie, wofür Ihr Bekannter das viele Geld gebraucht hat?«

Kresshuber sieht hoch.

Rosner kann es nicht fassen, er blinzelt ihm zu.

»Das war mir egal, es ging mir nur um die gute Veranlagung. Aber als er es wie vereinbart zurückzahlen sollte, da konnte er nicht. Er sagt, dass es ihm in Slowenien gestohlen worden wäre, also gab ich ihm zwei Wochen Zeit, es wiederzubeschaffen. Allerdings«, er schaut Rosner listig an, »diesmal zu zwanzig Prozent.«

»Und als er das Geld wieder nicht hatte, haben Sie ihn getötet.«

»Nein, Herr Inspektor.« Kresshuber schnaubt geräuschvoll durch die Nase. »Sven hatte es ja. Zornig wurde ich erst, als er es mir nicht geben wollte. Er habe es nicht bei sich, behauptete der Gauner, und wegen des hohen Zinssatzes wolle er nachverhandeln. Aber nicht mit mir, denn wie gesagt, ich bin ja nicht blöde.«

Im Hintergrund beginnt Rosners Kollege wieder zu husten.

Rosner, der sich, obwohl ein Diktiergerät mitläuft, Notizen macht, schüttelt den Kopf. »Kresshuber, das ergibt keinen Sinn. Warum sagen Sie nicht, wie es wirklich war?«

Der Mann fährt auf. »Sind Sie ein Christ, Herr Inspektor? Sagen Sie, sind Sie ein Christ?«

Rosner sieht ihn ausdruckslos an.

»Ich schwöre bei der Heiligen Jungfrau«, Kresshubers Rechte fährt wie zur Bestätigung zu seiner Brust, »dass ich Ihnen die

Wahrheit sage. Ich habe das Foto als Beweis, es ging schlussendlich nur um die Zinsen. Die waren ihm auf einmal zu hoch.«

»Welches Foto?« Rosners Stimme hat das erste Mal einen ungeduldigen Ton angenommen.

»Na, das hier.« Kresshuber greift so schnell in die Innenseite seines Sakkos, dass der Beamte hinter ihm hastig einen Schritt an ihn herantritt.

Aber statt einer Waffe zückt Kresshuber ein Handy.

Hektisch drückt er darauf herum, flucht kurz, murmelt halblaut einen vierstelligen Code und präsentiert schließlich triumphierend eine gespeicherte Aufnahme.

Rosner beugt sich über den Tisch und sieht eine geöffnete hellblaue Sporttasche, in der sich in Schleifen gefasste Banknoten stapeln.

»Verstehen Sie, Herr Inspektor? Er hatte das Geld, aber er wollte es mir nicht geben. Und dann wurde es eben lauter. Ist doch verständlich. Wie gesagt, es waren die Zinsen, und wir hätten uns auf fünfzehn Prozent einigen können, aber Sven war der Meinung, dass er für die Wiederbeschaffung alles gewagt, dass er Grenzen überschritten habe, ich nehme an, nach Slowenien, und ich mich deshalb mit zehn Prozent zufriedengeben müsse. Sagen Sie selbst, ist das korrekt? Ich habe ihn nur leicht gestoßen, ganz leicht, dabei ist er gestürzt. Und als ich das viele Blut sah, bin ich gelaufen. Das war kein Anblick für mich.«

Er räuspert sich, trinkt einen Schluck, verzieht das Gesicht und beugt sich zu Rosner. »Herr Inspektor, glauben Sie mir, ich bin froh, dass ich hier bin, ich wollte mich ohnehin bei Ihnen melden. Verhelfen Sie mir bitte zu meinem Geld. Dafür werden Sie schließlich bezahlt.«

Rosner sieht ungläubig zu seinem Kollegen, der schon wieder einen Lachanfall unterdrückt.

»Führen Sie den Mann ab.«

Später sitzt er mit Spahic in seinem Büro.

»Admira«, sagt er, »es war unglaublich. Ich habe so viel Dummheit bisher nicht für möglich gehalten, aber«, er sieht sie gequält an, »gerade die Banalität der Aussage macht den Mann glaubhaft.«

Spahic nickt. »Weshalb sich die Frage stellt, wo das Geld ist. Und genauso wichtig ist wohl die Frage, wie unsere jetzige Leiche es so schnell wiederbeschaffen konnte.«

»Helene Kasper«, sagt Rosner. »Irgendwie hängt sie da mit drin. Ruf in der Klinik an, ich möchte unbedingt noch einmal mit ihr sprechen.«

6

Helene fasst ihre Haare im Nacken zusammen und bindet einen losen Zopf.

Moritz schläft neben ihr in seinem Bett und gibt leise Schlummerlaute von sich. Was er wohl träumt, der Kleine?, fragt sie sich und streicht über die Stirn des Babys. Ob er spürt, dass seine leibliche Mutter nicht bei ihm ist? Moritz schlägt die Augen auf und sieht zu ihr hoch. Sein zartes Gesicht läuft rot an, und er beginnt leise zu wimmern. Der kleine Körper verkrampft sich.

»Hast du Bauchweh, mein Schatz?«

Helene fühlt sich hilflos. Wie hilflos muss Moritz sich erst fühlen, denkt sie. Es gibt niemanden, der ihn vermisst, und niemanden, den sie um Rat fragen kann. Seit über einer Stunde hat sich keine der Aufsichtsschwestern mehr blicken lassen.

Allein, sie ist ganz allein.

Die traurigen Gedanken an Sven schiebt sie beiseite. Für die damit verbundenen widersprüchlichen Gefühle ist jetzt nicht der richtige Zeitpunkt. Zu vieles scheint ihr im Moment ungelöst.

Ihr ganzes Denken wird beherrscht von der verzweifelten Frage nach Max.

Was ist ihrem Sohn zugestoßen?

Dazu kommt die immer größer werdende Sorge um den Jungen an ihrer Seite. Moritz ist nicht gesund, das spürt sie.

Was aber, wenn der Kleine nicht nur kränkelt, sondern ernsthaft erkrankt ist? Bei der morgendlichen Visite hatte man ihre Befürchtungen abgetan und auf seine im Computer gespeicherten Werte verwiesen. Auf ihre Beteuerung, dass es sich dabei um die von Max handle, hatten die Weißmäntel sich nur bedeutungsvoll angesehen.

Jetzt sehnt sie sich nach dem Rumpelstilzchen aus dem Säuglingszimmer. Die tamilische Kinderschwester hätte ihr gewiss raten können.

Oder ihre Mutter.

Mama.

Blöde Hormone, denkt sie ein ums andere Mal und schluckt die Tränen hinunter.

Behutsam hebt Helene den bebenden Jungen hoch und legt ihn über ihre Schulter. Langsam geht sie auf und ab und versucht, ihn zu trösten. Mit der rechten Hand klopft sie sachte auf seinen Rücken. Als er nicht aufhört zu weinen, dreht sie ihn um und bettet ihn auf ihren angewinkelten Arm. Vorsichtig beginnt sie mit kreisenden Bewegungen seinen Bauch zu massieren. Nach einiger Zeit entspannt sich der Kleine. Kurz zeigt sich ein Lächeln auf seinen Lippen, dann schläft er ein.

Ich bin jetzt eine Amme, denkt sie und lacht bitter auf.

In früheren Zeiten, das weiß sie, wurden Frauen, die fremde Babys stillten, dafür reichlich entlohnt. Wenn *ihr* Lohn bloß wäre, Max wiederzufinden! Sie ist sicher, genug Milch für beide Kinder zu haben.

Für Max und Moritz.

Kopfschüttelnd denkt sie daran, welch dumme Sorgen sie sich vor wenigen Tagen noch machte. Wie klein ihre Angst, den eigenen Sohn nicht erkennen zu können, jetzt, in ihrer schrecklichen Lage, doch zu sein scheint.

Plötzlich wird ihr kalt, und das Bild einer fremden Frau steigt in ihr auf. Einer Frau, die ihre Hände besitzergreifend nach dem Kind in ihren Armen ausstreckt. Seine leibliche Mutter. Sie wagt gar nicht, sich vorzustellen, was passieren würde, wenn diese Mutter käme, um ihren Anspruch auf Moritz zu erheben.

Der Junge ist Helene in der Zwischenzeit ans Herz gewachsen, und sie kann sich nicht vorstellen, ihn wieder hergeben zu müssen.

Wie süß er ist, so wie er jetzt daliegt, zierlich fast wie ein Mädchen. Sein Haar ist nicht mehr als ein heller Flaum, ein sanfter Heiligenschein über müden Augen. Seine Nase, leicht nach oben gebogen und ein wenig schief, verleiht dem kleinen Gesicht etwas Gewitztes. Max' Nase ist breiter und steht kerzengerade mitten im pausbäckigen Gesicht.

»Helen, lass uns reden.«

Sie hat Franky nicht kommen gehört, so versunken war sie in ihre Betrachtungen.

»Ist das jetzt eine offizielle Therapiestunde? Geht das denn überhaupt? Du bist doch befangen, Herr Dr. Frank«, schnappt sie.

»Unsere Gespräche sind rein privat, alles andere wäre unprofessionell. Heute am späten Nachmittag beginnst du mit deiner Einzelpsychotherapie. Eine langjährige Kollegin von mir, eine sehr fähige mit viel Erfahrung auf dem Gebiet, nimmt sich deiner an.«

Helene zieht hörbar die Luft ein und stößt sie dann wütend aus. »Fähig? Auf welchem Gebiet?«

Täuscht sie sich, oder läuft Franky rot an?

»Vielleicht habe ich mich missverständlich ausgedrückt, aber dass du unter Schock stehst, ist nun mal eine Tatsache. Wir nennen das eine posttraumatische Belastungsstörung: PTBS.«

»Ach?« Helene zieht die Augenbrauen hoch. »Von einer Kindbettpsychose ist nun nicht mehr die Rede?«

Sie kann den zynischen Unterton in ihrer Stimme nicht unterdrücken.

»Helen, dir ging es sehr schlecht, und du bist noch nicht wieder du selbst, daran wollen wir arbeiten. Was spielt da der Name der Krankheit für eine Rolle?«

Wie gern würde sie ihm das Kissen in sein selbstgerechtes Gesicht schleudern und die Vase mit den Strohblumen gleich hinterher, aber sie reißt sich zusammen.

»Für mich spielt er eine Rolle. Es geht schließlich um meine Glaubwürdigkeit«, sagt sie kalt. »Und solange du annimmst, dass ich mir das alles bloß einbilde, solange du annimmst, dieses Baby in meinem Arm sei Max und nicht Moritz, so lange erübrigt sich jedes weitere Gespräch zwischen uns.«

Franky schaut sie nachdenklich an und reibt dabei mit Daumen und Zeigefinger seine sich rötende Nasenwurzel.

»Was stehst du noch herum? Es ist alles gesagt.«

»Ich habe dir ein paar Kleidungsstücke besorgt. Du sollst nicht im Nachthemd bei deiner Therapeutin erscheinen müssen.«

Jetzt erst bemerkt Helene die Einkaufstasche, die neben der Tür lehnt.

Wie kann ich ihm böse sein, denkt sie resignierend und murmelt ein verlegenes: »Danke.«

Sie zieht Bluejeans, Socken, Sneakers, ein Polo, einen Pulli, einen hellblauen Strampelanzug und eine leichte Überjacke aus der Tüte, aber auch Unterwäsche, ein Still-BH und ein paar Slips, kommen zum Vorschein. Und diesmal ist es Helene, der die Schamröte in die Wangen steigt.

Alles ist farblich aufeinander abgestimmt und in der passenden Größe gewählt.

Verlegen blickt sie zu Franky. Ein zufriedenes Grinsen hat sich auf seinem Gesicht breitgemacht.

»Grün oder rot karierte Blusen in deiner Größe hatten sie leider keine.«

Irgendetwas hat sich gerade zwischen ihnen verändert. Helene spürt Wärme in sich aufsteigen, Wärme, die einem Glücksgefühl nahekommt und den Ärger auf ihn zunehmend in den Hintergrund treten lässt.

»Franky«, sie schluckt, »das war sehr umsichtig von dir, mehr noch, es war lieb. Darf ich dich noch um etwas Wichtiges bitten?«

Er schaut sie erwartungsvoll an.

»Ich möchte, dass bei Moritz Blut abgenommen wird und dass man es mit den Werten, die von Max nach der Geburt erhoben wurden, vergleicht. Ich will den Beweis, dass es sich bei den beiden Jungen um verschiedene Kinder handelt.«

Der erste Schritt, für sie ein Meilenstein, ist getan. Sie hat es gesagt. Erleichtert atmet sie aus.

Den Einfall zur Kontrolle und Überprüfung der Daten hatte sie in der Nacht. Er wird sichere Antworten auf ihre quälenden Fragen bringen.

Warum aber räuspert sich Franky verlegen?

»Helen, das wurde alles schon gemacht«, sagt er betreten. »Der Säugling hat keine anderen Werte als jene, die nach der Geburt von ihm abgespeichert wurden. Auch der Fußabdruck stimmt überein.«

Helene lehnt sich zurück. Sie spürt, wie ihr Herz zu rasen beginnt, wie Angst ihren Körper überflutet und kalten Schweiß auf ihre Stirn treibt. Sie merkt, dass sie Moritz zu fest in ihren verkrampften Armen hält, und ruft sich zur Ordnung.

Ruhig, ganz ruhig ist sie mit einem Mal. Gerade so, als wäre eben etwas in ihr gestorben. Aber ganz tot kann sie nicht sein, denn eine Stimme wispert in ihr. Finde dich damit ab, dass du verrückt bist, akzeptiere deinen Wahnsinn, flüstert sie.

Helene küsst Moritz' Stirn. Von fern, als stünde er weit weg, hört sie Franky reden.

»Es tut mir leid, Helen. Die Fakten lügen nicht.« Er zögert, gibt sich einen sichtlichen Ruck. »Ich komme am Nachmittag wieder und begleite dich zu deiner Therapeutin. Lass uns das mit einem Gespräch über deine medikamentöse Einstellung verbinden. Du wirst sehen, schon bald geht es dir wieder besser.«

Sie nickt unbeteiligt, antwortet nicht, wendet sich ab und legt Moritz zurück in sein Bett. Die Tür fällt ins Schloss. Helene setzt sich, steht wieder auf.

Sie wankt.

Dann straffen sich ihre Schultern, und plötzlich ist wieder Leben in ihr. Mit einem Mal.

Ein zorniges NEIN hat sich in ihren Gedanken gebildet und wächst. Es breitet sich aus und beansprucht den Platz, an dem eben noch Lethargie und Resignation nisteten.

»Mit mir nicht!«, schreit sie gegen die Wand und flüstert gleich darauf ein um Entschuldigung bittendes »Schsch ...« in Richtung des sich regenden Moritz.

Was sind schon Fakten?

Die Einträge muss jemand gefälscht haben.

Hunderterlei geht Helene jetzt durch den Kopf. Sie wollen sie neu einstellen, das heißt, dass sie neues Gift in ihren Körper pumpen werden, neues Gift, das sie wieder stumm machen soll.

Sie erkennt, dass sie hier wie ein Gegenstand, den niemand mehr braucht, gelagert wird. Zwischengelagert? Auf Dauer gelagert, ganz nach Belieben. Nein, neue Pillen wird sie keine schlucken, auch von Kräutermischungen wird sie Abstand nehmen. Ihr reichen die bisher verabreichten Ingredienzien, davon hat sie sich kaum erholt.

Was, fragt sie sich, sind das für Menschen, die sich hier um mich kümmern? Sie ist schließlich stillende Mutter, es geht nicht nur um sie allein. Keiner, der bei Verstand ist, kann annehmen, dass so ein Medikamentencocktail dem Kleinen, durch die Muttermilch direkt zugeführt, keinen Schaden zufügt.

Bei Verstand? Entschlossen presst Helene die Lippen aufeinander. *Ich* jedenfalls bin bei Verstand, sagt sie sich.

Aber sie braucht einen klaren Kopf und kein vernebeltes Hirn, das sie die falschen Entscheidungen treffen lässt.

Sie geht ins Badezimmer, lässt die Tür einen Spaltbreit offen und zieht sich an. Fast hätte sie laut über Frankys Kleiderwahl gelacht, aber sie schluckt ihr Kichern hinunter, aus Angst vor einem hysterischen Anfall, den sie nicht kontrollieren kann.

Sieht er sie denn noch immer als Sechzehnjährige?

Die Jeans hat einen breiten waagrechten Schlitz über dem Knie und vermittelt dadurch den Eindruck, die Trägerin hätte unter einem Minirock Kniestrümpfe an, das Polo darüber ist zwar hübsch hellblau gestreift, spannt aber bedenklich über ihrem Still-Busen. Schmunzelnd schlüpft sie in die Chucks und bindet die Nylonjacke um ihre Hüften.

So angezogen widmet sie sich, das erste Mal seit sie hier ist, mit Appetit ihrem Mittagessen. Auch Moritz trinkt etwas engagierter als sonst und schläft dann zufrieden ein.

Als Helenes Tablett geholt wird, fragt sie, wann ihre Therapiestunde beginnt, bekommt aber keine Auskunft. Die Hilfsschwester weiß es nicht.

Dann eben gleich, bevor eine der Aufsichtspersonen kommt, beschließt Helene.

Kaum dass sie allein ist, hebt sie Moritz zu sich aufs Bett und wickelt ihn in seine Decke.

Sie muss hier dringend raus. Und wenn es nur eine Runde auf dem Korridor ist. Kurz hat sie Angst, eingeschlossen zu sein, und wundert sich, das bisher nicht überprüft zu haben. Auch das wohl eine Folge der Medikation.

Zu ihrer Erleichterung lässt sich die Tür problemlos öffnen.

Zaghaft macht Helene einen ersten Schritt hinaus auf den Flur. Sie fasst Mut, geht eine Weile mit dem schlafenden Baby auf und ab. Ein, zwei Weißmäntel begegnen ihr, aber außer einem Gruß, den sie freundlich erwidert, nehmen sie keine Notiz von ihr.

Ermutigt wendet Helene sich in Richtung der Glastür, die ihre Station von einer anderen trennt. Hier macht der Korridor eine Biegung. Bis auf zwei Patientinnen in Morgenmänteln, die aus einem Raucherraum kommen, ist sie allein. Kein Arzt, keine Schwester zu sehen.

Schon ist sie im Eingangsbereich.

Als sie die Hand nach der Schnalle ausstreckt, hört sie eine fröhliche Stimme hinter sich rufen: »Frau Kasper, Besuch für Sie!«

So schnell sie kann, ist Helene im Stiegenhaus. Sie läuft die Stufen hinab und tritt aus der Tür des Krankenhauses.

Erst hier wird ihr klar, was sie tut.

Sie flieht mit Moritz, um Max zu finden.

7

Der Patient läutet an der Tür zu seiner privaten Ordination. Emanuel Friede sieht auf die große Uhr an der Wand und runzelt die Stirn.

»Ganze fünfzehn Minuten zu früh, so etwas mögen wir besonders gern«, murmelt er verstimmt und setzt sein Berufslächeln auf.

Energisch öffnet er.

Doch statt des erwarteten Neurotikers steht die hübsche Säuglingsschwester vor ihm.

»Nanu? Verwenden Sie jetzt fremde Namen, um mich in meiner Praxis zu besuchen?«

»Wie kommen Sie auf so eine aberwitzige Idee?«

Aber hallo! Die Frau wird ja immer dreister, denkt Friede und mustert sie. Ihre dunklen Augen blitzen, und auf ihren Wangen haben sich rote Flecke gebildet. Aus ihrem Chignon haben sich ein paar Strähnchen gelöst.

»Kommen Sie doch herein, Herr Beier«, sagt er, sein Witzchen endgültig totreitend, und tritt einladend beiseite.

Auf Janisha Narayans Gesicht hat sich ein leichtes Lächeln gebildet, ihre Lippen kräuseln sich verführerisch. Augenblicklich weiß Emanuel wieder, warum er für sie eine gewisse Schwäche empfindet.

»Verzeihen Sie, Herr Doktor«, sagt die Schwester und lächelt immer noch. »Ich habe meinen Besuch nicht angekündigt. Manchmal bin ich ein wenig zu spontan, aber ich muss dringend mit Ihnen sprechen. Helene Kasper ist samt Baby verschwunden.«

Im ersten Moment meint er, sich verhört zu haben.

»Sie ist aus der Psychiatrie entwischt? Seit wann wissen Sie davon?«, fragt er und fordert sie auf, ihm gegenüber Platz zu nehmen.

Er selbst setzt sich hinter den Schreibtisch.

»Ich wollte sie vorhin besuchen, sie und das Kind. Da habe ich es erfahren.«

»Um Himmels willen, weshalb denn das?« Friede sieht sie erstaunt an.

»Mir ließ die ganze Geschichte einfach keine Ruhe, immer musste ich an die verzweifelte Mutter und das vertauschte Baby denken.«

»Vertauscht? Ja, nehmen Sie der Kasper diese Räuberpistole etwa ab?«

»Nun, jedenfalls glaubt Frau Kasper selbst fest daran, und da wollte ich sie eben besuchen. Ich war doch, als es zur Eskalation kam, nicht auf der Station. Das beschäftigt mich. Und ja, es stimmt, ich wollte mich mit eigenen Augen davon überzeugen, dass der Säugling Max ist, obwohl ich natürlich nicht wirklich daran gezweifelt habe.«

»Und?«, fragt Friede ironisch. »Sind Sie jetzt beruhigt?«

»Ja, wie denn? Als ich hinkam, war die Patientin doch bereits weg.«

Dr. Friede beugt seinen langen Oberkörper nach vorn. »Wie kann so etwas passieren? Das ist doch absurd, sie hatte nicht einmal Kleider. Bedeutet das, dass sie nun in Nachthemd und Morgenmantel, mit einem Baby auf ihrem Arm, durch die Straßen läuft? Wenn dem so ist«, er stockt kurz, »nun, dann sehen wir sie sicher bald wieder.« Ein zynischer Unterton hat sich in seine Stimme geschlichen. Er sieht Janisha Narayans erstaunten Blick und ruft sich zur Ordnung. »Wie dem auch sei. Es war im höchsten Maße unverantwortlich von den Kollegen, nicht besser auf die Frau achtzugeben.«

Wieder wird an der Tür geläutet, und Friede sieht entschuldigend auf die Uhr.

»Lassen Sie uns morgen in der Klinik noch mal darüber sprechen. Bis dahin habe ich mich mit meinen Kollegen in Verbindung gesetzt. Sie unternehmen in der Zwischenzeit nichts.« Auf seinem Gesicht zeichnet sich bereits das für seine Patienten reservierte Lächeln ab, innerlich ist er jedoch ein wenig gestresst.

Janisha Narayan nickt. Sie scheint erleichtert, hier bei ihm gewesen zu sein. »Wie Sie meinen, Herr Doktor.«

Während der folgenden Therapiestunde ist Emanuel Friede unkonzentriert wie selten. Die besorgniserregende Entwicklung seiner ehemaligen Patientin geht ihm nicht aus dem Kopf. In diesem Zustand ist die Frau eine Gefahr, nicht nur für sich selbst. Gleich nachdem der neue Patient irritiert Friedes hohes Honorar akzeptiert hat und nichtsdestoweniger ein weiterer Termin vereinbart wurde, wählt der Psychiater Frankys Privatnummer.

Als hätte der auf Friedes Anruf gewartet, hebt er mitten im ersten Läuten ab.

»Franky, ich hatte eben Besuch. Unsere leitende Säuglingsschwester hat sich die Mühe gemacht, mich in meiner Privatpraxis aufzusuchen. Die Gute ist fassungslos. Und nach dem, was sie mir erzählt hat, bin ich es auch. Sag mal, was ist bei euch eigentlich los? Ihr habt diese Frau mit ihren Wahnvorstellungen einfach gehen lassen? Wie verantwortungslos ist das denn?« Friedes Stimme wird mit jedem Wort lauter, immer mehr redet er sich in Rage.

»Herr Kollege, beruhigen Sie sich«, kommt es übertrieben kalmierend von Franky. Etwas schärfer und mit verminderter Lautstärke setzt er nach: »Emanuel, was ist denn in dich gefahren?«

»Das fragst du noch? Ich war es schließlich, der euch die Patientin geschickt hat. Nur weil sie auf unserer Geburtenstation nicht mehr tragbar war, heißt das noch lange nicht, dass ich mich für die Frau nicht mehr verantwortlich fühle. Franky, ich dachte, sie wäre gut bei euch aufgehoben, ich habe auf dich als Experten gezählt.« Wieder wird seine Stimme lauter. »Wie konnte das passieren?«

»So krank, wie du sie hinstellst, ist Helen gar nicht. Ja, okay, sie ist davon überzeugt, dass der Kleine nicht ihr Kind ist, eine fixe Idee, aber davon abgesehen ist sie bestens in Raum und Zeit orientiert. Es bestand keine Notwendigkeit, sie in der geschlossenen Abteilung zu behandeln. Man kann Menschen doch nicht leichtfertig wegsperren, da sind wir wohl einer Meinung. Nach meiner Einschätzung ist sie weder selbst- noch fremdgefährdend. Von Suizidgedanken oder der Absicht, ihrem Kind etwas anzutun, keine Spur.«

»Franky, die Frau läuft barfuß und fast nackt durch die Gegend und trägt dabei auch noch einen Säugling spazieren. Hat das Krankenhaus wenigstens die Polizei verständigt?«

»Das hätten wir natürlich getan, aber es war nicht notwendig. Ein Inspektor war kurz nach ihrem Verschwinden bei uns auf der Station. Helens Freund Sven wurde vor ein paar Tagen tot aufgefunden, und der Polizeibeamte wollte sich noch mal mit ihr unterhalten. Allerdings sah auch er keinen Grund, nach ihr fahnden zu lassen, sie hat uns schließlich freiwillig verlassen.«

»Halb nackt, du Narr.« Friede kann sich kaum noch beherrschen.

»Emanuel, wenn du dich nicht beruhigst, beende ich das Gespräch auf der Stelle. Im Übrigen, Helen ist korrekt gekleidet, also besteht auch was das angeht kein Anlass für künstliche Aufregung.«

»Als die Kasper überstellt wurde, hatte sie nichts, gar nichts. Bis auf das, was sie am Leib trug.« Friede reißt sich mühsam zusammen. »Sogar das Stofftier von ihrem Sohn ist auf der Station geblieben.«

»Ich kenne Helen von früher, Emanuel, das sagte ich dir doch. Wir waren sogar gute Freunde. Ich habe ihr Kleidung besorgt und für den Kleinen einen Strampelanzug. Das mag dich erstaunen, für mich ist es selbstverständlich, so zu handeln.« Erneut hat sich eine gewisse Schärfe in Frankys Stimme geschlichen.

Friede aber meint, sich zum zweiten Mal in wenigen Stunden verhört zu haben. Spielen hier denn alle verrückt? Vielleicht sollten in Zukunft die Patienten mit dem psychiatrischen Personal therapeutische Sitzungen abhalten und nicht umgekehrt?

»Ich fasse das einfach nicht«, sagt er mit stockender Stimme. »Du weißt hoffentlich, dass dein Verhalten im höchsten Maße unprofessionell ist. Muss ich dir gegenüber extra die Abstinenzregel erwähnen? Du kannst dich doch nicht distanzlos auf eine deiner Patientinnen einlassen. Vom Psychotherapiegesetz mal ganz abgesehen, man könnte dich dafür bei der Ethikkommission anzeigen.« Friede ist beim Telefonieren aufgestanden. »Und wenn meiner Patientin etwas zustößt, dann werde ich das auch tun.«

»Deine Sorge in allen Ehren«, Frankys Stimme hat einen eisigen Ton angenommen, »aber du irrst schon wieder. Ich habe Helen selbstverständlich nicht behandelt. Wir haben, wenn überhaupt, informelle Gespräche geführt. Und jetzt werde ich unsere Unterhaltung beenden.«

Zu Friedes Überraschung legt der als eher konfliktscheu geltende Kollege ohne Gruß auf.

Mit diesem Maß an Dilettantismus hat er nicht gerechnet.

Wie kann er die Situation wieder unter Kontrolle bekommen? Die Kasper war seine Patientin, und keiner weiß besser, dass sie ihrer Krankheit hilflos ausgeliefert ist. Er könnte sich für seine eigene Verantwortungslosigkeit ohrfeigen. Niemals hätte er die Frau in die Psychiatrie überstellen und sie dadurch aus den Augen verlieren dürfen.

8

Rosner lächelt.

Wenn er, so wie jetzt, neben dem Bett von Alice sitzt, wenn er sie neben sich weiß, in der Zeitung blätternd, ein Buch lesend, hin und wieder ein Wort verlierend, findet er zu sich. Er selbst sitzt nur da. Das genügt ihm. Er braucht in diesen Momenten keine zusätzliche Aktivität.

Selten beginnt er von sich aus zu reden, aber nie kann er besser zuhören als in diesen wenigen gemeinsamen Stunden nach Dienstschluss.

Rosner hat seinen Tag strukturiert. Morgens, gleich nach dem Aufwachen, telefoniert er mit seiner Alice. Für ihn ist das mit die wichtigste Handlung des Tages. Dann, lange vor Dienstbeginn, geht er einkaufen. Er geht zu Fuß, ist leger, fast nachlässig gekleidet und bemüht sich um einen schnellen Schritt. Als sein spezielles Sportprogramm bezeichnet er diese frühe Aktivität.

Für sich braucht er nicht viel. Hin und wieder ein Schwarzbrot, Milch, Eier, ein bisschen Schinken und Käse und, Alice ermahnt ihn ständig, die Vitamine nicht zu vergessen, auch eine Handvoll Gemüse und Obst.

Er kauft, was er braucht, gerne am Benediktinermarkt, meist in der großen Halle, aber am Donnerstag und am Samstag mit Vorliebe an den Ständen der Bauern, die an diesen Tagen ihre Ware anbieten. Manchmal, eher selten, aber doch hin und wieder, kommt er an den Mehlspeisen nicht vorbei, ohne sich etwas mitzunehmen. Der Apfelstrudel ganz ohne Zimt und die Topfentorte mit Mohn sind gar zu verführerisch.

Wieder zu Hause, verzichtet er auf das Frühstück.

Er duscht, rasiert sich, trinkt eine Tasse Kaffee und fährt ins Büro.

Wieder Kaffee, Büroarbeit, ab und zu Ermittlungen außer Haus.

Zu Mittag geht Rosner fast immer in die Kantine. Seinen

begrenzten kulinarischen Ansprüchen wird diese Küche mehr als gerecht, der moderate Preis tut ein Übriges.

Die Nachmittagsarbeit ähnelt meist jener des Vormittags, und oft genug hat er pünktlich um siebzehn Uhr Dienstschluss.

Dann beginnt für ihn sein wirklicher Tag.

Er flaniert durch die Stadt, kauft vielleicht eine Zeitschrift oder auch Blumen, öfter einmal ein Buch. Nach Möglichkeit lässt er sich das Erstandene schön verpacken, die Bücher in buntes Papier, die Zeitschriften in eine Geschenktüte, die Blumen in Zellophan.

Um kurz vor sechs ist er dann in der Klinik. Seine Abneigung gegen Krankenhäuser hat sich weitestgehend gelegt, seit er Alice jeden Tag dort besucht, ihm vermittelt die dort herrschende Betriebsamkeit inzwischen so etwas wie Normalität.

Endlich ist er bei Alice.

Nur für diese paar Stunden hat er den Tag gelebt. Neben ihr kann er sich in seinen Gedanken verlieren, findet zur Ruhe, wird eins mit sich selbst.

Aber zuerst, gleich nach der Umarmung, nachdem sie seine graue Gesichtsfarbe bemängelt und ihn aufgefordert hat, mehr Obst und Gemüse zu essen, gleich nach seiner immer bangen Frage nach ihrem Wohlergehen und der immer gleichen Antwort, dass es schon gehe, dass die Ärzte ihr aber nach wie vor Ruhe verordnen, und nein, sie dürfe noch nicht nach Hause, muss er von seinem Tag erzählen.

Rosner hält sich dabei zurück, versucht, banalen Ärger, den er im Büro empfunden hat, nicht weiterzugeben, und erfindet hin und wieder sogar, allein um ein Lächeln auf ihre Lippen zu zaubern, Skurriles, das er erlebt haben will.

Immerhin, Helene Kasper ist nicht mehr Streitpunkt ihrer Betrachtungen. Rosner ist erleichtert darüber. Bei diesem Thema hat er seine Zurückhaltung aufgegeben und spricht offen mit seiner Liebsten. Sie sind sich einig darüber, dass Seltsames vorgeht, dass der Tod des Freundes auch auf das Schicksal der Frau einen eigenartigen Schatten wirft. Sein Bauchgefühl sagt ihm, dass hier ein Zusammenhang besteht.

Rosner, der keine offenen Fragen mag, war alles andere als zufrieden, als er auf der psychiatrischen Abteilung erfahren musste, dass die Kasper samt Baby die Klinik vor Kurzem verlassen hatte. Es irritierte ihn, dass das fast ohne Widerhall vonstattengegangen war, die Erklärungen eines Arztes mit dem merkwürdigen Namen Franz Frank – Rosner kann darüber nicht lachen – schienen ihm mehr als dürftig.

Er will nach wie vor mit der Frau sprechen. Jetzt mehr denn je. Die Verhaftung Kresshubers hat den Fall Goritschnig nicht zum Abschluss gebracht, ganz im Gegenteil, seine Aussage führte Rosner zu einem neuen Rätsel.

Folge der Spur des Geldes und du findest am Ende den Täter, hat Rosner gelernt. Aber auch so fragt er sich, was es mit der Reisetasche voll Geld auf sich hat, wie es beschafft wurde und wo es sich jetzt befindet.

Er geht davon aus, dass Helene Kaspers Lebensgefährte in ein Verbrechen verwickelt war, und er fragt sich, ob die Kasper, die ihm nach wie vor nicht geheuer ist, mit drinhängt.

Alices Gedanken aber, Rosner hat gelernt, sich damit abzufinden, eilen in dieser Sache nicht so weit voraus. Sie macht sich, viel naheliegender, einzig Sorgen um ihre neue Freundin und sieht sie einsam und verlassen durch die nächtlichen Straßen irren, sieht auch das Baby in höchster Gefahr.

Vielleicht schläft sie ja nachts, wie andere Menschen auch, und wandelt nur tagsüber über die Straßen und Plätze der Stadt, denkt Rosner zynisch, hütet sich aber, seine Überlegungen in Worte zu fassen.

Dass Handlungsbedarf besteht, ist ihm klar. Schon morgen will er sich noch einmal mit der alten Frau, der Großmutter des Toten, in Verbindung setzen. Sie ist die einzige Verwandte des Opfers und war, so viel hat Rosner im Gespräch mit ihr herausgefunden, seine Bezugsperson, viel mehr als die Kasper.

Rosner greift nach dem summenden Handy.

»Wir haben ihn.« Spahics Stimme dröhnt so laut in seinem Ohr, dass es schmerzt.

Er sieht zu Alice, entschuldigt sich kurz und geht aus dem Zimmer.

»So, noch mal von vorn.«

»Simon, wir haben ihn.«

Schon wieder, er hat sich nicht verhört. In Rosners Kopf herrscht Verwirrung. Wieso *ihn*, fragt er sich. Immer noch ist er in Gedanken bei Helene Kasper, immer noch ist er mit der Situation, sie nicht aktiv suchen lassen zu können, unzufrieden. Und jetzt soll sie gefunden worden sein? Aber weshalb spricht Admira dann dauernd von *ihm*?

»Habt ihr sie aufgegriffen? War sie auf der Straße? Ist sie gesund? Geht es dem Baby gut?« Seine Fragen stellt er schnell und präzise.

Lange muss er auf eine Antwort warten.

Dann, endlich, er will schon ungeduldig ins Handy blaffen, entgegnet Spahic: »Dem Baby?« Sie zieht diese beiden Worte wie Kaugummi in die Länge, als könnte sie ums Verrecken nicht glauben, was sie da hört. »Simon, sag mir, dass du nicht wieder getrunken hast.«

Jetzt ist es Rosner, dem es kurz die Sprache verschlägt. Ist seine Kollegin verrückt geworden?

»Spahic«, er wechselt übergangslos zum um Distanz bemühten Sie, »es ist nach Dienstschluss, ich bin jetzt hier im Krankenhaus und habe keine Geduld für Ihre Art von Humor.«

»Im Krankenhaus? Also doch. Um Gottes willen, Simon, wie viele Gläser hast du geleert?«

»Was reden Sie da für Unsinn? Ich bin bei Alice.«

Köpfe wenden sich ihm zu, und er geht eilig einige Schritte den Korridor entlang.

Seltsamerweise hört er Erleichterung in der Stimme seiner Kollegin. »Entschuldige bitte, richte Alice liebe Grüße aus. Und jetzt setz dich in Ruhe irgendwohin und hör mir genau zu.«

Rosner schnauft durch. Er murmelt ein »Warte kurz«, geht in den Eingangsbereich und setzt sich auf einen der zahlreichen Plastikstühle, die für Besucher und Patienten bereitstehen.

»Admira, ich höre«, sagt er. »Du hast nicht von Helene Kasper gesprochen, stimmt's?«

Er hört leises Lachen am anderen Ende der Leitung. »Da müsste die schon eine Hormonkur durchgemacht haben, um als ›Er‹ durchzugehen. Außerdem wusste ich nicht, dass wir nach ihr suchen.«

»Tun wir auch nicht. Komm bitte zum Punkt.« Ungeduldig steht Rosner auf. Er möchte zurück zu Alice, das hier dauert ihm schon zu lang.

»Das versuche ich die ganze Zeit, aber du lässt mich ja nicht.« Jetzt ist es Spahic, die lauter wird. »Simon, hör zu und freu dich, wir haben den Weinberg.«

Jetzt hat sie seine volle Aufmerksamkeit.

»Wie ist euch das gelungen, habt ihr ihn auf frischer Tat ertappt?«

»Nein, es war Zufall. Die Moser hat ihn erkannt.«

»Wer?«

»Christine Moser, eines seiner Opfer. Du erinnerst dich, das ist die Dame, die uns erst zum Trinken verleiten wollte und dann, quasi um die Enttäuschung der Ablehnung runterzuspülen, selbst drei Gläser Wein gekippt hat.« Sie kichert.

Schon wieder erwähnt sie Alkohol, denkt Rosner. Vielleicht macht die Spahic sich größere Sorgen um ihn, als er bisher dachte.

»Hat die Moser den Kerl in der Kartei identifiziert? Wie hat sie das gemacht, er trug doch immer eine Maske.«

»Nein, halte dich fest. Sie hat ihn in der Weinhandlung wiedererkannt, genauer beim Interspar, die haben ein großes Angebot. Bei den Regalen. Angeblich hat sie nach einem flüssigen Geschenk gesucht. Wenn du mich fragst, wollte sie sich selbst eine Freude machen.«

»Und?« Rosners Ungeduld wächst. Er schaut auf die Uhr, geht langsam zurück in Richtung der Tür von Alices Krankenzimmer, will keine Sekunde der kostbaren Zeit mit ihr vergeuden.

Aber das hier ist wichtig.

Bitte, Spahic, fasse dich kurz, betet er still und wiederholt, etwas lauter als vorhin: »Und?«

»Sie sagt, sie habe ihn gleich erkannt. Er ist ja überdurchschnittlich groß, aber es seien die Schultern gewesen, sagt sie, die Art, wie er sie nach vorne gezogen hat.«

Spahic beginnt wieder zu kichern. »Und dann hat sie uns angerufen«, sagt sie lachend, »aus der Feinkostabteilung, wie sie extra betont hat, und bat uns, einen Kollegen zu schicken, um den Mann zu verhaften.«

»Und?«, wiederholt Rosner. Er presst das Handy fest an sein Ohr.

»Und?«, echot Spahic. »Na ja, das haben wir dann gemacht. Olivotto und zwei Kollegen konnten den Mann noch im Geschäft dingfest machen, gleich nachdem er gezahlt hatte. Die Moser stand an der Kasse daneben und hat die ganze Zeit über wie verrückt auf ihn gedeutet. Als der ›fröhliche Weinberg‹ sah, was auf ihn zukommt und wer an der Nebenkasse Turnübungen macht, hat er sich widerstandslos festnehmen lassen. Simon, hör zu, es ist zu schön: Der Mann hat gleich bei der Festnahme gestanden.«

Rosner spürt, wie eine Last von seinen Schultern genommen wird. »Großartig, jetzt können wir uns mit ganzer Kraft dem Fall Goritschnig beziehungsweise der Kasper widmen«, ruft er so laut in sein Handy, dass ihn eine Hilfsschwester, die eben an ihm vorbeigeht, pikiert ansieht.

Er macht eine beschwichtigende Handbewegung in ihre Richtung und sieht, wie sich ihr roter Pferdeschwanz empört wippend von ihm entfernt.

»Admira, bist du noch dran?«, fragt er etwas leiser. »Wir müssen uns bei der Frau bedanken.«

»Frau Moser«, Spahic kommt aus dem Kichern gar nicht mehr raus, »hat schon nach der Belohnung gefragt. Sie wünscht sich einen Geschenkgutschein, Geld hätte sie genug.«

Jetzt grinst auch Rosner. Vor zwei Stunden noch tappten sie völlig im Dunkeln, und jetzt stehen sie kurz davor, eine Reihe von schweren Verbrechen aufgeklärt zu den Akten legen zu können.

»Gute Arbeit, Admira«, sagt er und lacht dabei leise, »schön zu wissen, dass auch uns das Glück hin und wieder gewogen ist.«

Er legt auf und geht mit wiegenden Schritten ins Zimmer seiner Geliebten.

»Rosner, deine Gesichtsfarbe«, sagt Alice, »sie sieht mit einem Mal viel gesünder aus. Das machen nur das Obst und das Gemüse.«

9

Ihre Flucht ist eher ein Fortlaufen als eine geplante Aktion; erst auf dem Weg, der kleine Moritz liegt warm auf ihrer Schulter, stellen sich Überlegungen ein.

Ja, Helene weiß, was sie will.

Sie möchte nichts anderes, als ihren Max zurückhaben. Die Frage aber ist, wie.

In der Klinik, da ist sie sich sicher, hat sie überhaupt keine Chance.

Sie braucht Verbündete, sie braucht Menschen, die an sie glauben. Sie braucht jemanden, der den kleinen Max gekannt hat. Und sie braucht dringend eine Schulter, an die sie sich lehnen kann. Nur ein paar Augenblicke der Ruhe.

Aber nicht jetzt.

Schritt für Schritt muss sie gehen, sagt sie sich, und meint es nicht nur symbolisch, denn jegliche Anstrengung fordert von ihrem geschwächten Körper inzwischen gewaltigen Tribut. Sie schlief unruhig im Krankenhaus und brachte kaum etwas hinunter. Immer nur kreisten ihre Gedanken um Max.

Es dauert eine geraume Weile, bis auf ihr zaghaftes Klopfen reagiert wird.

»Leni«, sagt die alte Frau.

Sie sagt nur dieses eine Wort, und doch spürt Helene sofort wieder die Verbundenheit, die sie von Anfang an füreinander empfanden.

Svens Großmutter ist auch zu ihrer Oma geworden, schon gleich zu Beginn ihrer nicht immer einfachen Beziehung mit Sven war das so.

In der Wohnung sieht sie sich verunsichert um. Es ist Wochen her, seit sie das letzte Mal hier war. Wohin aber hätte sie sonst gehen können?

Verbündete, sie braucht doch Verbündete.

Die alte Frau hat geweint. Man sieht es den Augen an, die rot gerändert und müde Helenes Blick suchen.

»Leni«, sagt sie noch einmal und streicht dabei sanft über das Köpfchen des Babys, »du kommst spät. Ich habe dich früher erwartet.« Sie ergänzt: »Ich bin froh, dass du da bist, und wie schön, dass du mir einen Teil meines Jungen mitbringst.«

Helene setzt sich auf den durchgedrückten Fauteuil, lehnt sich aufatmend zurück. Sie sieht Tränen in den Augen der Alten und ist selbst den Tränen nahe. Und müde ist sie, müde und erschöpft.

Das sind nicht nur die dummen Hormone, denkt sie, mir geht die Lebenskraft aus.

»Oma, hat Sven dir nach der Geburt ein Foto von unserem Max gezeigt?«

»Nein, hat er nicht, Leni, aber schöpf doch erst einmal Atem. Du bist ganz blass.« Sie schnäuzt sich und bewegt sich mit ihrem Rollator auf die Küche zu.

Als Helene die Augen aufschlägt, steht eine Tasse mit Tee vor ihr. Sie kann nicht länger als ein paar Minuten geschlafen haben, aber das mindert nicht den Schrecken, den sie über dieses plötzliche Wegdriften mit Moritz auf ihrem Bauch empfindet. Immer noch lassen sie die Medikamente in ihrem Körper nicht sie selbst sein.

»Sven hat mir von den wunderschönen blauen Augen des Kleinen berichtet.« Die Stimme von Svens Oma zittert. »Er war stolz drauf, dass Max so aussieht wie er.« Sie seufzt schwer. »Gib mir den Jungen mal, Leni.«

Helene unterdrückt den Impuls, die Bitte rundweg abzulehnen. Sie fürchtet, dass Svens Oma zu schwach ist, um Moritz sicher zu halten, sie fürchtet, dass er ihr aus den Armen gleiten könnte.

»Er ist so zerbrechlich. Bitte pass gut auf.«

Svens Oma schiebt die Gehhilfe beiseite und setzt sich umständlich auf das Sofa. »Jetzt gib ihn schon her, Leni. Ich bin alt, aber ich weiß noch sehr genau, wie man mit Babys umgeht und was ich mir zutrauen kann.«

Helene bettet den Kleinen auf ihre vor der bunt geblümten Hausschürze wartend erhobenen Arme. Längere Zeit betrachtet Svens Oma ihren Urenkel. Sanft wiegt sie ihn dabei in den Armen. Dann hebt sie ihn hoch und hält ihn ganz nahe vor ihr Gesicht.

Als hätte das Baby in diesem Moment die ungewohnte Umgebung wahrgenommen, öffnet es seine Augen.

»Also, wenn mich einer fragt, sie sind bestenfalls grau.« Verwirrt richtet Svens Oma sich auf. »Er ist entzückend, aber ich verstehe nicht, weshalb Sven dieses ganz besondere Blau seiner Augen extra erwähnt hat.«

In diesem Moment beginnt Moritz zu lächeln.

»Ach, Leni, sieh nur. Das ist mein Sven. Genau so hat er als Baby gestrahlt.« Der alten Frau rinnen Tränen über die Wangen.

Helene antwortet nicht. Sie steht auf und geht ins angrenzende Badezimmer. Vor dem Spiegel lässt sie Wasser über ihre heißen Hände laufen.

Stumm starrt sie in den Spiegel. Ein totenblasser Schatten ihres früheren Selbst sieht ihr entgegen. Um die einst strahlenden Augen haben sich tiefe Ringe gegraben, die vollen Lippen sind aufgeraut, an den Rändern gerötet, und ihr Haar hängt in stumpfen Strähnen um ihre Wangen.

Und müde ist sie schon wieder, Gott, ist sie müde. Wie Blei fühlen sich ihre Gliedmaßen an.

Helene setzt sich auf den Klodeckel, zieht die Knie bis zur Brust hoch und umschlingt die Beine mit ihren Armen. Monoton schaukelt sie vor und zurück.

Sie ist verzweifelt. Wieder ist eine Hoffnung in ihr zerstört worden, denn Oma erkennt Sven in dem Jungen, obwohl sie sich über den Farbton seiner Augen gewundert hat. Helene hatte so gehofft, dass Sven ihr ein Foto von Max mitgebracht hatte.

»Leni!«, hört sie nach einer Weile die zittrige Stimme aus dem Wohnzimmer rufen. »Geht es dir gut?«

Nein, es geht ihr nicht gut, aber sie rafft sich auf.

Moritz liegt auf dem Sofa, er ist sorgsam in Decken gehüllt und wird von Kissen gestützt. Seltsam, alles wirkt dadurch leichter.

Sie setzt sich an den Tisch.

Svens Oma schiebt Helene einen Teller mit Lebkuchenresten und Weihnachtskeksen aus einer angebrochenen Packung zu und nickt auffordernd.

Helene schüttelt müde den Kopf.

»Wirst du gesucht?«

»Nein, man hat mich nicht weggesperrt. Die Türen waren offen. Der Aufenthalt war also auf freiwilliger Basis. Zumindest nennen sie es dort so. Auf der Geburtenstation wurde ich ihnen lästig. Vielleicht wollten sie mich auf der Psychiatrie unter Kontrolle halten, aber ich war eben nicht im geschlossenen Bereich. Kann trotzdem sein, dass die Polizei hier vorbeischaut, aber nur wenn Franky sich Sorgen macht.«

»Franky?« Svens Oma sieht sie fragend an.

»Ein alter Bekannter, der jetzt Arzt auf der Station ist. Er hat mir ein wenig geholfen. Mit den Klamotten und so.« Sie deutet an sich herab.

»Wie dem auch sei. Ohne ordentlichen Durchsuchungsbeschluss kommt keiner hier rein.« Wie zur Bestätigung rüttelt sie an ihrem Rollator.

Helene muss lachen, und auch Svens Oma lächelt kurz.

Doch mit einem Mal schlägt die Stimmung der alten Frau um, und Tränen beginnen zu fließen.

»Mein armer Sven«, bricht es stockend aus ihr hervor, und auch Helene spürt Trauer in sich aufsteigen.

Trauer, die sie bisher nicht zulassen wollte.

Svens Großmutter schnäuzt sich. »Leni, ich habe der Polizei nicht alles erzählt.«

Mühsam quält sie sich hoch.

Helene sieht durch die Glastür, wie sie sich an der Garderobe im Vorzimmer zu schaffen macht.

»Als Sven vor einer Weile hier war«, sie zögert und spricht dann sehr leise weiter, »da hat er mir sein Herz ausgeschüttet. Weißt du, dass er Schulden gehabt hat? Er war deshalb völlig verzweifelt. Mit Umbringen haben sie ihm gedroht, falls er den Betrag nicht sofort zurückzahlt. Es ging um viel Geld. Wie gern hätte ich ihm geholfen, aber womit denn? Mit meiner Rente? Damit komme ich selbst kaum über die Runden. Ich war sogar bei meiner Bank, aber für einen Kredit wollen die Sicherheiten, die ich leider nicht habe. Und dann, beim letzten Mal, als ich ihn sah, mein Gott, er hat noch Spaghetti gegessen, wie hungrig er war, da sagte er mir, dass jetzt nicht mehr das Geld sein Problem wäre, doch er hätte das Gefühl, dass ihm alles über den Kopf wächst. Ich habe kein Wort verstanden, und er wirkte noch immer verzweifelt, aber als er ging, gab er mir eine Magnetkarte zu einem Schließfach«, ihre Stimme bricht. »Heb die bitte gut auf, bis ich wiederkomme, hat er gesagt. Aber was er dort versteckt, hat er nicht verraten.«

Sie deutet auf ein glänzendes, längliches Stück Plastik mit einem Strichcode, das jetzt zwischen Helene und ihr auf dem Tisch liegt.

Helene denkt nach. Hat Sven auf sie den Eindruck gemacht, aktuell in eine üblere Geschichte als sonst verstrickt zu sein?

Er war geistig abwesend, meistens stoned und wenn überhaupt, dann an sich selbst interessiert. Mit den Fingern klopfte er unaufhörlich den Takt einer Musik, die nur er hören konnte. An all das war sie längst gewöhnt.

Aber auch sie war viel zu sehr mit ihrer eigenen Geschichte beschäftigt gewesen. Zuerst mit ihrer Angst, den Kleinen nicht wiederzuerkennen, und dann mit dem Verlust ihres Sohnes.

Zwei Egoisten, die aneinander vorbeileben, denkt sie schuldbewusst. Und einer von uns ist jetzt tot.

»Oma, es tut mir alles so leid. Vielleicht bin ich blind, aber ich habe nichts Auffälliges an ihm bemerkt.«

»Leni, das wundert mich nicht. Du hattest doch eben erst den Jungen bekommen, warst mit der Situation überfordert, und restlos anvertrauen konnte er sich nur mir. Das war schon immer so.«

Helene dreht die Magnetkarte in ihrer Hand, unschlüssig, was sie damit machen soll.

»Weißt du, wozu die gehört?«, fragt sie nachdenklich.

»Ich tippe auf die Gepäckaufbewahrung im Bahnhof«, entgegnet Svens Großmutter nach einem kritischen Blick auf die Karte. »Ich glaube kaum, dass mein Enkel Bankkunde war.« Ein leises, wehmütiges Lächeln umspielt ihren Mund.

Wäre Helene nicht so traurig, sie müsste über die Einschätzung der Alten grinsen. Mit Verwunderung bemerkt sie, dass sie keine Spur neugierig auf Svens Hinterlassenschaft ist. Im schlechtesten Fall ist dort ein Koffer mit unterschiedlichen Drogen darin verborgen. Und auf diese Entdeckung hat sie jetzt nicht die geringste Lust.

Schlagartig steigen ihre wahren Probleme wieder nach oben. Lange betrachtet sie den unruhig träumenden Moritz.

Was ist, fragt sie sich mit einem Male verzagt, wenn nicht die restliche Welt, sondern ich einem Irrglauben aufsitze?

Gedankenverloren hebt sie den kleinen Jungen hoch und legt ihre Wange an seine.

Undenkbar.

Die Gewissheit, sich nicht zu irren, ist unumstößlich. Es ist Moritz, dessen Haut sie spürt, Moritz, der sich unverwechselbar anfühlt. Und den sie inzwischen liebt – fast schockiert sie diese Erkenntnis – wie ihren eigenen Sohn.

Was aber sind das für Menschen, die einer Mutter das Kind wegnehmen? Archaische Monster, schlimmer als die furchterregendsten Märchenfiguren.

Zurück zum Start, ruft sich Helene zur Ordnung. Ich gehe den Weg wie geplant, ich gehe ihn Schritt für Schritt.

Sie ballt ihre Fäuste so fest, dass die Fingerknöchel weiß hervortreten, so fest, dass die Hände verkrampfen.

Wo soll sie Max suchen? Wie kann sie ihr Kind finden? Wo soll sie nur beginnen?

Und dann hat sie eine Idee.

»Das mit dem Geheimnis in der Gepäckaufbewahrung kann warten.« Sie steckt die Karte in die Tasche ihrer Jeans. »Ich mache mich jetzt mit Moritz auf den Weg, Oma. Sorge dich nicht, es kann spät werden.«

»Warte«, sagt Svens Großmutter und zieht ein großes Wolltuch aus einer Lade, »nimm das, damit du den Jungen nicht wie einen Sack Kartoffeln über die Schulter werfen musst.«

10

Janisha mischt eine Spur gemahlenen Kreuzkümmel in den Joghurt und gießt das Ganze mit Sodawasser auf. Nachdenklich rührt sie mit dem Löffel im Getränk und folgt mit ihrem Blick den braunen Schlieren des Kuminpulvers.

»Du trinkst jetzt das Lassi, dann spielen wir eine Runde Monopoly.«

Ihr vierzehnjähriger Bruder verzieht sein Gesicht zu einer Grimasse. »Verschone mich mit dem indischen Zeug. Wenn ich das nur sehe, könnte ich kotzen.«

Längst hat Janisha verstanden, dass ihre jüngeren Geschwister die althergebrachte Tradition, in der ihre Eltern sie erzogen haben, ablehnen. Bis auf eine ihrer Schwestern lachen sie über die bunt angemalten Götter mit ihren seltsamen Namen. Und auch wenn sie selbst die Küche ihrer Vorfahren vom südlichsten Spitz des Landes zu schätzen weiß und manchen Gerichten insgeheim sogar besondere Heilkräfte zuschreibt, so ist ihr doch bewusst, dass ihre jüngeren Geschwister anders denken und sich lieber mit dem ungesunden Junkfood unterschiedlicher gastronomischer Ketten vollstopfen.

Aber ein weiterer Versuch, denkt sie, kann nicht schaden, daher hat sie für Rashid jetzt dieses Erfrischungsgetränk zubereitet.

Was für ein Schock war es gewesen, als sie die Stimme ihrer Mutter am Handy hörte: »Rashid ist im Turnunterricht gestürzt. Alles, alles hat er sich gebrochen, kein einziger Knochen ist heil geblieben.«

Zum Glück hatte sich das als Übertreibung herausgestellt, letztlich war es nur der Unterschenkel des rechten Beines gewesen, ein einfacher Bruch, der Rashid in seinem Bewegungsdrang allerdings stark behindert.

Am liebsten hätte sie den Jungen mit zu sich ins Sanatorium genommen, nur ist in ihrer Familie niemand privat versichert, das können sie sich nicht leisten. Aber sich zu Hause bei seiner Pflege abwechseln, das können sie.

»Spielen wir jetzt?«

Janisha ist von der fordernden Stimme ihres Bruders zunehmend genervt. »Ja, gleich, ruf schon mal die anderen.«

Das Spielbrett liegt so vor ihnen auf dem Tisch, dass Rashid einen guten Überblick hat. Ihre Schwester Indira, die die Bank übernommen hat, verteilt gewissenhaft Figuren und abgezählte Geldscheine.

Janisha hingegen spürt, dass sie nicht bei der Sache ist. Unkonzentriert setzt sie falsche Züge und hebt statt der Chance- eine Fragekarte vom Talon.

»Du willst gar nicht spielen«, wird sie von zwei hellen Stimmen gleichzeitig gerügt.

»Janisha, es hat geklingelt, du hast Besuch!«, ruft ihre Mutter aus dem Vorraum.

Erleichtert macht sie ein bedauerndes Gesicht in Richtung ihrer Geschwister und eilt zur Tür.

»Amma«, fragt sie im Gehen, »wer ist es denn?« Dabei glaubt sie zu wissen, wer ihr da ins Haus schneit.

Emanuel Friede mit seinen gegelten Locken will sie zu einem Versöhnungsdrink abholen. Er war an der Grenze zur Unhöflichkeit gewesen, als sie bei ihm hereingeplatzt war. Ein unangenehmer Ton hatte sich in seine Worte geschlichen, einer, den Janisha nicht deuten konnte.

»Schau selbst. Ich kenne deine Besucher nicht.«

Lächelnd geht Janisha zur Tür. Sie wird Dr. Friede nachdrücklich zu verstehen geben, dass sie sein Verhalten nicht billigt, und danach im Kaffeehaus mit ihm einen guten Caffè Latte genießen.

Erstaunt sieht sie, dass sie statt des erwarteten Arztes einer jungen Frau in modischen Jeans gegenübersteht. Im ersten Moment glaubt sie, eine Freundin ihrer achtzehnjährigen Schwester Indira vor sich zu haben und dass Amma sich wieder einmal bei den Namen ihrer Kinder vertan hat.

Dann sieht sie den Säugling im Wolltuch.

»Schwester Janisha«, hört sie die junge Frau sagen, »verzeihen Sie bitte mein Eindringen in Ihre Privatsphäre. Ich weiß mir nicht anders zu helfen.« Sie holt tief Luft. »Ich bin verzweifelt.«

Widersprüchliche Gefühle lassen Janisha einen Moment schweigen.

»Woher haben Sie meine Adresse?«

»Sie stehen im Telefonbuch.«

Janisha fasst sich. »Frau Kasper«, sagt sie ruhig, »kommen Sie bitte ins Wohnzimmer. Ihr Besuch ist eine Überraschung für mich, aber nicht so eine große, wie Sie vielleicht glauben. Ich habe selbst schon versucht, Sie in der Klinik zu besuchen, leider erfolglos.«

Helene Kasper sieht verändert aus. Das lange Haar wirkt, obwohl gewaschen, immer noch stumpf, aber sie trägt ein hübsches Polo, Jeans und Turnschuhe. Dadurch wirkt sie um einiges mädchenhafter und auch bedeutend frischer. Beim Hereinkommen sieht sie sich um und setzt sich zögernd auf das Sofa mit dem bunten Überwurf, auf das Janisha deutet. Mit ängstlichem Blick sieht sie zu ihr hoch.

»Ich hatte keine andere Wahl, ich musste Sie aufsuchen. Es hängt so viel für mich davon ab. Wenn ich allerdings gewusst hätte, dass Sie auf dem Weg zu mir sind, niemals, niemals wäre ich gegangen.«

Das Baby im Tuch gibt einen leisen, fast bestätigenden Laut von sich. Janisha kann nur seinen Hinterkopf sehen.

Neugierig steckt Amma den Kopf zur Tür herein und fragt, ob jemand Chai oder sonst etwas möchte. Beide verneinen.

»Mir hat Ihre Geschichte keine Ruhe gelassen. Ich bedauere zutiefst, auf Urlaub gewesen zu sein, als es Ihnen so schlecht ging. Danach wollte ich meine innere Stimme beruhigen und sehen, ob mit Ihnen und dem Kleinen alles in Ordnung ist.« Janisha lächelt entschuldigend und nimmt ebenfalls auf dem Sofa Platz. »In Ordnung aus Sicht der Klinik.«

Statt einer Antwort wickelt Helene Kasper das eben erwachte Baby aus dem Tragetuch. Zärtlich drückt sie einen Kuss auf seine Stirn. Dann hält sie es Janisha hin.

Fast tonlos fragt sie: »Wer ist dieses Kind?«

Janishas Herzschlag setzt einen Augenblick aus, ihr Puls beginnt zu rasen. Froh, ebenfalls zu sitzen, nimmt sie den Säugling vorsichtig in den Arm und betrachtet ihn eingehend.

»Das ist nicht Max«, sagt sie und kann es selbst nicht glauben. »Ich habe dieses Baby noch nie gesehen. Es war nicht in meinem Säuglingszimmer.«

Janisha ist erschüttert. Wer ist dieses Kind, woher kommt es, fragt sie sich, und wo ist der andere Junge? Wie konnte das auf ihrer Station geschehen? Was für ein grausamer Streich! Wer ist überhaupt fähig zu solch einer Tat?

Helene Kasper beginnt zu weinen. Tränen strömen aus ihren Augen, aber zwischendurch lacht sie. Es ist ein erleichtertes Lachen. Eines, das Janishas Herz erreicht.

»Schwester Janisha, Sie glauben ja gar nicht, wie froh mich das macht. Überglücklich bin ich, weil mir endlich jemand Glauben schenkt, aber ich bin auch traurig. Traurig, weil mein Kind nicht mehr bei mir ist.«

»Frau Kasper, wir müssen sofort etwas unternehmen. Es hat ein Verbrechen stattgefunden. Daran besteht nicht der geringste Zweifel.«

»Ich weiß, und ich denke die ganze Zeit darüber nach, was zu tun ist, ich zermartere mir mein Hirn. Bitte helfen Sie mir, vernünftig zu überlegen und einen Weg zu finden, Max unbeschadet zurückzubekommen. Ich darf keinen Fehler machen. Was, wenn wir sofort die Polizei verständigen und die Menschen, die mir Max genommen haben, dadurch gewarnt werden? Was, wenn mein Kind dadurch für immer verschwindet? Ich könnte es mir niemals verzeihen, das würde ich nicht verkraften. Ich brauche meinen Sohn, ich muss ihn schützen.«

Janisha nickt. Sie sieht, wie liebevoll Helene Kasper sich um das fremde Baby kümmert, und kann sich in etwa vorstellen, wie groß ihre Angst um das eigene sein muss. Sie fände es zwar vernünftiger, sofort die Polizei zu verständigen, aber womöglich würde sie es sich damit zu einfach machen. Schließlich geht es zuallererst darum, den kleinen Max wohlbehalten zurückzubekommen. Den falschen Leuten zu vertrauen könnte das Gegenteil bewirken.

Denn eines ist sonnenklar: Irgendetwas ist auf ihrer Station geschehen, irgendjemand in ihrem engsten Arbeitsfeld muss damit zu tun haben. Nur so kann es sein. Niemand sonst hat unbeobachtet Zutritt zum Säuglingszimmer.

»Wir machen Folgendes«, sagt sie, über ihre eigene Courage erstaunt. »Ich setze mich mit meinen Mitarbeitern zusammen, beordere alle auf die Station. Offiziell wird es um Hygiene und innere Sicherheit gehen, aber ich werde dort ausschließlich über Ihren Fall sprechen. Und je nach Verlauf will ich danach die Polizei informieren. Natürlich halte ich Sie auf dem Laufenden.«

Helene Kasper nickt unsicher. Janisha sieht, wie es in ihr arbeitet. Ganz offensichtlich fragt sie sich, ob es klug ist, das Schicksal ihres Sohnes in ihre Hände zu legen.

Und ich, fragt sich Janisha, weiß ich denn, ob ich das Richtige tue?

Aber sie hat sich bereits entschieden.

Entschlossen steht sie auf. »Frau Kasper, wie sind Sie zu erreichen?«

Helene Kasper nennt ihr eine Telefonnummer.

»Wir wohnen jetzt erst einmal ein paar Tage bei Max' Großmutter. Ich wusste nicht, wo wir sonst unterkommen sollten. Die Frau ist sehr alt und hat großen Kummer. Jetzt belaste ich sie auch noch zusätzlich. Sie wissen ja sicher, dass Sven, mein Freund …« Sie bricht ab.

»Gibt es keine anderen Angehörigen, an die Sie sich wenden können? Jemand, der Sie besser unterstützen könnte? Was ist mit Ihren Eltern?«

»Mein Vater ist tot, und zu meiner Mutter ist der Kontakt vor langer Zeit abgebrochen.«

Arme Frau, denkt Janisha, die sich ein Leben ohne Familie nicht vorstellen kann, mitfühlend.

»Vielleicht ist ja jetzt der richtige Zeitpunkt gekommen, um den Kontakt erneut zu suchen und sich an Ihre Mutter zu wenden, Sie um Hilfe zu bitten?«, fragt sie vorsichtig.

Helene Kasper sagt lange nichts, aber sie drückt das Kind fest an sich.

Krank sieht der Kleine aus, findet Janisha, schwach und apathisch, behält das aber für sich. Sie will Frau Kasper nicht noch mehr belasten.

»Meine Mutter ist Universitätsprofessorin hier in Klagenfurt.

Wo sie jetzt wohnt, weiß ich nicht. Ich habe nicht mal eine Telefonnummer von ihr.«

»Dann rufen Sie doch im Institut an.«

Rasch googelt Janisha die Nummer der Uni.

»Da.« Sie reicht ihr fast ungeduldig das Handy.

Dr. Friede fällt ihr ein. Er war überzeugt, dass das Kind Max ist. So ist Friede eben ein hoch qualifizierter Psychiater, aber nicht fähig, Babys voneinander zu unterscheiden. Sie kann ein hilfloses Lächeln nicht unterdrücken.

Nachdem Helene Kasper einige Telefonate geführt hat, sieht sie gequält zu Janisha: »Sie ist gar nicht mehr hier. Ich habe zwar eine Nummer, aber die führt nach Devon. Meine Mutter unterrichtet inzwischen in Exeter.«

Amma ist erneut ins Zimmer gekommen.

»Der Graben zwischen Mutter und Tochter«, sagt sie, »kann nie so breit sein, als dass es nicht eine Brücke gibt, die darüberführt.«

Janisha, der die theatralischen Auftritte ihrer Mutter vertraut sind, geniert sich. Was wird ihr Gast von ihrer Familie denken? Dass Amma gelauscht hat, ist so offensichtlich wie peinlich.

Aber Helene Kasper scheint in ihrer eigenen Welt versunken zu sein. Sie starrt Janishas Mutter ausdruckslos an, dann bittet sie zu Janishas Erstaunen erneut um das Smartphone. Konzentriert tippt sie, wählt, spricht mit jemandem, kritzelt eine Nummer auf den Block, den Janisha ihr hinhält, und beendet das Telefonat. Sie telefoniert erneut mit jemandem. Dann wartet sie kurz und wählt nochmals.

Amma macht eine herrische Kopfbewegung, und gemeinsam verlassen Mutter und Tochter das Wohnzimmer.

Im Hinausgehen hört Janisha Helene Kaspers zitternde Stimme.

»Mama?«

11

Nachdem William den Schlüssel zweimal im Schloss umgedreht hat, drückt er die Tür mit einem kräftigen Stoß nach innen.

»Das Holz hat sich verzogen, daher klemmt sie. Ich bin noch nicht dazu gekommen, es zu reparieren.« Er grinst. »Na ja, die Wahrheit ist, es gibt begabtere Menschen, was das Handwerk betrifft.«

Melitta muss lächeln. Sein Geständnisdrang hat etwas Sympathisches und nimmt ihr ein wenig die Spannung, die sich während der Autofahrt in ihr aufgebaut hatte. Bisher halfen dagegen auch seine begeisterten Beschreibungen unterschiedlicher Wanderungen durch die romantische Landschaft nicht.

Immer wieder überlegte sie, ob es ein Fehler gewesen war, sich von ihm auf ein Wochenende in sein Cottage im Dartmoor-Nationalpark einladen zu lassen. Die Vorstellung, mit ihm durch das Moor zu streifen, hatte sie durchaus gereizt, das Problem war die damit verbundene Nähe zum Gastgeber.

»Es gibt ein Gästezimmer«, hatte er ihr versichert.

Ja, dachte sie, aber darum geht es nicht allein. Es war einfach schon zu lange her, dass sie drei Tage am Stück mit jemandem zusammen war.

Zu Mittag hatten sie, etwa fünfundvierzig Minuten von Exeter entfernt, an einem idyllischen Pub in Lydford gehalten. William bestand auf einem frühen Lunch. Er habe es sich über die Jahre angewöhnt, seine Mahlzeiten dreimal am Tag zu streng geregelten Zeiten einzunehmen, erklärte er. Typisch britisch, dachte Melitta belustigt.

Man schien William hier gut zu kennen, denn sie wurden herzlich begrüßt und mit einem starken Willkommensgetränk empfangen. Nach dem Essen, Melitta hatte sich köstliche Fish and Chips mit selbst gemachter grüner Mayonnaise gegönnt, betrachtete William ihr Schuhwerk.

»Gute Wahl«, nickte er anerkennend, »damit kann nichts schiefgehen.«

Und so waren sie dann, Melitta in ihren robusten Stiefeln, William in seiner üblichen Wachsjacke, den Lydford Gorge, eine lang gezogene Schlucht, zur »White Lady« entlanggewandert. Obwohl sie am unteren Eingang mit ihrer Tour begonnen hatten und ihr unmittelbares Ziel, der dreißig Meter tiefe Wasserfall, bereits auf halber Strecke lag, hatte Melitta der Schweiß auf der Stirn gestanden. Außer Atem ließ sie sich auf einem gefällten Baumstamm nieder. Genoss müde das Rauschen des Wasserfalls, das weiter vorne in ein beruhigendes Plätschern des Flusses überging. Die zwitschernden Vögel, die knapp über dem Wasser flogen, die Pracht der Farben – Blau, Weiß und Grün dominierten, so weit der Blick reichte – und der würzige Duft von wildem Knoblauch vervollständigten die Idylle.

Mit einem Anflug von Selbstgefälligkeit sagte William: »Du wirst sehen, nach drei Tagen im Dartmoor schaffst du den Lydford Gorge mit links.«

Später waren sie eine längere Strecke über immer enger werdende Landstraßen gefahren, vorbei an schiefergrauen Mauern und bemoosten Steinen. Hohe, astreiche Bäume und Brombeerhecken begrenzten auf beiden Seiten die Wege. Die malerische Landschaft, die sich vor ihnen ausbreitete, schien William nicht zu beeindrucken. Mit stoischer Ruhe bog er schließlich links, in einen nicht gekennzeichneten Waldweg ein, folgte dem Verlauf rumpelnd noch einige hundert Meter und blieb dann ruckartig stehen.

»Da wären wir.«

Williams Cottage unterscheidet sich nicht wesentlich von den anderen, an denen sie auf ihrer Fahrt hierher vorbeigekommen waren.

Es steht am Rand eines verschlafenen Dorfes und schmiegt sich an den dahinterliegenden Hügel. Seine blendend weiße Farbe hebt sich vom reetgedeckten dunklen Dach ab. Ein wenig benommen von der schlingernden Fahrt stieg Melitta aus und setzte sich auf eine kleine Holzbank neben der Haustür, während William sich an der Tür zu schaffen machte.

Dieses leicht verwildert wirkende Steinhäuschen mit den bunten Fensterläden gefiel ihr sofort.

Um sie herum torkeln Schmetterlinge durch den späten Nachmittag. Der intensive Geruch des Moors vermischt sich mit dem zarten Duft der Narzissen und frühen Rosen in Williams Garten. Die blassgelben Primeln und dotterfarbenen Butterblumen bilden einen schönen Kontrast zum fröhlichen Blau der Glockenblumen.

»Romantisch, wie im Märchen.«

William, der noch immer in der geöffneten Tür steht, genießt ihre Begeisterung.

»Hab ich dir zu viel versprochen?« Sie kann den Stolz in seiner Stimme hören. »Warte, bis du den Garten im Sommer siehst. Von all dem reichen Rot, Orange und Gelb des Augusts bleibt mir jedes Jahr aufs Neue die Luft weg. Und das Beste von allem, ich heize noch mit Torf.«

Neugierig betritt Melitta neben William das Haus. Mit ein paar Griffen öffnet er die schweren Fensterläden und lässt das Licht des frühen Abends herein. Sagt nicht das Zuhause einiges über den Menschen aus? Rustikale Holzmöbel, ergänzt durch eine bunt zusammengewürfelte, sehr gemütlich wirkende Einrichtung, täuschen nicht darüber hinweg, dass hier alles an seinem Platz ist. Trotz der offenen Feuerstelle und dem Holzofen scheint William auf die Annehmlichkeiten des modernen Zeitalters nicht verzichten zu wollen.

»Wie gefällt es dir?«

Melitta atmet aus. Jetzt erst wird ihr bewusst, dass sie die Luft angehalten hat. Alles hier erinnert sie schmerzlich an ein Ferienhaus in Devon, in dem sie den letzten Urlaub mit ihrer Familie verbracht hatte. Sie waren mit den Kindern die Dinosaurierküste bei Lyme Regis entlanggewandert. Ihr kleiner Sohn saß abwechselnd auf ihrer beider Schultern, während ihre Tochter vorauslief. Trotz der zur Schau getragenen Abgebrühtheit ihrer Teenagerjahre hatte ihr das Knochensuchen großen Spaß bereitet. Melittas Kehle wird eng.

»Nun?«

Ohne ihre Antwort abzuwarten, führt William sie durch das Cottage. Im ersten Stock befinden sich, verbunden durch ein gemeinsames Bad, zwei kleine Schlafzimmer. Die Tagesdecken über den weiß lackierten Holzbetten sind rosa geblümt, und an den unregelmäßig verputzten Wänden hängen Aufnahmen vom Dartmoor.

»Wie aus einem Katalog«, bemerkt Melitta staunend.

Die Küche im Erdgeschoss ist dem Wohnraum angeschlossen. Unter der derben Arbeitsfläche aus dunklem Holz befinden sich Waschmaschine und Geschirrspüler.

»Hinsetzen und zusehen.« William zieht einen Stuhl unter dem runden Esstisch, der den Übergang vom Wohnzimmer zur Küche bildet, hervor.

Während Melitta an einem Gin Tonic nippt, den William etwas zu alkoholhaltig gemischt hat, beobachtet sie, wie er weiter mit geübten Bewegungen in der Küche hantiert. Dabei erzählt er ihr vom Dartmoor und den Vorbesitzern des Hauses.

Er ist kein auffallend attraktiver Mann, überlegt Melitta, doch er verfügt über eine gehörige Portion Charme und Humor.

»Falls ich dich nicht langweile, erkläre ich dir, warum es hier so interessant riecht«, kündigt er an.

Automatisch prüft Melitta die Luft. Außer dem Duft der Narzissen, die er aus dem Garten geholt hat, und dem der in einer Pfanne vor sich hin röstenden Zwiebeln und Knoblauchzehen kann sie nichts wahrnehmen.

»Ich hole den Torf aus dem Moor, also direkt von der Quelle. Morgen zeige ich dir ein paar Stellen.«

Mit dem Geschirrtuch um den Hals entfacht er im Kamin ein Feuer, langsam breitet sich der aromatische Duft in der Küche aus.

»Ich will sichergehen, dass du Devon und das Dartmoor nicht nur siehst, sondern auch riechst.«

Melitta lacht. »Das also ist der viel gepriesene charakteristische Cottage-Geruch? Jetzt verstehe ich die Romantiker. Pferdemist ist nichts dagegen.«

Der Gin Tonic erzeugt eine angenehme Wärme in ihrem Magen und vertreibt den letzten Rest ihrer Anspannung.

»Warte nur, bis ich dich morgen den Haytor Rock hinaufjage. Dann wird dir dein Sarkasmus vergehen.«

Ein wenig fürchtet sie, dass ihre schwache Kondition eine anstrengende Klettertour zum höchsten Punkt des Dartmoors nicht zulässt, doch sie freut sich auf die Wanderung durchs Wollgras-Moor, vorbei an Erika, Ginster, mystischen Steinkreisen, Schafen und wilden Ponys, und nicht zuletzt auf die sagenhafte Aussicht.

Kaum hat sie ihr Glas geleert, wird ihr nachgeschenkt. William, der Bier trinkt, prostet ihr zu. Jetzt lässt sie alle Zweifel und Vorbehalte hinter sich und prostet lachend zurück.

Während er die Kartoffeln schält, das Gemüse schneidet und die Hühnerbrust trocken tupft, überlegt Melitta, woher William all die Lebensmittel hat.

Als könne er ihre Gedanken lesen, murmelt er: »Meine Haushaltshilfe hat am Vormittag den Einkauf erledigt.«

»Wie andächtig du unser Abendessen zubereitest. Soll ich dir helfen?«

Er wirft ihr einen belustigten Blick zu.

»Ja, du könntest den kleinen Tisch vor dem Kamin decken.«

Melitta spürt, wie ihr Magen zu knurren beginnt.

Wenig später taucht sie das ofenfrische Weißbrot in das Curry und nimmt zufrieden einen Schluck vom gekühlten Chardonnay.

Der unverkennbare Geruch von Korianderkraut steigt in ihre Nase.

»So ein gutes Hühnercurry habe ich noch nie gegessen.«

Endlich ist es ihr gelungen, sich auf die Situation einzulassen. »Es ist köstlich.«

Amüsiert zieht William eine Augenbraue in die Höhe. »Wir können das jederzeit wiederholen. Von Exeter ist es ein Katzensprung hierher.«

Melittas Haut beginnt zu kribbeln. Verlegen schwenkt sie den Wein in ihrem Glas. William steht auf.

»Komm, wir nehmen unseren Schlafenstrunk vor dem Feuer. Das hat etwas sehr Beruhigendes.«

»Liest du mir auch ein Märchen vor?« Melitta, die der ungewohnte Alkoholgenuss übermütig und schläfrig zugleich macht, lächelt.

»Wenn ich die Geschichte auswählen darf?« William lächelt zurück.

Einen Abend lang möchte sie alles vergessen, an nichts anderes denken als ans Moor, das Essen, das offene Feuer, den Wein und sich ganz auf das einlassen, was da zwischen William und ihr entsteht. Sie spürt seine Wärme, als er den Arm um ihre Schulter legt und sie an sich zieht. Die Haut an seinem Hals ist rau und kratzt ein wenig an ihrer Wange. Es ist ein angenehmes Gefühl, hat etwas seltsam Vertrautes. Langsam hebt sie ihr Gesicht seinem entgegen.

»Verlegenheit steht dir«, flüstert er, dann finden seine Lippen ihren Mund.

Anhaltendes Klingeln reißt sie aus ihrer Versunkenheit. Melitta löst sich von ihm.

»Verzeih, das ist mein Sekretariat, ich habe vergessen, das Telefon auf lautlos zu stellen.«

Ernüchtert rückt Melitta ein Stück von ihm weg. Der Zauber des Augenblicks ist zerrissen.

»Geh ruhig ran, wahrscheinlich ist es wichtig. Warum sollte man dich sonst am Freitagabend noch anrufen?«

Aber William steht längst am Fenster und spricht in den Hörer. Abrupt hängt er auf.

»Ist etwas passiert?« Fast ängstlich stellt sie die Frage.

»Ich weiß nicht, das musst du selbst beurteilen.«

»Was …«, beginnt Melitta, da klingelt es abermals.

William reicht ihr den Hörer. »Ich nehme an, das ist jetzt für dich.«

Verwundert presst sie das Handy ans Ohr.

»Mama?« Eine längere Pause, dann hört sie: »Bitte hilf mir. Mama, es ist etwas Furchtbares geschehen.«

Melitta beginnt am ganzen Körper zu zittern.

»Helene?«

12

Verstört steht Helene mit Moritz im Tragetuch auf der Straße. Eben erst hat sie sich von Janisha Narayan verabschiedet.

In ihr toben widersprüchliche Gefühle. Schmerz, Angst, aber auch Hoffnung. Das erste Mal Hoffnung.

Die Angst aber, diese manchmal alles beherrschende Angst, ist größer geworden.

Jemand treibt ein grausames Spiel mit ihr.

Und nun?

Janisha hat ihr Hoffnung gegeben, aber sie hat ihre Angst auch verstärkt. Ihre Angst um Max.

Denn Helene versteht jetzt, dass sie es mit skrupellosen Verbrechern zu tun hat, mit Menschen, denen ein Leben nicht viel bedeutet und denen es nichts ausmacht, es zu opfern.

Ein Denkmal aus Stein taucht vor ihrem inneren Auge auf, das Bild des Herkules, der auf dem Neuen Platz die riesige Keule mit den spitzen Zacken gegen den Lindwurm erhebt und zum vernichtenden Schlag ausholt.

So wird sie mit den Entführern verfahren. Noch einmal kann sie es nicht zulassen, dass die Keule des Herkules sie selbst trifft.

Helene streicht zärtlich über Moritz' Kopf. »Mein armer Kleiner«, murmelt sie. »Mein fremdes, liebes Kind.«

Franky.

Sie muss Franky verständigen. Es ist ihr wichtig, dass er ihr glaubt und sich anhört, was Schwester Narayan gesagt hat.

Rumpelstilzchen ist für Helene zu einer Glücksfee geworden.

Und Mama, ihre Mutter, die derzeit in Exeter unterrichtet, wird sich auf den Weg zu ihr machen. Sie wird sie nach Hause holen. Gemeinsam werden sie sich auf die Suche nach Max begeben, das hat sie ihr zu verstehen gegeben. Fast war das Telefonat so, als hätten sie gestern erst zum letzten Mal miteinander gesprochen.

Helene sieht zum Himmel und wundert sich, wie intensiv

das Blau ist. Wolkenlos spannt er sich über die Stadt. Ein leichter Blumenduft drängt sich in die Gerüche der Straße. Leicht bekleidete Menschen eilen an ihr vorbei. Die unerwartete Temperatur lässt sie unter dem Poloshirt schwitzen. Obwohl Moritz besonders zart und leicht ist, spürt sie sein Gewicht. Sie fühlt sich ausgelaugt, müde und dennoch voll neuer Energie.

Sie fasst einen Entschluss.

Während Schwester Narayan es übernimmt, mit ihrer Belegschaft zu sprechen, wird Helene Svens Schließfach im Hauptbahnhof suchen. Und sobald sie den Anruf der Säuglingsschwester erhält, wird sie die Polizei verständigen.

Der Weg von Janisha Narayans Wohnung zum Hauptbahnhof ist nicht allzu weit. Die Familie wohnt in einem der höheren Mietshäuser entlang der Autobahnauffahrt, und Helene muss nur die Straße entlanggehen, den Park durchqueren und in der Innenstadt die Bahnhofstraße erreichen. Sie fühlt sich so beschwingt, dass sie zu pfeifen beginnt.

Mädchen, die pfeifen, und Hühnern, die krähen, denen soll man beizeiten den Hals umdrehen.

Helene muss über diese dümmliche Redensart grinsen.

Nichts dergleichen, denkt sie. Max' Entführern wird der Hals umgedreht. Und zwar bald.

Aber wie lässt es sich erklären, dass Moritz' Blutwerte mit denen von Max übereinstimmen? Wer hat da was und wo manipuliert? Die Unwissenheit darüber trägt dazu bei, dass ihre Nervosität wieder steigt.

Der Bahnhof taucht nach etwa einer halben Stunde Gehzeit vor ihr auf, und Helene wirft einen Blick durch die breite Glasfront auf die beiden überdimensionalen Wandfresken im Innenraum. Jedes Mal wieder ist sie beeindruckt von dem wohl bedeutendsten Kärntner Kunstwerk der klassischen Moderne, das sich auf dreihundert Quadratmetern ausbreitet.

Etwas ruhiger als zuvor betritt sie das Gebäude und schaut sich in der großen Halle um, versucht, eine Hinweistafel zu den Schließfächern ausfindig zu machen.

Sie gönnt sich eine kleine Panoramafahrt mit der Rolltreppe, schwebt mit dem erwachenden Moritz in die Höhe.

Aber auch hier gibt es keine Hinweise auf die Depots.

Moritz beginnt leise zu weinen. Es klingt so kläglich, dass sie sich mit ihm auf eine Bank setzt und unter den gleichgültigen Blicken der Fahrgäste zu stillen beginnt. Hunger scheint jedoch nicht der Grund für seinen Jammer zu sein, denn er trinkt nur zaghaft, hält immer wieder inne und wimmert. Hoffentlich leidet der arme Kleine nur unter schmerzhaften Koliken. Helene beschließt, möglichst bald einen Kinderarzt aufzusuchen.

Zurück im Erdgeschoss wendet sie sich nach rechts, geht vorbei an der Bäckerei und der Buchhandlung und – fast wäre sie daran vorbeigelaufen – entdeckt eine offene Nische, in der sich die Schließfächer befinden. Mit der linken Hand streichelt sie durch das Tragetuch sanft Moritz' Rücken, die rechte nestelt in der Hosentasche nach der Karte mit dem Strichcode. Einen Moment lang ist sie sicher, sie verloren zu haben, dann spüren ihre Finger die laminierte Oberfläche der Magnetkarte.

Helene atmet auf. Erleichtert macht sie sich auf die Suche nach dem dazugehörigen Depot.

Als sie die quadratisch angeordneten Schließfächer betrachtet, zieht sie überfordert die Luft ein und schaut sich um. Niemand beobachtet sie. Und es bietet sich auch keiner an, ihr zu helfen.

In der untersten Reihe befinden sich fünf einen Meter hohe graue Metallkästen, die darüberliegenden messen vielleicht die Hälfte und werden von abermals einen Meter hohen Containern eingerahmt. Es gibt keine Nummern oder andere Hinweise.

Wie soll sie das richtige Fach finden?

Sie überlegt, verflucht ihre Unsicherheit.

Schließlich hält sie den Strichcode vor die Displays mit den Anweisungen und registriert, als sie das vierte Fach erreicht hat, wie der Sesam sich anstandslos öffnet. Das hysterisch aufsteigende Kichern unterdrückt sie.

Blinzelnd fokussiert Helene den Innenraum des Schließfaches. Eine hellblaue, sehr bauchige Sporttasche steht vor ihr. Sie nimmt sie an sich und ist erstaunt über deren Gewicht. Umgehend schließt sie das Depot und schultert die schwere Tasche. Hier will sie nicht nachsehen, was sich darin befindet.

Kurz überlegt sie, den Bus zu nehmen, entschließt sich dann aber, zu Fuß zu gehen. Die schaukelnde Bewegung ihrer Schritte tut Moritz sichtlich gut.

Die Abendluft ist angenehm lau, und nach weiteren zwanzig Minuten erreicht sie das Mietshaus, in dem Svens Oma wohnt.

»Leni!« Svens Oma hebt müde den Kopf, als Helene die Küche betritt. »Soll ich dir eine Suppe wärmen? Du solltest etwas essen, damit du bei Kräften bleibst.«

»Nein. Ich habe keinen Hunger«, wehrt Helene ab. »Stell dir vor, es gibt umwerfende Neuigkeiten. Dieses Baby«, sie zeigt auf den schlafenden Moritz, »ist nicht von Sven.« Sie umarmt die alte Dame stürmisch und beginnt zu weinen.

»Es ist nicht von Sven? Das hätte ich dir nicht zugetraut.« Unsanft stößt Svens Oma die vermeintliche Betrügerin von sich.

Helene beginnt zu lachen.

»Nein. Du hast mich falsch verstanden. Ich war bei der Kinderschwester, die sofort erkannte, dass der Junge nicht unser Max ist. Es bedurfte nur eines Blickes, und ihr war klar, dass der Kleine ausgetauscht wurde. Ich bin so erleichtert und froh, dass mir endlich jemand Glauben schenkt. Aber gleichzeitig habe ich schreckliche Angst. Wo ist mein Max?«

Svens Oma zögert. »Leni, was soll das heißen? Was ist mit eurem Sohn passiert? Denkst du, man hat ihn entführt? Wir sind doch nicht reich.«

Helene zuckt die Achseln. »Ich weiß es nicht, aber die Säuglingsschwester hilft mir.«

Mühsam steht Svens Oma auf. Jetzt erst bemerkt sie die auf dem Boden stehende Sporttasche.

»Ist die von Sven?«, fragt sie und stellt dann, ohne eine Antwort abzuwarten, fest: »Du hast sie also geholt.«

»Warte kurz«, bittet Helene und legt Moritz auf das Sofa im Wohnzimmer. Sorgsam sichert sie ihn mit Kissen und einer Wolldecke. Dann geht sie zurück in die Küche und bückt sich. Fast widerwillig öffnet sie die Tasche, fürchtet sich davor, auf weißes Pulver zu stoßen.

Geldscheine, ordentlich mit Schleifen in Bündel gefasst und

bis hinauf zum Reißverschluss gestapelt, lassen sie erstarren. Helene hält die Luft an.

Es ist Svens Großmutter, die sich als Erste fasst: »Damit hast du ausgesorgt, Leni.« Ein anerkennendes Lächeln breitet sich auf ihrem Gesicht aus. »Mein braver Bub, er hat an euch gedacht.«

»Oma!« Helene wundert sich über die Reaktion. »Da ist vielleicht etwas Kriminelles im Spiel. Was ist, wenn Sven einen Spielsalon ausgeraubt hat? Wir müssen die Polizei verständigen.«

»Gar nichts müssen wir. Für die Polizei ist immer noch Zeit.« Ihre Stimme hat einen festen Klang. »Sven soll sich nicht umsonst diese Mühe gemacht haben.«

Müdigkeit überkommt Helene, ihre Beine fühlen sich weich an.

»Schenk uns doch ein Glas Sherry ein. Das haben wir uns verdient.« Svens Großmutter deutet auf ein schmales Bord, »dort oben ist die Karaffe. Die passenden Gläser findest du im Küchenschrank.« Als sie Helenes entgeisterten Gesichtsausdruck bemerkt, fügt sie verschmitzt lächelnd hinzu: »Sherry soll den Milchfluss fördern.«

Folgsam reicht Helene der Frau ein volles Glas mit der bernsteinfarbenen Flüssigkeit, sie selbst begnügt sich mit Wasser.

Sie geht zum Fenster, um die Vorhänge zu schließen, und wirft einen ängstlichen Blick auf die Straße. Die Dämmerung hat bereits eingesetzt, und die Lichter aus den gegenüberliegenden Fenstern werfen gelbe Flecken auf den Asphalt. Von der Ankündigung des nahenden Sommers, die den heutigen Tag bestimmt hat, ist nichts mehr zu spüren. Trotz der sprießenden Blätter und der Blütenknospen wirken die Äste der vereinzelten Bäume in der zunehmenden Dunkelheit dürr.

Das Gefühl der Einsamkeit, das Helene während der letzten Tage begleitet hat, verstärkt sich.

Das viele Geld macht ihr Sorgen.

Was soll sie tun?

Woher hat Sven die Scheine?

Was musste er dafür tun?

Ist durch ihn jemand zu Schaden gekommen?

Morgen, beruhigt sie sich angestrengt, morgen kommt Mama. Wie zur Bestätigung malt sie ein M in die beschlagene Scheibe, an die sie ihre Wange gepresst hat. Ein M, das für Max, Moritz und Mama steht.

13

Janisha spürt die Spannung, die auf den Gesichtern ihrer Kollegen liegt, fast körperlich. Das kleine Besprechungszimmer ist voll besetzt, sie mussten eng zusammenrücken, um allen sieben Teilnehmern Platz zu bieten.

Da sie die Sitzung einberief, sitzt sie am Kopfende des Tisches. Links neben ihr hat Schwester Michaela Platz genommen und dreht nervös ein Glas mit Wasser, dass sie sich eben eingeschenkt hat. Die nassen Ringe, die der Becher auf der polierten Holzplatte hinterlässt, scheinen die sonst für ihre peniblen Sauberkeitsansprüche bekannte Säuglingsschwester nicht zu stören.

Vielleicht bemerkt sie es gar nicht, denkt Janisha und schaut sich um. Links neben Michaela sitzt die rothaarige Hilfsschwester Lubbi. Ihr eindrucksvoller Pferdeschwanz ist heute halb unter einem Schal verborgen, ihre lackierten Fingernägel, Janishas Blick wird magisch davon angezogen, tragen ein Rot, das sich mit jenem ihrer Haare nicht verträgt. Guido, der Pfleger, der dicht neben ihr sitzt, starrt blicklos ins Leere. Robert ist krankgeschrieben.

Ihr gegenüber hat Dr. Friede, den sie ebenfalls zum Treffen gebeten hat, seinen Stuhl etwas vom Tisch weggerückt. Mit jeder Bewegung signalisiert er Abstand. Verdrossen schaut er zum wiederholten Mal auf die Uhr. Protzig wirkt es, das breite goldene Armband, denkt Janisha und wundert sich, wie sie diese Geschmacklosigkeit bisher übersehen konnte.

Rechts neben ihr unterhalten sich Hermine und Bertha leise. Zu beiden Kolleginnen hat sie ein sehr enges Verhältnis, dennoch kommt es Janisha so vor, als würden die beiden sie heute mit Vorsicht behandeln.

In der Tat, es ist ungewöhnlich, im geregelten Tagesablauf der Station eine Sitzung abzuhalten, noch ungewöhnlicher allerdings ist es, den Anlass im Vorfeld nicht ankündigen zu wollen. Und gänzlich außerhalb der Norm ist die Einladung, die an Dr. Friede ergangen ist.

Janisha fragt sich, ob sie sich mit dieser Vorgangsweise nicht übernommen hat.

Unsicher räuspert sie sich und will zum Sprechen ansetzen, wird aber bereits im Ansatz vom Psychiater unterbrochen.

»Meine liebe Frau Narayan«, hört sie ihn sagen und ärgert sich über den gelangweilten Unterton, »wenn Sie die Güte hätten, uns Ihre wichtigen Überlegungen nahezubringen, dann könnte es uns vielleicht gelingen, in absehbarer Zeit wieder unserem erfüllenden Tagewerk nachzugehen.«

Die Röte, die an ihrem Hals emporsteigt, wird durch die verstohlenen Blicke der Anwesenden noch verstärkt. Hastig trinkt sie einen Schluck Wasser, dann steht sie auf und schiebt ihren Stuhl zurück.

Es ist eine unbewusste Geste, eine, die ihrer Einleitung mehr Gewicht verleihen soll und die ihr ein wenig Sicherheit gibt.

Entgegen ihrem ursprünglichen Plan entschließt sie sich, nicht um den heißen Brei herumzureden.

»Helene Kasper hatte recht.«

Sie sagt es mit fester Stimme, fast aggressiv. »Ihr Kind wurde tatsächlich vertauscht, und zwar auf unserer Station.« Kurz holt sie Luft, schaut in die Runde, versucht abzuschätzen, wie ihre Worte gewirkt haben.

Michaela hat aufgehört, das Glas hin und her zu schieben, und starrt sie an. Lubbi blickt ängstlich, ihre Finger reiben die Tischkante, und Guido, der bisher ausdruckslos vor sich hinstarrte, schüttelt zornig den Kopf. Hermine und Bertha mustern sie, als hätten sie Janisha noch nie gesehen.

Und Dr. Friede? Er hat sich vorgebeugt, verschränkt die Hände auf dem Tisch, als wolle er beten. Als er spricht, liegt in seinen Worten jedoch nichts Salbungsvolles, nichts Sanftes, sondern blanke Wut.

»Frau Narayan«, sagt er leise, »Sie versetzen mich in Erstaunen. Bisher wusste ich nicht, dass Psychosen ansteckend sind, aber man lernt in unserem Beruf nie aus. Anscheinend handelt es sich um Keime«, er verzieht seine Lippen zu einem freudlosen Lächeln. »Ob Bakterien, Viren oder Pilze, kann ich nicht sagen, aber dass sie höchst virulent sind, liegt auf der Hand.«

Janisha schluckt. Sie hat auf Unterstützung gehofft – vor allem auf Unterstützung des Arztes, den sie nicht zuletzt deshalb hinzugebeten hatte –, aber ganz sicher nicht mit einem Angriff gerechnet, der ins Persönliche geht.

In dem entstandenen Schweigen ist nur das protestierende Ächzen des Stuhles zu hören, als sie ihn heftig weiter zurückstößt.

Die Kollegen wirken verunsichert, stellt Janisha fest. Mit einer solchen Anschuldigung scheinen auch sie nicht gerechnet zu haben. Ganz im Gegenteil. Dr. Friede hatte aus seiner Sympathie für sie kein Geheimnis gemacht, im Schwesternzimmer war Janisha nicht nur ein Mal darauf angesprochen worden. Hermine und Bertha verstiegen sich sogar dazu, sich zu einer zukünftigen Hochzeit selbst einzuladen, und drohten ihr im Falle des Nichtzustandekommens dieser Verbindung feixend mit dem Entzug ihrer Freundschaft. Jetzt meiden sie, stärker als vor ein paar Minuten noch, ihren Blick.

Janisha sammelt Mut und sieht dem Arzt fest in die Augen. »Ich verstehe nicht, was Sie veranlasst, sich in dieser Form zu äußern«, sagt sie, »jedenfalls werden Sie mich nicht davon abhalten können, hier Fakten auf den Tisch zu legen.«

»Fakten.« Friede wiederholt zischend das Wort, scheint sich aber wieder im Griff zu haben.

»Ja, Fakten.« Auch Janisha beruhigt sich ein wenig. »Ich habe die Dienstpläne kontrolliert. Wie ihr wisst, hatten wir durch Urlaube und Krankenstände einige Ausfälle. Dazu kam der Sonderurlaub durch den Todesfall in meiner Familie.« Sie stockt kurz, bringt ihre plötzlich heiser klingende Stimme mühsam wieder unter Kontrolle. Fest fährt sie fort: »Durch den eingeschränkten Betrieb hatten wir kurzfristig Teams im Einsatz, deren Dienstzeiten sich nicht überschnitten. Das heißt, dass für wenige Tage zwei unterschiedliche Teams, ein jedes für sich, unsere Kleinsten betreuten. Es waren jene zwei Tage, in denen die Krise von Frau Kasper, die letztlich zu ihrer Überweisung in die Psychiatrie führte, zum Ausbruch kam.«

Jetzt hat sie die Aufmerksamkeit aller. Auch Emanuel Friede sieht sie gespannt an. Erkennt sie in seinem Blick etwas Lauerndes? Sie ist sich nicht sicher.

»Tatsächlich wäre und ist in dieser Zeit ein Austausch der Babys machbar gewesen. Vermutlich am Ende der ersten Schicht. Während der folgenden zwei Tage war niemand da, der erkennen konnte, dass Frau Kasper mit ihren Anschuldigungen recht hatte.«

Neben ihr räuspert sich Schwester Michaela. Ihr Gesicht ist gerötet, die Augen blitzen zornig, als sie ihrer Kollegin antwortet.

»Janisha, wir alle hier haben die Kasper erlebt. Ihr fortwährendes Abzählen der Betten, ihre Angst, den eigenen Sohn nicht erkennen zu können, du hast sie doch selbst gesehen. Und dann soll ihr genau das passiert sein, wovor sie unbegründete Angst hatte? Das glaubst du doch selbst nicht.«

Ihre Kolleginnen nicken, Janisha hört zustimmendes Gemurmel. Lubbi, die Hilfsschwester, schaut nach wie vor ängstlich vor sich hin, und Guido reibt sich die Nase, um danach seine Finger erstaunt zu betrachten.

»Nicht die Angst vor ihrer eigenen Unzulänglichkeit hat sich bestätigt, sondern schlimmer noch, sie musste entdecken, dass anstelle ihres Kindes ein fremdes Baby im Bettchen lag. Ich habe Max gekannt, ich habe ihn jeden Tag auf dem Arm gehabt, seine Werte überprüft, seinen Schlaf beobachtet.« Janisha spricht jetzt lauter, sie will das leise Stimmengewirr übertönen. »Und als Frau Kasper gestern zu mir kam, zeigte sie mir ein fremdes Kind.«

»Die Kasper war bei Ihnen?« Dr. Friede mustert sie mit tadelndem Blick. »Frau Narayan, ich mache mir Sorgen um Sie. Erst suchen Sie mich in meiner Praxis auf, wenn ich die Chronologie der Ereignisse beachte, zu einem Zeitpunkt, als Sie dieses ominöse fremde Baby noch gar nicht gesehen haben konnten, und versuchen mich davon zu überzeugen, dass Frau Kasper geistig gesund ist, und jetzt wollen Sie von der bedauernswerten Mutter sogar besucht worden sein, mit dem Baby, das, man höre und staune, tatsächlich das falsche Kind sein soll?«

Janishas Finger krampfen sich um die Tischkante.

»Meine Liebe, ich fürchte, Sie sind etwas aus dem Tritt geraten, Sie wirken auf mich überfordert. Wann, sagten Sie, gab es den plötzlichen Todesfall in Ihrer Familie?«

»Lassen Sie bitte meinen Vater aus Ihren Überlegungen raus, Herr Doktor, sein Tod hat nichts damit zu tun.« Selbst in ihren eigenen Ohren klingt ihre Stimme schrill, und Janisha schämt sich dafür. Immer besser kann sie sich in Helene Kasper hineinfühlen, in ihre Ängste und nicht zuletzt in die damit verbundene Ausweglosigkeit angesichts der Folge, von ihrer Umgebung als verrückt angesehen zu werden.

Was versucht Dr. Friede hier?, fragt sie sich. Will er mich vor meinen Mitarbeitern bloßstellen?

Und dann kommt ihr ein Gedanke, den sie gar nicht zulassen möchte. Doch noch weniger darf sie ihn ignorieren.

»Herr Doktor«, sagt sie und versucht, sich zu fassen, »ich sprach vorhin von zwei Teams, die unabhängig voneinander gearbeitet haben, sodass es keine Gelegenheit zum gegenseitigen Austausch gab, abgesehen von der schriftlichen Dienstübergabe natürlich. Aber ich kenne jemanden, der in dieser Zeit sehr wohl hätte feststellen können, dass der Sohn von Frau Kasper ausgetauscht wurde.«

Lubbi sieht Janisha entsetzt an. Sie will etwas sagen, überlegt es sich jedoch anders und schaut hilfesuchend zum Arzt. Der hat sich aufgerichtet und sieht fast drohend in Janishas Richtung.

»So, und wer soll das sein?«

»Sie, Herr Doktor.« Janisha mustert ihn nachdenklich. »Sie waren vor dem Ausbruch von Frau Kaspers angeblicher Psychose im Säuglingszimmer, um sich den kleinen Max anzusehen, das werden Sie kaum leugnen können, und Sie sind der Einzige hier, der auch danach noch diverse Male bei Frau Kasper war und daher Gelegenheiten hatte, den anderen Säugling bei ihr zu sehen. Es muss Ihnen doch aufgefallen sein, dass die Frau recht hatte.«

Friede ist blass geworden. Abrupt steht er auf. »Janisha«, setzt er an, doch sie ist noch nicht fertig.

»Statt ihr zu helfen, Herr Doktor, haben Sie die arme Frau jedoch für verrückt erklärt und sie samt dem fremden Kind wegbringen lassen, weg von unserer Station, auf der der Schwindel demnächst aufgeflogen wäre.«

»Das muss ich mir nicht gefallen lassen«, Friede atmet stoßweise, »Ihr Verhalten wird Konsequenzen haben.«

Er wendet sich von ihr ab, dreht sich im Gehen jedoch noch

einmal um und zeigt ihr in einer hilflosen Geste die Faust. Krachend fällt die Tür hinter ihm ins Schloss.

»Janisha, um Gottes willen, was hast du getan?« Hermine sieht sie aus aufgerissenen Augen an.

»Ich kann es beweisen.« Tränen treten in ihre Augen. Nur verschwommen sieht sie die Gesichter der anderen, die ihr blass entgegenstarren. Sie meint, Ablehnung, Ärger und Angst erkennen zu können, und fragt sich, ob sie zu weit gegangen ist.

Nein, bin ich nicht.

Hat sie das laut gesagt?

Mühsam beruhigt sie sich.

Wenigstens ihre Arbeitskollegen, wenigstens ihre Freunde will sie überzeugen, will ihnen erklären, dass das Kind von Frau Kasper ohne Zweifel vertauscht worden ist, aber als sie ansetzt, als sie von vorne beginnt, scheinbar ruhig, innerlich aber in Auflösung begriffen, stößt sie auf eine Mauer eisigen Schweigens. Was sie auch sagt, nicht einmal ein ablehnendes Kopfschütteln erntet sie.

Und schließlich gibt sie es auf.

Der Korpsgeist auf ihrer Station, den sie selbst hochgehalten, den sie ihren Kollegen eingeimpft hat, scheint nun zu verhindern, dass sie einen so gravierenden Fehler in ihrem unmittelbaren Einflussbereich für möglich halten. Wahrscheinlich ist es für sie naheliegender, anzunehmen, dass die Kollegin, vom Schicksal erst kürzlich schwer gezeichnet, der Situation nicht gewachsen ist, und attestieren ihr somit einen eklatanten Führungsmangel.

»Ich werde die Polizei verständigen«, sagt Janisha schließlich leise, »es bleibt mir keine andere Wahl.« Sie greift mit zitternden Fingern nach ihren Unterlagen und verlässt grußlos den Raum.

Luft braucht sie jetzt, sie muss durchatmen. Auf dem Weg zu einem Fenster im ersten Stock fragt sie sich, was sie falsch gemacht hat.

Alles, muss sie sich eingestehen. Sie hat es verbockt. Sie wollte ihre Kollegen mit der Wahrheit konfrontieren, vielleicht sogar einen Täter finden, und was hat sie erreicht? Nichts, außer sich alle zum Feind zu machen. Schlimmer noch, sie nehmen sie nicht mehr ernst, halten sie für überspannt, für verrückt.

So verrückt wie Helene Kasper.

Und Friede? Janisha fragt sich, was in ihn gefahren ist. Sie hat keine Erklärung für sein Verhalten. Doch halt, das stimmt nicht. Eine Erklärung hat sie, sonst hätte sie ihn eben nicht so direkt angegangen, aber sie weigert sich, sie zu glauben, sie genauer zu hinterfragen.

Ruhig ist es hier, am Ende des Seitentrakts.

Janisha genießt die frische Luft, die ihr Kühlung verschafft. Sie hätte sich nicht so aufregen, sich nicht gehen lassen dürfen, hätte sachlich bleiben müssen. Aber wie, bei dem ihr entgegengebrachten Misstrauen, in einer Atmosphäre stetig anwachsender Aggression?

Nun ja, es ist nun mal geschehen.

Sie ist entschlossen, den eingeschlagenen Weg bis zum Ende zu gehen. Gleich wird sie die Polizei verständigen, dann Helene Kasper, die sicher schon ungeduldig vor dem Telefon sitzt und auf ihren Anruf wartet, und anschließend, davor graut Janisha am meisten, muss sie die Klinikleitung ins Bild setzen.

An diese Reihenfolge wird sie sich halten, sie möchte alles ins Rollen bringen, ohne weiter aufgehalten zu werden, aber einen Augenblick noch will sie verweilen.

Was für ein schöner Tag, denkt sie. Der erste Frühsommertag, der sich anfühlt wie Sommer. Die Luft trägt Düfte von Blättern und Erde, und leicht meint sie Flieder herausfiltern zu können.

Weit beugt sie sich vor, aus dem offenen Fenster, sieht unter sich Kieselsteine und Rasen und freut sich, dass das begrenzende Beet gepflegt wirkt.

Den heftigen Stoß spürt sie erst, als sie fällt.

14

Anstandslos hatte Melitta sich von ihm vor dem Abflug in die Arme nehmen lassen. Zu ihrem Erstaunen war ihr das Versprechen, bald wiederzukommen und das versäumte Wochenende im Cottage nachzuholen, leichtgefallen.

Sie mag William, daran besteht für sie kein Zweifel. Sie mag ihn sehr. Und sie kann sich nicht länger vormachen, in seiner Gegenwart kein Prickeln zu empfinden. Nur ungern löst sie sich von dem idyllischen Bild, das ihre innere Postkarte zeigt. Sturmumtoste Heide, denkt sie und lächelt.

Als das Taxi in Klagenfurt endlich an der genannten Adresse hält, klopft ihr Herz heftig. Sie bittet den Fahrer zu warten, meint, sie könne nicht sagen, wie lange. Der Mann nickt zufrieden.

Die Nacht hat sich wie ein schwarzes Tuch über die hässlichen Mietskasernen in dem Vorstadtviertel gebreitet und verhindert wohlwollend einen genaueren Blick auf das abgeblätterte Mauerwerk und die schäbigen Fahrzeuge. Abfall quillt aus den Müllcontainern, ein verrosteter Kinderroller lehnt an der Wand.

Bevor sie das Stiegenhaus betritt, sieht sie zum mondlosen Himmel. Längst ist sie nicht mehr so zuversichtlich wie auf dem Weg hierher.

Es sind die wilden Glockenblumen im Dartmoor, deren irritierendes Blau das Schwarz dieser Nacht überstrahlt, die ihr in den Sinn kommen. Anstatt sich von William den Haytor Rock hinaufjagen zu lassen, ist sie jetzt hier und versucht, ihren rasenden Puls durch gleichmäßiges Atmen zu beruhigen.

Mit einem flauen Gefühl steigt sie die Stufen hinauf. Das Neonlicht über ihr flackert unruhig. Vor der Tür mit dem abgeblätterten Namensschild »Goritschnig« hält sie kurz inne. Dann klopft sie laut und läutet gleichzeitig an der Glocke.

Unmittelbar wird geöffnet, und Melitta fühlt sich für einen Moment, als würde sie in ein Vakuum gesogen.

»Mama!« Helene steht vor ihr.

Wie bleich sie ist, wie sehr sie sich verändert hat, wie eingesunken ihre Gesichtszüge wirken, wie müde der Blick. Melitta spürt, wie sich ihr Unterkiefer schmerzhaft verkrampft. Dann breitet sie die Arme weit aus, und alles, was sie in diesem kostbaren Moment begreift, ist, ihr Mädchen wiederzuhaben.

»Ich bin froh, dass du da bist, Mama. Danke.«

Die Tränen ihrer Tochter rühren etwas in ihr auf, das sie unter vielen Schichten Abwehr all die Jahre gut verborgen gehalten hat.

Ihre Zähne bohren sich schmerzhaft in ihre Lippen. Weinen darf sie jetzt unter keinen Umständen. Wenn sie erst damit anfängt, ist der Tränenstrom nicht mehr zu stoppen.

»Helene«, beginnt sie entschlossen und strafft die Schultern, »vor dem Haus wartet ein Taxi.«

»Komm doch kurz rein, ich möchte dich mit Svens Oma bekannt machen.«

»Ein anderes Mal gern. Ich werde mich bei der alten Dame bedanken, für alles, was sie für dich getan hat. Nur jetzt nicht.«

Sie kann nicht in diese Wohnung gehen, eine unbestimmte Furcht hält sie davon ab. Mit zunehmender Unruhe wartet sie im Stiegenhaus.

Dann steht Helene wieder vor ihr und hält mit einem wehmütigen Lächeln den kleinen Jungen, von dem sie behauptet, dass er nicht ihr Sohn ist.

Der jähe Schmerz, der sich in Melitta ausbreitet, ist so stark, dass sie taumelt.

Tim, denkt sie, Tim, mein kleiner Junge.

Es tut immer noch weh, immer noch kommen ungefiltert Erinnerungen an ihr Kind, an ihren Mann.

»Tim«, sagt sie mit belegter Stimme, »war nach der Geburt um einiges größer als Moritz. Und kräftiger. Der Kleine sieht krank aus.«

»Mama.« Ihre Tochter starrt sie empört an.

Feindselig.

Und Melitta weiß, warum. Sie hat es gewagt, ein Tabu zu brechen, indem sie den Namen ihres toten Kindes ausgesprochen hat. Aber es ist zu lange geschwiegen worden. Sie werden reden müssen. Über alles, was zwischen ihnen steht. Nur jetzt ist nicht der richtige Moment.

Voll bepackt gehen sie zum wartenden Taxi. Der Fahrer verstaut Helenes hellblaue Reisetasche und ein großes Paket Windeln im Kofferraum.

»Sonst hast du nichts dabei?«

Helene antwortet nicht, schüttelt nur den Kopf.

Der kleine Junge schaukelt während der Fahrt sanft in einem Wolltuch, das Helene sich um Bauch und Schultern gebunden hat. Melitta betrachtet ihn eingehend. Sie muss den Worten ihrer Tochter vertrauen, sie selbst kann sich keine Meinung erlauben. Denn sie war im entscheidenden Moment nicht da, sie war nicht an der Seite ihrer Tochter, als die sie am dringendsten gebraucht hätte.

Der Kleine beginnt leise zu weinen, und Helene gibt ihm die Brust. Seine Wangen ziehen sich beim Saugen nur wenig ein, und wieder muss Melitta an Tim denken, an seine kräftigen Züge an ihren Brustwarzen.

Unbeholfen legt sie einen Arm um Helenes Schulter, die leicht zurückzuckt, sie dann aber gewähren lässt.

Wie oft hat Melitta sich in den vergangenen Jahren bemüht, den Kontakt zu ihrer Tochter nicht abreißen zu lassen, wie oft wurde sie jedes Mal schroff zurückgewiesen. Helene, noch minderjährig, war ausgezogen, und nichts konnte sie dazu bewegen, zurückzukehren. Sie war in einer von der Jugendwohlfahrt betreuten Wohngemeinschaft untergekommen. Nur aus großer Entfernung hatte Melitta ihr Kind beobachten können, war erschüttert über den Wandel gewesen, den aufzuhalten sie jedoch nicht imstande gewesen war. Aus dem vor Ideen sprühenden Mädchen war erschreckend schnell eine verhärmte Frau geworden, die sich immer weniger um ihr Äußeres kümmerte und sich mit Menschen umgab, die ihr sichtlich nicht guttaten.

Melitta kam es so vor, als wolle ihre Tochter sich für das, was an jenem Abend passiert war, immerzu bestrafen, als würde sie Glück für sich nicht in Anspruch nehmen können.

Die Schule hatte sie abgebrochen, ein Jahr, nachdem Tim gestorben war, und sich hartnäckig geweigert, mit ihren alten Freundinnen zu sprechen, ja, nicht einmal mit Franky hatte sie noch Kontakt haben wollen.

Zum Begräbnis ihres Vaters war sie allein gekommen, abgemagert bis auf die Knochen, und hatte ihren Platz am Ende des Trauerzuges nur verlassen, um eine weiße Rose auf den Sarg zu werfen. Fluchtartig hatte sie den Friedhof sogleich wieder verlassen.

Das Taxi hält.

Helene packt den Säugling zurück ins Tragetuch und quält sich aus dem Auto. Am Kofferraum streckt Melitta die Hand aus und will ihr die Tasche oder wenigstens das Windelpaket abnehmen, wird aber durch einen eisigen Blick daran gehindert.

Helenes Schultern zucken, als sie vor Melitta, die den kleinen Trolley, den sie fürs Wochenende in Devon gepackt hatte, hinter sich herzieht, zum Haus geht. Sie weint, denkt Melitta, aber als sie die Tür aufsperrt, sieht sie, dass Helenes Gesicht trocken ist.

Der vertraute Geruch ihres Heims empfängt sie, will ihr ein Gefühl von Geborgenheit vermitteln, doch Melitta lässt sich nicht täuschen. Sie sieht die Zimmer mit Helenes Augen.

Ja, sie weiß. Ihre persönliche Unfähigkeit, mit der zwanzig Jahre zurückliegenden Tragödie umzugehen, ist in diesen Räumen weithin sichtbar. Kaum etwas hat sie verändert seit damals. Sie denkt an die Zimmer ihrer beiden Kinder, aus denen Heiligtümer geworden sind. Tempelstätten, in denen die Vergangenheit säuberlich konserviert wurde.

»Mama?« Fragend hebt Helene den Blick.

»Ich weiß«, antwortet Melitta leise, »es tut mir leid. Alles.«

An diesem Abend reden sie nicht mehr viel. Melitta lässt eine Pizza kommen, beide sind müde. Helene macht sich schon nach ein paar Bissen mit Moritz auf den Weg in ihr altes Zimmer.

»Lass nur«, sagt sie brüsk, als Melitta sie hinaufbegleiten will, »es ist schon okay.«

Aber es ist nicht okay. Natürlich nicht. Nichts ist in Ordnung.

Wie furchtbar muss Helene sich fühlen in diesem Schrein, gefangen in Versatzstücken ihres früheren Lebens.

Melitta gießt sich ein Glas Weißwein ein. Der Chardonnay schmeckt schal, und trotz der hastig getrunkenen Menge fühlt sie sich aufgewühlt, kein bisschen entspannt.

Irgendwann nickt sie auf dem Sofa ein und geht erst weit nach Mitternacht in ihr Schlafzimmer.

Als sie am Morgen in die Küche kommt, steht Helene mit Moritz auf dem Arm vor dem Herd und rührt Haferflocken in heißes Wasser. Stumm reicht Melitta ihr ein Glas Honig.

»Ich mache mir Sorgen, weil Schwester Janisha sich gestern nicht mehr gemeldet hat. Es war anders vereinbart«, sagt Helene.

Melitta weiß, dass Helene Svens Oma ihre Festnetznummer gegeben und sie gebeten hat, sie der Krankenschwester weiterzugeben. Froh darüber, sich auf sicherem Terrain zu bewegen, beginnt Melitta, Helene nach Details zu den Geschehnissen zu befragen. Alles. was mit der Tragödie in ihrer eigenen Familie zu tun hat, sparen sie aus.

Immer wieder sieht Helene zur Küchenuhr, oft bleibt ihr Blick am Tischchen mit dem Telefon hängen.

»Seltsam«, sagt sie, »ich verstehe das nicht.«

Endlich beginnt es zu klingeln. Bevor Melitta abheben kann, hat Helene den Hörer schon in der Hand.

Zuerst wirkt sie enttäuscht, doch dann verzieht sich ihr Gesicht zu einem Lächeln.

»Fein, ich mache dir auf.«

Melitta ist neugierig auf die Säuglingsschwester, die von Helene abwechselnd Rumpelstilzchen und Glücksfee genannt wird. Erwartungsvoll blickt sie auf, als Helene die Besucherin hereinführt, und schaut direkt in Frankys graue Augen.

»Guten Tag. Ich war froh, als Frau Goritschnig mir gesagt hat, dass Sie Helen abgeholt haben, Frau Kasper.«

Helen, so hat er sie immer genannt. Das verschluckte »e«, fällt Melitta ein, hatte er als seinen persönlichen Glücksbringer bezeichnet. Und nun? Jedenfalls ist aus dem schlaksigen, unsicheren Jungen ein erwachsener, selbstsicherer Mann geworden.

»Franky«, sagt sie und lächelt, »ich freue mich, dass Sie hier sind.«

Helenes blasse Gesichtsfarbe ist einem zarten Rosa gewichen.

Gemeinsam sitzen sie um den Küchentisch. Moritz schläft mit flatternden Lidern, während Helene die Ereignisse der letzten Tage zusammenfasst.

»Ich wollte es dir sofort erzählen, Franky, aber als Svens Oma für mich im Krankenhaus anrief, warst du nicht mehr im Dienst.«

»Gut, dass sie ihre Telefonnummer hinterlassen hat. So konnte ich dich leicht finden. Helen, ich bin unendlich erleichtert, dass es dir gut geht. Ich habe mir große Sorgen gemacht, nachdem du gegangen bist.«

»Gegangen? Ich bin geflohen. Aber was glaubst du, wie glücklich ich war, als Schwester Janisha mir nach nur einem einzigen Blick bestätigt hat, dass Moritz Moritz ist und nicht Max. Sie hat es sofort gewusst.«

Jetzt glühen Helenes Wangen, und Melitta streicht ihr eine Haarsträhne aus dem Gesicht. Helene greift nach ihrer Hand und hält sie einen Moment lang fest.

Heute noch werden sie über ihre Vergangenheit reden müssen. Vielleicht hilft das Aussprechen, den Schrecken von damals zu bannen.

Während Helene und Franky reden, geht Melitta durch die Räume, öffnet die Fenster, lässt frische Vormittagsluft herein und atmet tief durch. Sie will die beiden, die so vertraut miteinander wirken, eine Weile allein lassen.

Sie will sich nützlich machen, beschließt, die schmutzige Wäsche ihrer Tochter zu waschen. Suchend blickt sie sich um und sieht die hellblaue Reisetasche auf dem Boden stehen. Melitta bückt sich, zieht mit einem Ruck den Reißverschluss auf und hält abrupt inne. Bestürzt presst sie die Hand auf den Mund.

Kein einziges Kleidungsstück, dafür eine Unmenge Banknoten.

Auf was hat Helene sich eingelassen?

Mit heftig pochendem Herzen geht sie zurück in die Küche.

»Psst!«, macht Helene aufgeregt und legt einen Finger auf den Mund, als Melitta zum Reden ansetzen will.

Franky lehnt an der Vitrine und hält Moritz in seinen Armen. Der Bub keucht, seine Lippen schimmern bläulich. Mühsam hebt sich sein kleiner Brustkorb, Melitta spürt die Anstrengung, die ihn jeder Atemzug kostet.

»Helen«, sagt Franky leise, »ich bin kein Facharzt für Kinderkrankheiten, wir müssen zu einem Spezialisten. Ich fürchte, der Kleine ist ernstlich krank.«

15

Verstört steht Helene neben ihrer Mutter vor dem Haus und wartet auf das Taxi. Es riecht brandig nach frisch geteerter Straße. Weiter vorne sieht sie Arbeiter mit nacktem Oberkörper eine Walze ziehen. Die Haut der Männer glänzt vor Schweiß.

Passanten mustern sie neugierig, einige drehen im Vorbeigehen den Kopf nach ihnen. Helene fragt sich, woran das liegt. Vermittelt sie ihre Besorgnis so ungefiltert an Fremde?

»Mama, warum gaffen die mich so an?«

»Nicht dich, uns schauen sie an. Die Sorge um Moritz steht uns wohl ins Gesicht geschrieben.«

Helene friert, trotz der sommerlichen Wärme. Immer wieder hebt sie den schlafenden Moritz nah vor ihr Gesicht, überprüft, ob er noch atmet. Seine Nasenflügel blähen sich nur zart.

Es war ein furchtbares Gefühl gewesen, als Moritz keine Luft mehr bekam. Frankys Worte »Die Lippen des Kleinen sind blau!« hatten sie zusätzlich erschreckt.

»Stimmt nicht«, war ihr kläglicher Versuch gewesen, den Schock zu mildern.

Der Dramatik dieses Augenblicks hatte sie sich kaum gewachsen gefühlt, sie war froh, nicht allein zu sein, dankbar für die Anwesenheit ihrer Mutter, die sie beruhigte.

Franky hatte darauf bestanden, dass sie unmittelbar einen Kinderfacharzt aufsuchen, er hätte sie selbst gefahren, aber er war mit dem Fahrrad zu ihnen gekommen.

Jetzt ist Franky auf dem Weg ins Krankenhaus, sein Dienst hat bereits begonnen. Helene wird ihn verständigen, sobald der Kinderarzt seine Diagnose gestellt hat. Das musste sie ihm versprechen.

Die Sorge um Moritz hatte kurzfristig sogar die Irritation über das Ausbleiben einer Nachricht von Schwester Janisha verdrängt.

Im Taxi, auf der Fahrt zum Arzt, grübelt Helene jedoch bereits wieder darüber nach, weshalb die Tamilin sich nicht meldet. Immerhin ist sie die einzige Person, die bisher bestätigt hat, dass

Max verschwunden und ein fremder Säugling an seine Stelle getreten ist. Kann es sein, dass der Dienst sie so sehr in Anspruch nimmt? Vielleicht ein Notfall, der sogar die wenige Zeit für einen Anruf verbietet?

»Mama, niemand außer mir und ihr kennt die Wahrheit. Alle glauben nach wie vor, dass ich verrückt bin, bestenfalls, dass ich an einer Kindbettpsychose leide. Wie ich diese Fachidioten hasse.«

Sie beginnt leise zu weinen, kramt zornig nach einem Taschentuch. Im Rückspiegel begegnet ihr der neugierige Blick des Taxifahrers.

»Helene«, versucht ihre Mutter sie zu trösten, »hab doch bitte Vertrauen. Schwester Janisha hat versprochen, der Sache auf den Grund zu gehen, sicher tut sie gerade genau das. Außerdem«, sagt sie, sich ihr ganz zuwendend, »es gibt noch andere Leute, die Max gesehen haben. Sie sind nur noch nicht wieder genesen oder aus ihrem Urlaub zurück.«

»Stimmt.« Die Erleichterung in Helenes Stimme ist unüberhörbar.

Wenn nur auch mit Moritz alles in Ordnung kommt.

»Ich muss den Kleinen dringend ins Sanatorium bringen, unmittelbar nach dem Arztbesuch, und hoffen, dass inzwischen jemand da ist, der Max nach der Geburt gesehen hat. Auch der Psychiater kennt beide Jungen, aber er schwört, dass Moritz Max ist. Ich verstehe das nicht.« Ihr Magen krampft sich schmerzhaft zusammen, als Moritz in ihren Armen wieder zu röcheln beginnt.

Als das Taxi hält, laufen sie die wenigen Schritte zur Ordination in der belebten Fußgängerzone.

»Ein Notfall!«, ruft sie, als sie die Praxis betreten.

Was schert es sie, wer hier wie lange gewartet hat? Es geht um ihr Kind.

Ja, es ist meines, denkt Helene, als die Sprechstundenhilfe sie beruhigt: »Der Doktor ist gleich für Sie da, er wurde bereits informiert.«

Danke, Franky, du hast etwas gut bei mir. Helene schickt schnell ein Stoßgebet zum Himmel und lässt sich überreden, neben ihrer Mutter im Wartezimmer Platz zu nehmen.

»Weißt du«, murmelt diese sanft, »dass Dr. Kuntner auch schon Tims Kinderarzt war?«

»Nein. Ich kann mich nicht erinnern. War er auch mein Arzt?«

Ihre Mutter lächelt. »Dazu ist er zu jung. Aber sein Vater hat dich behandelt.«

Helene erinnert sich dunkel an einen furchteinflößenden breitschultrigen Mann mit buschigen Augenbrauen und rotem Gesicht, der sie angeschrien hatte, als sie sich einmal weigerte, ein EKG machen zu lassen.

»Der junge Dr. Kuntner ist anders, keine Angst. Er besitzt eine anständige Portion Humor.«

Na dann, denkt Helene, der nicht zum Lachen zumute ist.

Immer wieder wirft sie einen Blick auf Moritz, überprüft Gesichtsfarbe und Atmung. Dabei fühlt sie sich zunehmend angestarrt, beobachtet. Eltern und Kinder scheinen an ihrer Angst regen Anteil zu nehmen. Sie hält dieses Wispern kaum aus. Und als ihre Mutter beginnt, betont unauffällig in ihr Ohr zu flüstern, mein Gott, da bekommt sie plötzlich selbst Atemnot.

»Nimm ihn«, sagt sie schwach und drückt ihrer überraschten Mutter Moritz in den Arm.

Nichts wie raus, sie muss unbedingt an die frische Luft.

Auf dem Arkadenbalkon, der auf einen Innenhof hinausgeht, muss Helene sich auf die Brüstung stützen, so schwindlig ist ihr.

Zu viel ist passiert, zu viel in letzter Zeit. Zuerst ihre Angst, Max nicht wiederzuerkennen, dann das Entsetzen darüber, dass er verschwunden war und an seiner Stelle ein fremdes Kind lag, ihr verzweifelter Versuch, ihren Sohn zu finden, der in ein Desaster mündete – fast hätte sie einer anderen Mutter den Sohn weggenommen –, ihr Erwachen in der Psychiatrie, das Wiedersehen mit Franky, die Nachricht von Svens Tod, ihre Flucht, Janisha Narayans befreiende Worte, die Banknoten in der hellblauen Tasche, das Auftauchen ihrer Mutter und jetzt der bedrohliche Anfall von Moritz.

Sie ringt nach Luft, und langsam, ganz langsam geht es ihr besser.

Ohne ein erklärendes Wort setzt sie sich schließlich wieder neben ihre Mutter, die, ebenfalls stumm, nach ihrer Hand greift und sie festhält. Ein Gefühl der Ruhe hat Helene erfasst und endet erst, als endlich ihr Name aufgerufen wird.

Die blonde Sprechstundenhilfe winkt sie herein.

»Dann schauen wir uns den kleinen Mann mal an«, sagt Dr. Markus Kuntner und streicht sich eine braune Haarsträhne aus der Stirn. »Nach dem, was Herr Frank mir am Telefon mitteilte, könnte es das Herz sein, aber es gibt dafür viele mögliche Ursachen, die meisten sind nicht bedrohlich.«

Der Arzt horcht Moritz gründlich ab und bemerkt dann zögernd: »Die Lippen sind jedenfalls nicht zyanotisch.«

»Sie meinen, sie sind nicht blau?« Helene atmet auf. »Ich finde auch, sie wirken normal. Sie waren immer etwas gräulich.«

»Gut, aber auch das hat nicht allzu viel zu bedeuten. Bei einem Ventrikelseptumdefekt beispielsweise müssen die Lippen sich nicht zwangsläufig blau verfärben.« Dr. Kuntner wendet sich an Helenes Mutter. »Gab oder gibt es in Ihrer Familie Herzerkrankungen?«

»Nein, nicht dass ich wüsste«, antwortet sie unentschlossen.

»Das spielt keine Rolle«, faucht Helene. »Moritz ist nicht mein Sohn.«

Der Arzt nickt irritiert. »Wie ist das Trinkverhalten des Kleinen? Ist er sehr weinerlich?«

»Ja. Er trinkt wenig, saugt nur schwach, es fühlt sich eher nach nuckeln an, und ja, er weint häufig.«

Dr. Kuntner runzelt die Stirn, dann sagt er mit ruhiger Stimme, einer Stimme, die sich so gefasst anhört, dass Helene Schlimmes befürchtet: »Ich muss Sie leider mit ihm zur stationären Aufnahme ins Krankenhaus schicken. Dort werden einige Untersuchungen vorgenommen: Bluttests, Lungen-Screening und so weiter. Und ein Herzultraschall sollte auch gemacht werden.«

Als er Helenes versteinertes Gesicht sieht, fügt er erklärend hinzu: »Ein asymptotischer Herzfehler muss ausgeschlossen werden. Das ist nur stationär möglich, es sollte aber schnell gehen. Das heißt also, dass wir rasch Gewissheit bekommen. Ohne diesen Befund kann ich den Kleinen nicht nach Hause lassen. Es wäre unverantwortlich.«

Ohne ihnen Zeit für eine Erwiderung zu geben, greift Dr. Kuntner zum Telefon und veranlasst Moritz' Aufnahme im Kinderspital.

»Um die Gefahr möglichst gering zu halten, wird die Rettung Sie ins Krankenhaus bringen.«

Moritz, der während der Untersuchung gedöst hat, öffnet bei diesen Worten die Augen und lächelt.

»Wenigstens einem scheint zu gefallen, was ich sage.« Dr. Kuntner grinst und tippt etwas in seinen Computer.

Neben ihm liegt Helenes gelber Mutter-Kind-Pass, den die Arzthelferin bei der Anmeldung von ihr entgegengenommen hatte. Ihr ist bewusst, dass der Arzt nun falsche Daten ins Personenblatt eingibt: die von Moritz in das von Max. Auch wenn ihre Mutter heftig den Kopf schüttelt und sie dabei etwas zu fest am Arm nimmt, Helene kann das auch jetzt nicht stehen lassen.

»Herr Doktor«, bringt sie atemlos hervor, »mein Kind, Max, wurde gegen dieses hier, gegen Moritz, ausgetauscht. Alles, was in dem Dokument dort angegeben ist, bezieht sich auf den Apgar-Test *meines* Sohnes. Wobei der Pass auch gefälscht worden sein könnte. Keine Ahnung, ob die beiden Jungen möglicherweise die gleiche Blutgruppe haben oder in sonstigen Punkten übereinstimmen. Aber ich denke, Sie sollten es wissen, nicht dass weitere Fehler passieren und dem Kleinen hier noch größerer Schaden zugefügt wird.«

Markus Kuntner hält inne und mustert Helene über seinen dunklen Brillenrand hinweg aufmerksam. Kurz schweift sein Blick zu ihrer Mutter.

»Gut«, sagt er unbestimmt und räuspert sich verlegen, »dann vermerke ich das so auf dem Überweisungsschein, Frau Kasper. Schaden kann es nicht.« Wieder sieht er an Helene vorbei.

Sie merkt ihm an, dass er ihr nicht glaubt, merkt, dass er versucht, sich mit ihrer Mutter gegen sie zu verbünden. Nur mühsam unterdrückt sie ihren Ärger.

»Es ist eine sehr lange, sehr komplizierte und sehr unerfreuliche Geschichte«, hört sie ihre Mutter unerwartet in freundlichem Tonfall sagen. »Die Polizei ermittelt bereits.«

»Danke«, formen Helenes Lippen lautlos.

Kuntner hat mit dem Schreiben aufgehört, stützt seine Ellbogen auf die Tischplatte und legt die Fingerkuppen beider Hände aneinander.

»Was Sie erzählen, hört sich allerdings ziemlich außergewöhnlich an«, meint er vage.

Wieder einer, der ihr nicht glaubt. Am liebsten möchte Helene dem Arzt an die Gurgel springen, aber sie hält sich zurück. Ein Konflikt mit dem Doktor bringt nichts. Auf gewisse Weise hat er sogar recht, sie kann ihm seine Meinung daher nicht verübeln. Immerhin hat er sich nicht geweigert, ihren Hinweis zu berücksichtigen. Ihm geht es primär um das Wohlbefinden des Kindes, egal, ob es sich dabei um ihren Sohn oder den einer anderen Frau handelt. Und das ist gut so. Jetzt steht allein Moritz' Gesundheit im Mittelpunkt.

»Der Rettungswagen wird in wenigen Minuten da sein. Sie können nach unten gehen und am Heuplatz auf ihn warten, wenn Sie möchten. Ich habe alles Notwendige veranlasst und wünsche Ihnen das Allerbeste.«

Kuntner steht auf und begleitet sie zur Tür. Helene bemerkt seinen Blick, der nachdenklich auf ihr ruht.

Fast etwas verlegen räuspert sich der Arzt und sagt: »Zur Sicherheit des Säuglings habe ich in der Überweisung vermerkt, dass im Mutter-Kind-Pass bei der Eingabe der Daten und der Untersuchungsergebnisse möglicherweise Fehler unterlaufen sind.«

»Danke«, sagt Helene leise und meint es auch so.

Die kurze Fahrt im Rettungswagen nimmt sie kaum wahr. Alles gleitet an ihr vorbei wie im Traum.

Ihre Mutter hat vorne neben dem Fahrer Platz genommen, sie kauert mit Moritz im Arm auf der Liege für die Patienten, ein Sanitäter sitzt an ihrer Seite. Der Kleine schläft, und sie findet, dass seine Gesichtsfarbe in den letzten Stunden noch eine Spur durchscheinender geworden ist. Wie schwach er atmet.

Im Klinikum wartet man bereits auf sie.

Jemand nimmt ihr das Kind ab, und Helene will es nicht hergeben.

»Wann hat der Kleine zum letzten Mal getrunken?«

Fragen prasseln auf sie ein. Helene schwirrt der Kopf.

»Vor Kurzem«, antwortet ihre Mutter. »Im Wartezimmer von Dr. Kuntner.«

»Wie lange wird Moritz untersucht?«, fragt Helene mit kratziger Stimme.

»Genau lässt sich das nicht vorhersehen. Aber da wir Ihren Sohn hierbehalten werden, können Sie in der Zwischenzeit eine Tasche für die Nacht holen.«

Hierbehalten? Helene zuckt zusammen.

Auch der Pfleger geht davon aus, dass Moritz über Nacht bleiben muss. Warum streichelt ihre Mutter nur ihre Hand? Befürchtet sie Schlimmes? Helenes Nervosität steigt.

»Du kannst nach Hause fahren, ein bisschen Ablenkung wird dir guttun. Ich halte in der Zwischenzeit hier die Stellung.«

Nach Hause? Nein, Helene weiß, was sie tun muss. Sie umarmt ihre Mutter und verlässt im Laufschritt den Eingangsbereich der Notaufnahme.

Sie springt in eines der wartenden Taxis und gibt die Adresse des Sanatoriums an. Kommt Schwester Janisha nicht zu ihr, wird Helene eben sie besuchen. Jetzt, kurz nach Mittag, macht sie vielleicht ihre Pause und hat Zeit für sie.

Gleich darauf wundert sie sich. Eine Schwester im Eingangsbereich, bei der sie sich nach der Tamilin erkundigt, schickt sie mit unergründlicher Miene ausgerechnet zu Dr. Friedes Dienstzimmer.

Unsicher klopft Helene an die Tür.

Dann steht Emanuel Friede vor ihr. Eine Haarsträhne fällt ihm ins Gesicht, so als wäre es ein beabsichtigter Effekt.

»Frau Kasper, sieh an. Ja, bitte?«

Helene zuckt vor der Kälte in seiner Stimme zurück.

»Herr Doktor, eigentlich möchte ich zu Schwester Janisha, aber ich will auch mit Ihnen über mein Baby sprechen. Darüber, dass Sie angeblich keinen Unterschied bemerkt haben wollen.«

Dr. Friede wirft ihr einen Blick zu, den sie nicht deuten kann.

»Ja«, sagt er und streicht eine seiner dunklen Locken zurück. Es wirkt, als hätte er Übung darin. »Ja, dieses angeblich zweite Kind …«, er greift sich an die Stirn, »dieses Kind ist, verdammt noch mal, kein anderes als das Kind, das Sie, Frau Kasper«, er deutet mit dem ausgestreckten Zeigefinger auf sie, »geboren haben. Wann akzeptieren Sie endlich Ihre Kindbettpsychose?«

Das ist der Augenblick, in dem sich in Helene einiges klärt. »Okay«, sagt sie sanft, »Herr Doktor, Sie behaupten, dass beide Jungen identisch sind?«

Der Arzt antwortet nicht.

»Ich möchte, dass Schwester Janisha zu uns kommt. Und dann wiederholen Sie vor ihr, was Sie mir eben gesagt haben.«

Das Gesicht des Psychiaters verdunkelt sich.

»Sie unverschämte Person«, Zorn sprüht aus seinen Augen, »haben Sie keinen Anstand? Wissen Sie nicht, dass Frau Narayan nach ihrem Selbstmordversuch um ihr Leben kämpft? Sie liegt im Koma.«

16

Langsam nur findet Helene wieder zu sich.

Die Konfrontation mit Dr. Friede und seine Behauptung, Schwester Janisha habe sich umbringen wollen, läge im Koma und kämpfe um ihr Leben, sind zu viel für sie.

Als eine innere Ohnmacht wird sie später diesen Zustand beschreiben, als einen Zeitraum, in dem sie äußerlich zwar zu funktionieren schien, allerdings ohne die Fähigkeit, bewusst zu agieren.

Lange Zeit musste sie in einem der Besuchersessel des Sanatoriums gesessen sein, ganz in der Nähe von Friedes Büro, um sich dann, irgendwann, doch aufzuraffen und auf den Weg zu machen.

Sie kann nicht sagen, wie sie in die Entbindungsstation gekommen ist, sieht nur auf einmal die Tür, die zu einem der Krankenzimmer führt.

Auf ihr zögerndes Klopfen ruft eine vertraute Stimme: »Komm schon herein!«

Als Helene ins Zimmer tritt, meint sie, einen Anflug von Enttäuschung auf Alices Zügen zu sehen.

»Mit dir habe ich nicht gerechnet. Ich dachte, Simon hat früher als sonst Schluss gemacht. Aber schön, dass du da bist. Mein Gott, was ist mir langweilig.«

»Darf ich?«, fragt Helene und deutet auf einen Besucherstuhl vor dem Bett.

»Natürlich, und jetzt erzähl, wie es dir ergangen ist. Hier erfährt man so gut wie nichts.«

Und Helene beginnt zu erzählen.

»Was denn, die Schwester soll aus dem Fenster gesprungen sein?« Alice schüttelt ungläubig den Kopf. »Ich habe bemerkt, dass die Leute hier mit gesenktem Kopf herumlaufen. Aufgeschreckt wirken sie, wie verstörte Hühner, aber ich habe mir nicht im Entferntesten ausgemalt, dass eine Tragödie diesen Ausmaßes die Ursache dafür sein könnte.«

Sie greift nach Helenes Hand. »Und Friede macht dich dafür verantwortlich?«

Helene schluckt. »In gewisser Weise schon.«

»Das ist absurd«, Alice richtet sich so energisch auf, dass es Helene ob ihres Zustands angst und bange wird, »was ist das nur für ein Arzt?«

»Ich glaube nicht an einen Selbstmordversuch«, sagt Helene leise. »Schwester Janisha hat Moritz gesehen und sofort erkannt, dass sie nicht Max vor sich hatte, und sie wollte die Sache umgehend klären. Alice, ich fürchte, es handelt sich hier um ein Verbrechen, das immer größere Dimensionen annimmt.«

»Dann bist du ebenfalls in Gefahr.« Alice sieht Helene fest an. »Du – und Moritz. Wo ist der Kleine überhaupt?«

Helene merkt, wie ihr Tränen in die Augen steigen. »Er ist mit meiner Mutter im Klinikum. Seit Stunden schon wird er auf der Kinderstation untersucht. Er hatte heute Morgen zu Hause eine Art Anfall. Mein Gott, ich muss wieder zu ihm.«

»Warte! Ruf deine Mutter doch an.«

Jetzt kann Helene ihre Tränen nicht mehr zurückhalten. »Ich habe kein Handy, es liegt in Svens Wohnung. Ich wollte um keinen Preis nach der Geburt für jedermann erreichbar sein. Die erste Zeit war nur für Max und für Sven reserviert.« Ihre Schultern zucken unkontrolliert.

»Weißt du die Nummer, unter der deine Mutter zu erreichen ist?« Alice klingt angespannt, als sie zu ihrem eigenen Handy greift und die Ziffern eintippt, die Helene von einer gefalteten Serviette, die sie aus ihrer Hosentasche zieht, abliest. Wortlos hält sie ihrer Freundin das Smartphone entgegen.

»Kasper«, hört Helene ihre Mutter sagen.

»Mama, ich bin es, wie geht es Moritz?«

»Helene! Der Kleine wird immer noch untersucht. Mir kommt es schon unendlich lange vor.«

»Meinst du, das könnte etwas Schlimmes bedeuten?«

»Ich weiß es nicht.« Anspannung und Sorge schwingen in Melittas Stimme.

Wenigstens ist sie ehrlich, denkt Helene. Anders als andere Mütter versucht sie nicht, ihre Befürchtungen vor ihrem Kind zu verbergen. Genau diese Eigenschaft hat sie an ihrer Mutter immer geschätzt. Dennoch überrascht sie die nächste Frage, deren merkwürdiger Unterton Helene in ihre Kindheit zurückversetzt. Früher, als sie noch klein war, hatte ihre Mutter manchmal so mit ihr gesprochen, vorzugsweise dann, wenn Helene etwas angestellt hatte.

»Was ist mit dem Geld in der Tasche?«

Im ersten Moment weiß sie gar nicht, wovon ihre Mutter spricht. Schwester Janisha liegt im Koma, Max wurde entführt, Moritz ist krank.

Welches Geld, welche Tasche?

»Ach, die«, meint Helene schließlich erleichtert. »Ich hätte mit dir darüber gesprochen, aber ich habe es einfach vergessen. Das Geld gehört Sven. Seine Oma gab mir die Schlüsselkarte zu einem Schließfach.« Sie lacht bitter auf. »Eine Art Erbe. Ich habe keine Ahnung, wie viel es ist.«

»Aber Helene«, entgegnet ihre Mutter bestürzt, »hast du das denn nicht der Polizei gemeldet? Sven wurde schließlich tot aufgefunden.«

»Ich habe es doch gestern erst gefunden. Und im Moment ist das Geld mein geringstes Problem. Das hat Zeit.«

Jetzt kippt ihre Stimme. »Mama«, weint sie, »Schwester Janisha ist etwas passiert. Sie ist nach der Besprechung mit ihren Mitarbeitern aus einem Fenster gestürzt. Dr. Friede sagt, dass sie sich umbringen wollte und dass es kritisch um sie steht.«

»Das ist … Du musst sofort zur Polizei. Da stimmt etwas ganz und gar nicht. Hörst du, Helene?«, hört sie ihre Mutter bestimmt sagen. »Ich halte hier die Stellung. Beeil dich.«

Nur zu gut kennt Helene die unverbrüchliche Härte, die in diesen Worten mitschwingt. Eine Härte, die sie an geschliffene Diamanten erinnert. Dieses Werkzeug setzt ihre Mutter nur ein, wenn es um etwas Essenzielles geht, dann, wenn sie keinen Widerstand duldet. Doch diesmal muss Helene nicht überzeugt werden.

»Mache ich, bis dann«, murmelt sie betreten. Und dennoch, das Telefonat hat ihr Mut gemacht.

»Ich muss dringend mit deinem Mann sprechen«, sagt sie an Alice gewandt.

Die streicht eine Strähne aus ihrem Gesicht und greift nach dem Handy, das Helene ihr reicht.

»Er ist bereits auf dem Weg«, erklärt sie nach einem kurzen Telefonat, »und muss jeden Augenblick hier sein.«

Für einen Moment beneidet Helene Alice um ihre Souveränität. Sie wünscht sich nur einen Teil, einen Bruchteil davon, aber als sie Alice darauf anspricht, lacht diese nur.

»Ich habe lange gebraucht, um innerlich ruhig zu werden«, sagt sie. »Du hättest mich früher erleben sollen. Und dieses Früher ist gar nicht so lange her. Weißt du«, sie blickt gedankenverloren auf, »ich glaube, es ist die Liebe, die mir diese innere Zufriedenheit schenkt. Klingt das sehr banal?«

Helene kann ihr nicht antworten. Vor ihrem inneren Auge ist das Bild von Sven erschienen. Es ist der Sven, den sie sich immer gewünscht hat. Mit einem frechen Grinsen im schmalen Gesicht, einem Grinsen, das er der Welt, die es nicht immer gut mit ihm meinte, entgegensetzt. Helene schluckt, denn sie weiß, dass dieses Bild nur ihrem Wunschdenken entsprungen ist, dass dieses Bild, so wenig es den Tatsachen entsprach, die Verliebtheit, die sie für Sven einst empfunden hat, erst möglich machte.

Ein Zerrbild, auf das ich mein Leben gestützt habe, denkt sie bitter.

Und dann denkt Helene an Franky. An Franky von damals und an Franky von jetzt.

Sie hat das Gefühl, dass ihr Herz einen Satz macht.

Bin ich denn noch zu retten, fragt sie sich. Der Vater meines Sohnes ist tot, noch nicht einmal begraben ist er, und ich denke an einen anderen Mann? Unwillig schüttelt sie den Kopf, aber Franky lässt sich so leicht nicht aus ihren Gedanken vertreiben. Richtig festgesetzt hat er sich, und auf einmal empfindet sie eine sinnlose Wut auf den Kerl, der sich so unvermittelt in ihr Inneres geschlichen hat.

»Alice, ich bin nicht ich selbst«, sagt sie leise. »Was lässt mich nur wieder ich werden?«

Irrt sie sich, oder blickt ihr Mitleid entgegen? Nur das nicht, bitte kein Mitleid.

Das Klopfen an der Tür wirkt auf sie wie eine Erlösung.

Der Mann, der auf Alices freudige Aufforderung hin das Zimmer betritt, sieht grau aus. Grau in Grau wie ein besonders regnerischer Tag, findet Helene.

»Hallo, Rosner«, begrüßt Alice ihn aufgekratzt und fügt an Helene gewandt hinzu: »Ich erspare mir die Vorstellung. Ihr beide seid euch ja schon über den Weg gelaufen.«

Helene lächelt unsicher. Freilich kann sie sich an den Mann erinnern, aber bis eben hätte sie sein Gesicht nicht beschreiben können. Zu verschwommen, zu nebelhaft war ihr damaliger Eindruck.

Seltsam, denkt sie, so viel habe ich in letzter Zeit erlebt, erst die schwere Geburt, dann die entsetzliche Entführung meines Sohnes, Svens Tod und ständig die Angst, die mich nicht aus den Klauen ließ, die mir mehr und mehr das Gefühl gab, verrückt zu sein. Und doch empfinde ich den vergleichsweise kurzen Zeitraum in der Psychiatrie als meine dunkelsten Stunden.

Trotz des Wiedersehens mit Franky?, fragt eine kleine Stimme in ihrem Inneren.

Ja. Trotz Franky. Dort, auf jener Station, befindet sie, war ich am weitesten von mir selbst entfernt.

Sie lächelt schief in Richtung des Inspektors, der ihren Blick gleichmütig erwidert. »Sie und eine Kollegin haben mich in die Mangel genommen«, sagt sie unsicher.

»Nur verbal«, beteuert er leise in Richtung Alice und erntet von ihr einen empörten Blick.

Mit einem Mal wird es Helene leicht ums Herz. Sie erkennt das Absurde an der Situation. Ein Grinsen, das tief aus einem Teil ihres verschütteten Inneren zu kommen scheint, lässt ihr Gesicht erstrahlen. Plötzlich fühlt sie sich wohl. Geborgen.

Sie sitzen hier zu dritt. Alice in ihrem Bett in der Mitte, links und rechts von ihr, jeweils auf einem der Besuchersessel, Rosner und sie.

Und sie berichtet. Erzählt noch einmal ihre ganze Geschichte. Lässt es aus sich heraussprudeln. Punkt für Punkt. Chronologisch. Ohne zu stocken. In einem Guss.

Kein einziges Mal wird sie unterbrochen. Der Mann an Alices

Seite hört ruhig zu, so als hätte er große Übung darin. Von ihm geht eine Gelassenheit aus, die sie als wohltuend empfindet.

Wahrscheinlich antrainiert, vermutet Helene und muss zwanghaft an den Streifenpolizisten denken, der sie einst wegen einer Bagatelle aus dem Straßenverkehr winkte. Sie war, ohne vorschriftsmäßig zu halten, über eine mit einer Stopptafel gekennzeichnete Kreuzung gerollt, und der Beamte hatte sie am Straßenrand erwartet. Regelrecht gebebt hatte der Mann; ob aus Wut oder aus Freude darüber, eine Verkehrsübertretung ahnden zu können, hatte Helene nie begriffen.

Kriminalbeamte spielen eben in der oberen Liga, denkt sie und muss sich zwingen, nicht in haltloses Lachen auszubrechen. Wie eine hysterische Kuh will sie nicht erscheinen.

Als sie nichts mehr zu sagen hat, lehnt sie sich aufatmend zurück. Ganz still ist es geworden im Zimmer, eine Zeit lang bewegt sich keiner von ihnen.

Dann beginnt Rosner seine Fragen zu stellen. Sie kommen präzise, leuchten dort das Dunkel aus, wo Helene vage geblieben ist.

»Zuerst die Schwester«, sagt er. »Ist sie wirklich gesprungen?«

Helene zuckt die Achseln. So hat sie es von diesem schrecklichen Arzt gehört.

»Wenn sie stirbt«, bricht es aus ihr heraus, »wird jeder dem Psychiater glauben, dass mein Sohn nicht vertauscht wurde.«

Rosner antwortet nicht, sieht sie bloß nachdenklich an. Dann steht er auf und verlässt den Raum.

»Was macht er?«

»Vertrau ihm.« Alice verzieht ihr Gesicht. »Er kommuniziert lieber nonverbal, aber es zählt das Ergebnis. Ich musste mich auch erst daran gewöhnen.«

»Erinnern Sie sich an mich?« Die Schwester, die wenig später mit Rosner den Raum betritt, lächelt Helene an. »Ich hatte Dienst, als Sie Ihren Sohn bekamen.«

»Ja sicher, ich weiß, wer Sie sind.«

»Dann sollten Sie auch wissen, dass ich Ihren Max nach der Geburt mit Ihnen gesehen und auch in der Zeit im Säuglingszimmer ausgiebig betrachtet habe. Janisha ist nicht die einzige

Zeugin, wenn Sie so wollen. Und außer mir gibt es noch zwei oder drei andere Schwestern, die ebenfalls wieder im Dienst sind und Ihre Angaben bestätigen können.«

So einfach ist das also, denkt Helene bestürzt.

»Oder verwerfen«, hört sie Rosner murmeln, aber Alices lautes Schnauben überdeckt die Worte beinahe ganz.

Helene spürt Erleichterung in sich aufsteigen, grenzenlose Erleichterung. Es ist das alte Problem: Erst wenn zweifelsfrei klar ist, dass ein Verbrechen geschehen ist, dass die Babys vertauscht wurden, kann entsprechend gehandelt werden. Bis dahin liegt es an ihr, genau dafür zu sorgen, dafür zu kämpfen. Jetzt ist es beinahe so weit.

»Und Schwester Janisha?«

»Sie ist über den Berg, sie hatte großes Glück. Eine schwere Gehirnerschütterung und diverse Knochenbrüche, aber keine bleibenden Schäden, sagen die Ärzte. Sie ist allerdings noch nicht vernehmungsfähig.« Die Schwester strahlt, dann wird sie ernst. »Hier glaubt keiner, dass sie gesprungen ist.«

Rosner richtet sich auf.

»Wo ist dieser Arzt?«, fragt er drohend.

17

Wenn ich mich selbst betrachte, dann sehe ich mich nur noch verzerrt. Wie aus einem gebrochenen Spiegel starre ich mir entgegen, denkt Dr. Emanuel Friede und geht langsam in seiner Praxis auf und ab.

Dabei sind Selbstzweifel ihm bisher fremd gewesen.

Seine Schul- und Studienzeit hatte er in Rekordtempo absolviert, immer unter Beobachtung seines Großvaters, des weit über die Landesgrenzen hinaus bekannten Primars, der von jeher große Stücke auf ihn hielt.

Der Großvater.

Er war sein Leitstern gewesen, von Anfang an, seine Bezugsperson.

Als Junge hatte er viel Zeit mit seinem Großvater verbracht, hatte zu ihm aufgeschaut. Er war sein erster Lehrer gewesen, Emanuel Friede hatte seine Ansichten zu seinen eigenen gemacht. Der Alte wählte die Schulen aus, die er besuchte, unterzog den jeweils agierenden Lehrkörper vorab auf verschlungenen Pfaden einer strengen Musterung und machte bei diversen Sprechtagen, von denen er keinen ausließ, gegenüber den Lehrern aus den Ansprüchen, die er stellte, kein Geheimnis.

»Sie sollen wissen, dass du mein Enkel bist, aber vor allem sollen sie wissen, wessen Großvater über sie kommt, wenn sie versagen«, hatte er einmal zu ihm gesagt, und Friede war stolz gewesen, denn er hatte zum ersten Mal begriffen, was Macht bedeuten kann.

»Wenn du aber versagst, wenn also du selbst es bist, der unseren Ansprüchen nicht genügt«, sein Großvater hatte ihn starr angesehen, »dann sind wir beide gescheitert, dann hast du Schande über mich gebracht.«

Emanuel Friede enttäuschte seinen Großvater nicht.

Ganz im Gegenteil. Als Student erwarb er sich bald den Ruf eines brillanten Denkers, und noch vor Abschluss seines Studiums wurden einige seiner wissenschaftlichen Arbeiten in medizinischen Fachzeitschriften veröffentlicht.

Der Alte hatte nur beiläufig genickt, aber Emanuel wusste, dass er seinen hohen Ansprüchen gerecht geworden war. Und noch etwas wusste er: Sein Großvater würde ihm irgendwann die Privatpraxis in der Innenstadt übergeben. Aber sterben? Keinen Gedanken verschwendete Emanuel Friede an den Tod seines Großvaters.

Als Kind hatte sich Friede nicht vorstellen können, sterben zu müssen, und diese Unfähigkeit schloss seinen Großvater mit ein. Als er älter war, fühlte er sich zwar immer noch unsterblich, aber der Alterungsprozess seines Vorbildes war für ihn nicht mehr zu übersehen. Das Haar des Primararztes war inzwischen schlohweiß, und tiefe Falten hatten sich in sein Gesicht gegraben. Auch die Stimme, so schien es Emanuel, war tiefer, jedenfalls rauer geworden, und immer wieder musste der einst vor Energie strotzende Mann rasten.

Eines Abends im Frühherbst, er war seit zwei Jahren promovierter Psychiater und arbeitete bereits im Klinikum, nahm der Alte ihn beiseite.

»Ich habe mit meinen behandelnden Ärzten gesprochen«, eröffnete er das Gespräch, »und dann sicherheitshalber mit anderen Ärzten. Weihnachten werde ich nicht mehr erleben. Sie wollen nicht operieren, die Metastasen sind überall, und Chemo kommt für mich nicht in Frage. Ich will nichts künstlich verlängern, das unweigerlich zu Ende geht.«

Das erste Mal in seinem Leben war Emanuel Friede ratlos. Sie beide, sein Großvater und er, waren ein Team. Sie waren eine Gemeinschaft, so hatte er es immer empfunden, und keiner konnte ohne den anderen sein.

Der Alte hatte das Entsetzen in seinen Augen registriert, und die strengen Gesichtszüge waren milde geworden.

In jenem Oktober übergab er ihm die Praxis. Es war ein feierlicher Moment, als sie gemeinsam ein letztes Mal in dem vertrauten Raum saßen, der Enkel wie immer im Besucherstuhl, der Alte hinter dem Schreibtisch. Dann waren sie aufgestanden, hatten sich die Hände geschüttelt und die Plätze getauscht.

»Emanuel, du hast es dir verdient«, hatte sein Großvater gesagt, »aber diese Praxis ist auch mein Vermächtnis. Ich wünsche mir, dass du sie führst, bis dein noch nicht geborener Sohn sie einst übernimmt.«

Von einer möglichen Tochter hatte er nicht gesprochen, sein Vorstellungsvermögen war in gewisser Weise begrenzt.

Es war noch nicht Dezember gewesen, als sein Großvater starb. Emanuel hatte die Schmerzen in seinem Gesicht sehen können, die immer stärker werdenden Schmerzen. Und Hoffnung, zum Schluss sah er Hoffnung in den schmal gewordenen Zügen seines Großvaters. Hoffnung auf Erlösung.

Hatte der alte Mann nachgeholfen? Emanuel wusste es nicht, er wollte es gar nicht wissen.

Er erinnert sich, dass die wenigen Tage, die zwischen dem Tod und dem Begräbnis des Großvaters lagen, für ihn die belastendsten gewesen waren. Zu der Trauer, die er empfand, kam noch ein Gefühl, das Entsetzen nicht unähnlich war. In dieser Zeit sah er den alten Mann, sobald er seine Schreibtischschublade aufzog, dort liegen, er sah die Veränderungen, die der Tod mit dem Leichnam anrichtete, stellte sich vor, wie in dem erstarrten Körper der Prozess der Verwesung zu wüten begann.

So wurde das Begräbnis für Emanuel Friede zu einer Befreiung. Erst später war ihm bewusst geworden, dass diese Befreiung vielschichtig war.

Das erste Mal in seinem Leben stand er für sich ganz allein.

Anfangs florierte die Praxis. Emanuel Friede machte sich einen Namen als würdiger Vertreter seines Vorgängers, besser noch, als der Junge, der die wenigen Schwächen des Alten nicht mit übernommen hatte. Er war charmant und wohl auch ein wenig arrogant. Immer noch arbeitete er im Klinikum, und finanziell ging es ihm gut.

Bis zur Krise.

Wann immer Friede später darüber nachdachte, konnte er es nie genau benennen. War es die Wirtschaftskrise gewesen oder schon die ersten Ausläufer seiner persönlichen Krise, die sich schattengleich in sein Leben geschlichen hatte?

Wahrscheinlich war es die Kombination, diese verhängnisvolle Kombination, die ihn schlussendlich in einen Strudel riss, aus dem er sich bis heute nicht befreien konnte. Immer tiefer saugt diese verhängnisvolle Kraft ihn in ein finanziell bedrohliches Nichts.

Er weiß, dass er falsch darauf reagierte. Statt Zuversicht zu vermitteln, strahlte er Unnahbarkeit aus, statt Hilfe zu versprechen, wählte er die Distanz, und die Patienten blieben zunehmend aus. Er schied aus dem Klinikum und wählte stattdessen das Sanatorium. Mehr innere Ruhe hatte er sich davon versprochen. Den wenigen verbliebenen Patienten gegenüber gab er sich jetzt fast jungenhaft und gewährend. Sich selbst machte er vor, ihnen damit die Angst vor dem Besuch in einer psychiatrischen Praxis nehmen zu wollen, in Wahrheit war es der klägliche Versuch, sie zu weiteren Terminen bei ihm zu motivieren.

Irgendwann stand Emanuel Friede vor der Erkenntnis, dass er die Praxis, das Vermächtnis seines Großvaters, nicht würde halten können.

Was tun?

Verzerrt sehe ich mich, wie in einem gebrochenen Spiegel, denkt er und betrachtet sich sinnend.

Bin das tatsächlich ich, der diese Säuglingsschwester ihren Kollegen zum Fraß vorgeworfen hat? Der ihren Sturz aus dem Fenster verantworten muss? Warum habe ich es getan? Aus Sorge um meinen Ruf? Aus Angst aufzufliegen?

Habe ich bei Helene Kasper denn richtig gehandelt?

Friede ist sich nicht mehr sicher. Was ist, wenn sie an die Öffentlichkeit geht?

Es wäre sein endgültiger Ruin. Ich hätte sie wegsperren müssen, sie und das Kind, denkt er, nicht in der offenen Psychiatrie unterbringen.

Kein Patient hat einen Termin, aber es läutet ununterbrochen an seiner Tür. Länger will er es nicht mehr ignorieren, genervt öffnet er.

Eine elegant gekleidete Mittvierzigerin steht vor ihm.

»Ja, bitte?«, fragt er.

Eine unangekündigte neue Patientin? Jemand, der einen Termin vereinbaren möchte?

Dann erst sieht er das Baby. Was er für eine auffallend große

Designerhandtasche gehalten hat, ist eine utopisch anmutende Wippe.

Die Lippen der Frau, fällt ihm auf, sind fest geschlossen, zu einem schmalen Strich verzerrt.

Trotzdem hört er eine Stimme: »Lassen Sie uns herein.«

Jetzt erst tritt die zweite Frau aus dem Schatten des Ganges.

Emanuel Friede traut seinen Augen nicht. Das ist doch ... Er blinzelt, als könne er dadurch besser sehen.

Vor ihm steht eine der Hilfsschwestern aus dem Sanatorium. Trudi, Lucy, oder so ähnlich. Unverkennbar jedenfalls ist dieser dicke rote Zopf, der über ihrer rechten Schulter baumelt.

»Was wollen *Sie* hier?« Die Strenge in seiner Stimme lässt ihn an seinen Großvater denken.

»Nicht im Stiegenhaus«, entgegnet die Hilfsschwester und drängt sich an ihm vorbei in die Ordination.

»Komm schon«, herrscht sie die Frau mit dem Säugling an.

Erstaunt beobachtet Friede, wie die Schwester die Frau auf einen der beiden Stühle vor seinem Schreibtisch nötigt, ihr die Wippe aus der Hand nimmt, um sie auf dem Parkettboden abzustellen. Wie selbstverständlich lässt sie sich auf den zweiten Besucherstuhl fallen.

»Was starren Sie mich so an? Erkennen Sie mich denn nicht? Ich bin es, die Lubbi aus dem Sanatorium. Ihre Kollegin, Herr Doktor.«

»Ja, ich weiß«, entgegnet er schwach, »aber das erklärt nicht Ihren Besuch.«

»Es gibt ein Problem.« Lubbi weist auf die Frau, die leise vor sich hin weint. »Das ist meine Cousine Rosemarie. Wir wollen es für den Moment beim Vornamen belassen. Rosi leidet unter einer paranoiden Schizophrenie, schon seit über zwei Jahrzehnten. Die meiste Zeit geht es ihr gut, sie nimmt regelmäßig ihre Medikamente, aber manchmal kommt es zu einem Schub, und sie muss stationär aufgenommen werden. Das heißt, es gibt eine lange Krankengeschichte, ihr Leiden ist aktenkundig. Rosi fühlte sich über eine beträchtliche Zeitspanne hin wohl, doch jetzt ist etwas vorgefallen, womit sie nicht fertigwird. Deshalb sind wir hier. Wir brauchen Ihre Hilfe. Sie sind Psychiater, also geben

Sie ihr etwas, das sie beruhigt. Sie schläft nicht mehr und weint ununterbrochen.«

Wie aufs Stichwort beginnt der Säugling in der Wippe ebenfalls zu weinen. Seine Stimme ist kräftig und fordernd. Ein Mädchen, denkt Friede.

Die Frau bückt sich so eilig, dass sie ihren Kopf an der Tischkante stößt, und nimmt den Schreihals hoch. Sein Gesicht ist puterrot angelaufen, die blauen Augen blitzen zornig.

Friede, für den alle Babys gleich ausschauen, korrigiert sich. Er hat sich geirrt, es ist ein Junge.

Ein Junge?

Ein schrecklicher Verdacht keimt in ihm.

»Er … das kann nicht wahr sein. Das ist doch … Ist das Max? Der Sohn von Frau Kasper? Ja, verdammt, das ist Max«, stellt er aufgeregt fest.

Mein Gott. Hatte die Kasper die ganze Zeit recht? Und er hat ihr Wahnvorstellungen unterstellt. Was hat er der Frau mit seiner fatalen Ignoranz alles angetan?

Emanuel Friede springt auf und stellt sich vor die Hilfsschwester. Er weiß, dass er sich aufplustert, aber das ist immer noch besser, als zusammenzubrechen und wimmernd nach seinem Großvater zu rufen.

»Was haben Sie getan?«

»Bitte helfen Sie mir. Ich kann nicht mehr.« Die Stimme der Frau neben Lubbi überschlägt sich.

Die Hilfsschwester ist ebenfalls aufgestanden. Ein scharfer Schweißgeruch schlägt Friede entgegen.

Er tritt einen Schritt zurück.

»Ich rufe die Polizei. Das hier fällt nicht in meinen Aufgabenbereich.«

Entschlossen tippt er die Nummer des Notrufes, aber bevor er auf die Wahltaste drücken kann, wird ihm das Telefon aus der Hand gerissen.

»Hier wird jetzt nicht telefoniert. Was glauben Sie, wer Sie sind? Der liebe Gott? Mit der Polizei machen Sie alles nur schlimmer.«

Mit in die Hüften gestemmten Armen steht sie vor ihm. Das

grelle Rot ihres Haares wird durch die flammende Gesichtsfarbe noch getoppt.

Der kleine Max brüllt so heftig, dass die Wippe zu schaukeln beginnt, seine Beine zappeln vor Wut.

»Geben Sie mir das Handy zurück und benehmen Sie sich augenblicklich. Schwester, glauben Sie mir, das wird Folgen haben.«

»Für mich wird es gar keine Folgen haben. Weil Sie nämlich tun werden, was ich Ihnen jetzt sage. Verstanden?« Sie legt das Handy auf den Boden und tritt zweimal darauf.

Friede hört das Glas des Displays splittern.

»Wir setzen uns alle brav hin, und Sie hören mir zu.«

Friede fühlt sich mehr und mehr wie ein verängstigter Schüler. Ärgerlich verschränkt er die Finger, hört sich aber mit zunehmender Fassungslosigkeit die Geschichte der Hilfsschwester an.

»Wie gesagt, Rosemarie ist psychisch krank. Damit kann sie inzwischen gut umgehen, aber die Schizophrenie ist der Grund, warum eine normale Adoption nicht in Frage kommt. Dabei hat sie Geld wie Heu, nur nützt ihr das nichts. Sie wünscht sich verzweifelt ein Kind. Also haben wir über eine anonyme Samenspende eine In-vitro-Fertilisation gemacht, und sie ist sofort schwanger geworden«, Lubbi klopft sich stolz auf die Brust, »als Krankenschwester kenne ich mich bei so etwas eben aus.«

Krankenschwester? Ein Monster bist du, denkt Friede und wendet sich ab.

»Warum kein natürlicher Zeugungsvorgang?«, fragt eine kratzige Stimme, die er kaum als seine eigene erkennt.

»Weil Rosemarie asexuell ist. Es gibt und gab keinen Mann in ihrem Leben. Die anonyme Samenspende ist der Hit. Alles streng unter Datenschutz. Wäre Rosi zu einem Arzt oder zur Entbindung in ein Krankenhaus gegangen, hätte man ihr dort mit Sicherheit einen Haufen Probleme bereitet. Jugendwohlfahrt und so weiter. Ständige Kontrolle eben. Vielleicht hätte man ihr das Kind weggenommen.«

Friede schüttelt so heftig den Kopf, dass ihm die Ohren klingen. »Niemand nimmt einer schizophrenen Patientin ihr Kind einfach weg. Das sind Lügenmärchen.«

Sein Kommentar verhallt ungehört.

»Ich habe meine Cousine medizinisch versorgt und ihr bei der Hausgeburt assistiert. Genauer gesagt habe ich sie allein entbunden.«

Selbstgefällig sieht sie zu Friede, der ostentativ an ihr vorbeischaut.

Glauben die beiden denn allen Ernstes, er wird bei diesem Verbrechen mitmachen, sie unterstützen? Wie zur Hölle muss er auf seine Umwelt wirken? Friede streckt sein Kreuz durch und atmet tief ein.

»Die genaue Analyse einer Angelegenheit ist bereits die halbe Miete«, hört er innerlich die tiefe Stimme seines Großvaters brummen.

»Und wie ist der kleine Max Kasper in diese Sache verwickelt?«, fragt er vorsichtig.

»Als Rosi ihn nach der Geburt das erste Mal in den Armen hielt, waren wir beide geschockt. Rosi bekam einen Heulkrampf, und ich erkannte auf Anhieb, dass der arme Wicht krank ist. Schwer krank sogar und daher beschädigte Ware. Da war der Samenspender wohl nicht ganz ehrlich bei den Angaben zu seiner Gesundheit.«

Friedes Gedärme krampfen sich schmerzhaft zusammen. Er kann nicht glauben, was er da hört.

Die Frau namens Rosemarie beginnt, ihre Haare in Strähnen zu teilen, und rollt eine nach der anderen um ihren Zeigefinger. Sie zieht so fest daran, dass die Kopfhaut sich vom Schädelknochen hebt. Trichotillomanie, diagnostiziert er automatisch und sieht ein paar kahle Stellen zwischen dem Haar schimmern. Hier scheint eine gehörige Palette unterschiedlicher psychischer Störungen und Symptome vorhanden zu sein.

Wieder hört er die Stimme seines Großvaters: »Junge, würdest du dieser Frau einen Säugling überlassen?«

»Nein«, antwortet Friede ihm laut.

»Doch. Der Kleine *ist* krank. Und daher beschlossen wir, dass es für ihn das Beste ist, in ein Krankenhaus zu kommen. Wir sind schließlich keine Unmenschen. Das Wohl eines Kindes steht immer an erster Stelle. Dass Rosi von dem kranken Wurm nicht begeistert war, liegt auf der Hand. Sie hatte daher nicht viel dagegen, ihn wegzugeben. Da war die Vernunft stärker als die Hormone. Sie wollte ein gesundes Kind, das ist in ihrer Situation wohl verständlich. Alles andere verkraftet sie nicht. Ich konnte das nicht mehr mit ansehen. Es war zu erwarten, dass sie einen neuerlichen Schub bekommt. Also habe ich gehandelt.«

Friede sieht aus dem Fenster, als würde er sich von draußen Trost erhoffen. Der Wind treibt schwere Wolken über einen fahlen Himmel. Die langsam einsetzende Dämmerung dämpft das Licht in der eng gewordenen Praxis.

Abscheu befällt ihn, als er sich seiner Faszination für die grauenvollen Vorfälle bewusst wird. Aber er will es nach wie vor genau wissen. Das ist er seinem Großvater schuldig.

»Noch mal, wie kam der kleine Max ins Spiel?«

»Ganz einfach. Ich kenne Sven Goritschnig schon seit einer Ewigkeit. Wir haben hin und wieder miteinander gespielt.« Sie sieht Friedes erstaunten Blick. »Er ist Musiker. Deshalb wusste ich auch von seinen Schulden.«

Er ist tot, will Friede einwerfen, kommt aber nicht zu Wort.

»Und da kam mir die Idee. Svens Freundin, eine Oberschichttussi mit Zusatzversicherung, war gerade bei uns auf der Geburtenstation. Sie ist verrückt, die Kasper, hatte Panik, ihr Neugeborenes nicht wiederzuerkennen, und machte jedes Mal ein großes Theater im Säuglingszimmer. Mann, ging die uns mit ihrer ewigen Zählerei auf die Nerven.« Sie wirft Friede einen hässlichen Blick zu. »Ihnen, Herr Doktor, doch wohl am meisten, nicht wahr?«

Sie wartet seine Antwort nicht ab, und in Friede breitet sich Scham aus. Es war also offensichtlich, dass er Helene Kasper nicht mochte. Jeder scheint es mitbekommen zu haben. Er hat höchst unprofessionell gehandelt. An Schwester Janishas Selbstmordversuch will er gar nicht denken. Seine Schuldgefühle nehmen überhand. Von Ekel erfüllt, erwägt er, sich selbst bei der Ethikkommission anzuzeigen.

»Glatte hunderttausend war Rosi der Tausch wert, und Sven stimmte sofort zu. Dem muss das Wasser wirklich bis zum Hals gestanden haben.«

Sie lacht, aber Lubbis letzte Worte überhört er, seine Aufmerksamkeit setzt erst wieder ein, als sie etwas sagt, das ihm das Blut in den Adern gefrieren lässt.

»Ich habe mir also von Rosi das kranke Baby bringen lassen und gab ihr den Schreihals«, sie zeigt auf Max. »Die Daten im Computer zu ändern war das reinste Kinderspiel. Der Aufstand, den die Kasper veranstaltet hat, als sie den Wurm dann in den Armen hielt, hat auch nicht dazu beigetragen, dass ihr einer Glauben schenkt. Am wenigsten Sie, Herr Doktor.«

Wieder treffen ihre Worte ihn, aber nicht wegen ihrer Dreistigkeit und Grausamkeit, sondern wegen des Wahrheitsgehalts, den sie in sich bergen.

Er ist ein schlechter Arzt, ein inkompetenter Psychiater, der sich von seinen Sympathien und Antipathien leiten lässt. Ein Unmensch ist er.

Friede schämt sich – vor seinem Großvater, doch am meisten schämt er sich vor sich selbst.

Wieder fallen ihm die Worte des Alten ein: »Wenn aber du es bist, der unseren gemeinsamen Ansprüchen nicht genügt, dann haben wir beide versagt, dann hast du auch Schande über mich gebracht.«

Und Friede hat Schande über sie beide gebracht.

»Was wollen Sie jetzt von mir?«, fragt er zornig.

»Geben Sie Rosi Tabletten, therapieren Sie sie und halten Sie den Mund über das, was Sie gehört haben.«

»Sie glauben doch nicht wirklich …« Er bringt den Satz nicht zu Ende.

»Sie sind als Arzt an die Schweigepflicht gebunden, und den hippokratischen Eid haben Sie außerdem geleistet, daher müssen Sie Rosemarie behandeln. Und Sie haben die Stationsschwester auf dem Gewissen.«

Janisha, durchfährt es ihn. Er muss zu ihr, sich entschuldigen. Muss ihr sagen, dass sie ein wunderbarer Mensch ist, die Situation klar erkannt hat. Sie darf nicht weiter an sich zweifeln.

»Sie irren.« Friede richtet sich auf. »Es ist meine Pflicht, ein Verbrechen zu melden. Sonst mache ich mich mitschuldig«, sagt er kalt.

»Hören Sie bloß mit Ihrer Überheblichkeit auf. Sonst ergeht es Ihnen gleich wie der Narayan.«

Emanuel Friede zuckt zusammen. Nein, er muss sich verhört haben.

Das monotone Weinen der Frau zerrt an seinen Nerven. Er greift nach der Wippe und hebt sie hoch.

»Ich gehe zur Polizei, und dann bringe ich eigenhändig Frau Kasper ihren Sohn zurück.«

»Sie gefallen sich wohl in der Rolle des Gutmenschen«, zischt die Hilfsschwester.

»Es ist meine Pflicht als Arzt und Mensch«, sagt Friede ruhig und geht zur Tür.

Rosemarie ist aufgesprungen.

»Das ist mein Kind. Ich gebe es keinem.«

Bevor Friede antworten kann, explodiert sein Kopf.

Dann wird es schwarz um ihn.

18

Rosner flucht.

Er ist mit sich selbst unzufrieden. Die Entwicklung des Falles liegt ihm schwer im Magen.

Keinen Augenblick hatte er bisher den Eindruck, von sich aus, durch eigenes Agieren, vorangekommen zu sein, und doch kann keineswegs von einem Stillstand gesprochen werden.

Ganz im Gegenteil, die Ereignisse sind im Fluss, ja, sie überschlagen sich geradezu.

Ein Toter, eine mutmaßliche Entführung, ein Selbstmordversuch, der zumindest fragwürdig scheint, und nicht zuletzt eine Kindsmutter, die durch ihre Beharrlichkeit alle vor sich hertreibt.

Rosner weiß, dass er ungerecht urteilt, und doch kann er den Ärger nicht unterdrücken, der ihn, seitdem er mit Helene Kasper im Krankenhaus sprach, erfasst hat.

Noch nie hatte er es gemocht, dass andere seine Schritte lenken, ihm die Richtung zeigen, und die Tatsache, dass es der einzig gangbare Weg ist, ändert nichts daran.

Klar ist, dass er noch einmal mit diesem Arzt sprechen muss, mit Dr. Friede. Dringend sogar.

Rosner schnaubt unwillig, und endgültig richtet sich der Zorn, der länger schon in ihm brodelt, gegen ihn selbst.

Er kann sich nichts vormachen, er will es auch nicht.

Der Umstand, dass so nahe an seinem Privatleben agiert wird, stört ihn mehr als alles andere. Versetzt ihn geradezu in Rage.

Jedes Mal wenn die Kasper mit Alice spricht, überschreitet sie Grenzen. Grenzen, die Rosner mit Stacheldraht um sein anderes, um sein privates Leben gezogen hat.

Und dieses Leben, das er erst wiederfinden musste, gilt es zu schützen.

Reicht es denn nicht, dass es durch eine Risikoschwangerschaft in Gefahr geraten ist? Reicht es denn nicht, dass der liebste Mensch, den Rosner auf dieser Welt hat, wochenlang im Krankenhaus liegen muss? Psychisch und körperlich an der

Grenze. Ständig angespannt und dabei noch darauf achtend, ihm, Rosner, das Gefühl von Optimismus, von Sicherheit zu vermitteln?

Muss da noch dieser Fall in sein Leben drängen? Muss ausgerechnet Alice, seine Alice, diese wunderbare Frau mit dem Herzen aus Gold, dieser zusätzlichen Belastung ausgesetzt sein?

Rosner flucht.

Er weiß, dass er irrational denkt und unprofessionell handelt. Zu sehr lässt er sich von Gefühlen beeinflussen, das gilt es abzustellen.

Fast zornig greift er zum Handy.

Spahics Tonbandstimme, die ihm versichert, im Moment nicht erreichbar zu sein, hebt seine Laune in keiner Weise.

Von wegen, die Polizei ist immer im Dienst, denkt er und wartet ungeduldig auf den Piepton, der ihm erlaubt, seine Botschaft anzubringen.

»Spahic, hier Rosner«, sagt er und ärgert sich gleich wieder, denn sie wird, sobald sie aufs Display sieht, ohnehin wissen, wer angerufen hat. »Ich bin auf dem Weg in die Innenstadt zur Privatpraxis von Dr. Emanuel Friede, dem Psychiater. Der Mann hat einige Leute unter Druck gesetzt, ich möchte nachfragen, weshalb. Melde mich danach wieder. Vielleicht hebst du dann ja persönlich ab.«

Jetzt kommt er sich auch noch dumm vor. Seinen Zorn auf dem Tonband der Spahic zu verewigen ist geradezu lächerlich.

Rosner zwingt sich, ruhiger zu werden. Wenn er in seiner momentanen Verfassung mit Dr. Friede spricht, kann er für nichts garantieren.

Mehrmals atmet er heftig durch, zwingt sich, langsamer zu gehen, versucht, seinen inneren Schwerpunkt, den er mit Gelassenheit gleichsetzt, wiederzufinden.

Als er vor dem Gebäude steht, in dem Friede ordiniert, hat er sich ein wenig gefangen. Ein Mehrfamilienhaus, weiß getüncht, mit mehreren Namensschildern außen im Eingangsbereich, ragt vor ihm auf.

Friedes Namen kann er gleich zweimal erkennen. Einmal ist ihm ein »Dr. Emanuel« vorangesetzt, das andere Mal das Wort

»Praxis«. Rosner muss kein Ermittlungsbeamter sein, um zu begreifen, dass Friede seine Wohnung im selben Haus wie die Ordination hat.

»Praktisch«, murmelt er und fragt sich, ob sich jetzt auch noch Neid in seinen Gedanken breitmacht. Wieder ruft er sich selbst zur Ordnung.

Jetzt, um kurz nach sechs, ist die Abenddämmerung bereits in Dunkelheit übergangen.

Er läutet zuerst an der Wohnungsklingel, erfolglos, dann bei der Praxis. Ganz entfernt meint er, den Widerhall des Läutens im Haus zu vernehmen. Mehr aber tut sich nicht.

»Der Doktor kann nicht weit sein, sein Wagen steht auf seinem reservierten Platz. Der da vorne ist es, der Audi A6.«

Die Stimme hinter Rosner, die ihn zusammenzucken lässt, hat einen vorwurfsvollen Unterton. Grad so, als gönne sie Friede sein Fahrzeug oder den Parkplatz nicht. Als Rosner sich umdreht, blickt er in die Augen einer älteren Frau, die ungeduldig in ihrer Handtasche kramt.

»Da ist er ja«, murmelt sie und zückt den gefundenen Schlüssel wie eine Waffe.

Rosner folgt ihr ins Haus.

»Ist das Ihr erster Besuch? Die Praxis ist im ersten Stock links. Wann haben Sie Ihren Termin?«

Zögernd blickt Rosner auf seine Uhr und hört sich zu seinem Erstaunen »Um halb sieben« sagen.

»Dann sind Sie zu früh«, folgert die Frau und mustert ihn kritisch. »Wenn Sie wollen, können Sie die paar Minuten in meiner Wohnung warten. Gleich hier im Erdgeschoss. Praktisch, nicht?« Sie sperrt die Tür auf und verhindert durch den sanften Druck ihres Fußes, dass ein rotbrauner Kater ins Stiegenhaus entweichen kann. »Keine Ahnung, warum, aber mein Tweety ist etwas flatterhaft. Da muss ich aufpassen«, entschuldigt sie sich.

»Vielleicht kommt er mit seinem Vogelnamen nicht klar«, murmelt Rosner und erntet einen mitleidigen Blick.

»Der Doktor hat mir einmal erzählt, dass viele seiner Patienten Zyniker sind. Das hat etwas mit Abwehrverhalten zu tun, sagt der junge Friede, aber dass es unter euch auch Komiker gibt, davon hat er nichts gesagt.« Sie deutet auf eine Sitzgruppe im spärlich eingerichteten Wohnzimmer. »Wenn Sie Platz nehmen wollen.«

»Wie ist er denn so, der Herr Doktor?«, fragt Rosner und setzt sich.

»Angenehm, unaufgeregt. Eine gute Partie. Immer höflich. Ein properes Kerlchen. Aber ich glaube, es brennt auch ein Feuer in ihm. Sein seliger Großvater, der war von einem anderen Kaliber.« Die Frau lacht. »Wollen Sie ein Glas Wasser?«

Rosner nickt dankbar und lehnt sich zurück.

»Wahrscheinlich kauft er noch schnell etwas ein, Sie müssen nicht nervös werden. Wie viele Sitzungen hatten Sie schon bei ihm?«

Jetzt spricht reine Neugierde aus ihr, und Rosner fragt sich, was er hier eigentlich tut. Als eine Ermittlung im Umfeld kann man seinen Besuch beim besten Willen nicht bezeichnen, schon gar nicht, wenn er ständig damit beschäftigt ist, Fragen zu beantworten, anstatt selbst welche zu stellen.

»Bisher hatten wir nur ein Einführungsgespräch«, sagt er vage, »intensiv soll es erst heute werden.«

Entschlossen verabschiedet er sich gleich darauf.

»Das wird schon wieder«, hört er die Frau rufen, als er die wenigen Stufen zum ersten Stock hinaufgeht.

Er läutet und meint, Schritte hinter der Tür zu vernehmen, aber sonst erfolgt keine Reaktion. Noch einmal legt er den Finger auf die Klingel und lässt es läuten. Lange und anhaltend.

Jetzt öffnet sich die Tür einen Spaltbreit. Eine rothaarige Frau blickt ihm entgegen.

»Es ist keiner da«, hört Rosner sie sagen und kommt gar nicht dazu, sie auf den offensichtlichen Widerspruch in ihrem Satz aufmerksam zu machen, denn die Tür hat sich bereits wieder geschlossen.

Seufzend läutet Rosner erneut.

Wieder wird ihm geöffnet. Jetzt funkelt Wut in den Augen der Frau.

»Ich weiß, wer Sie sind«, zischt sie, »weshalb nur wollen mich alle für dumm verkaufen?«

Erstaunt mustert Rosner sein Gegenüber, das er für eine Reinigungskraft hält. Hat er sie schon einmal gesehen? Allzu lang kann es nicht her sein, denn der Eindruck, den er nicht zuordnen kann, ist frisch.

»Ich möchte mit Dr. Friede sprechen, ich habe einen Termin«, sagt er und drängt sich an ihr vorbei.

Im Vorraum, der als kleines Wartezimmer eingerichtet ist, sitzt eine Frau, die ein Baby in ihren Armen hält. Entsetzt blickt sie zu ihm auf.

Und da wird es Rosner klar, wo er die andere Frau, die mit den roten Haaren, schon einmal gesehen hat.

Ruckartig dreht er sich zu ihr und kann gerade noch einem Schlag ausweichen, der seinem Hinterkopf gilt. Wo hat sie nur so schnell diesen Wälzer her, fragt sich Rosner und entwindet ihr einen schweren Band.

»Pschyrembel, Klinisches Wörterbuch«, liest er automatisch laut und weiß, dass ihm davon ordentlich der Kopf gebrummt hätte. »Sind Sie verrückt geworden?«, brüllt er und stößt die rabiate Furie unsanft in einen der Stühle.

Mit einem Fußtritt schließt er die Wohnungstür und baut sich vor der Rothaarigen auf.

»Was sollte das?«, fragt er, immer noch zornig. »Sind Sie Friedes Handlanger?«

»Wenn, dann wohl seine Handlanger*in*.« Die Frau zeigt ein böses Grinsen. Neben ihr beginnt die Frau mit dem Kind zu weinen.

»Lubbi, es ist vorbei«, schluchzt sie. »Du machst es nur noch schlimmer.«

Als hätte irgendetwas Fremdes auf ein Stichwort gelauert, ertönt aus dem Nebenraum ein Geräusch, das Rosner einen Schauer über den Rücken jagt.

Zögernd öffnet er die Tür mit der Aufschrift »Ordination«, und Dr. Friede fällt ihm entgegen. Trotz seiner mit Klebeband gefesselten Hände und Füße ist es ihm offensichtlich gelungen, sich durch den halben Raum zu schleppen und an der Innenseite der Tür aufzurichten. Das Gemurmel, durch ein weiteres Klebeband, das seinen Mund verschließt, bis zur Unkenntlichkeit gedämpft, wird zu einem zornigen Brummen, als er kopfüber in den Vorraum stürzt.

Von seinem Knebel befreit, stößt er den Kopf in Richtung der beiden Frauen.

»Das ist Max«, brüllt er und sieht triumphierend zu Rosner.

19

Als Helene das Sanatorium verlässt, ist es nach neunzehn Uhr. Sie ist nervös. Der Mann von Alice ist auf dem Weg zu diesem anmaßenden Psychiater und will ihn unter Druck setzen. Aber kann ihr das ihren Sohn zurückbringen? Dann fallen ihr die Worte der Schwester ein. Sobald es Moritz besser geht, wird Helene ihn zu ihr bringen.

Moritz.

Tränen lassen ihren Blick verschwimmen.

Sie meint, trotz der Dunkelheit die Wärme des Asphalts durch die Sohlen ihrer Chucks spüren zu können. Oder ist das Einbildung?

Wie viel war Wirklichkeit in den letzten Tagen, wie viel Fiktion?

Alles real, beschließt eine Stimme in ihrem Kopf trotzig.

Hundert Prozent Wirklichkeit.

Nein, nicht alles, korrigiert sich Helene beschämt, als sie an die kurze Sequenz ihrer mentalen Verwirrung denkt und an deren Folge. Nicht auszudenken. Zum Glück hat die Apothekerin auf eine Anzeige gegen sie, die verhinderte Kindesräuberin, verzichtet.

Der Abendverkehr brummt. Es riecht nach Benzin, nach Diesel und Feinstaub, doch ein leichter Duft von Flieder mischt die Abgase auf. Menschen hasten an ihr vorbei, wollen am Ende des Arbeitstages so schnell wie möglich heim.

Wo aber ist mein Zuhause?, fragt sie sich.

Bisher waren es nur Stationen. Svens Wohnung, in der er zu Tode kam, und das dunkle Wohnzimmer seiner Oma. Helene kneift die Augen zu, um den Spuk zu vertreiben. Erst als sich das Haus ihrer Mutter auf ihr inneres Auge projiziert, zögert sie. Es ist der einzige Ort, bei dem sie kein Unbehagen verspürt.

Dennoch, es ist das Refugium ihrer Mutter, alles dort birgt ein Zuviel an Erinnerung. Der Kummer über den Verlust ihres Bruders und ihres Vaters ist dort allgegenwärtig, nicht zuletzt deshalb, weil ihre Mutter einen heiligen Schrein aus dem Elternhaus gemacht hat. Doch für den Anfang wird dieser Ort als Zuhause reichen müssen.

Nachdem Rosner sich auf den Weg gemacht hatte, haben Alice und sie noch lange miteinander gesprochen. Alice hat Helene Mut gemacht, ihr versichert, dass alles gut werden würde. Und schließlich haben sie beide gelacht, als sie an den im Abgang wutschnaubenden Rosner dachten. Helene weiß ebenso wie Alice, dass dieses Gekicher einer hysterischen Reaktion zu verdanken war, einer, die den Ernst der Angelegenheit erträglicher zu machen versucht.

Alice hat ihr ein belegtes Brot des früh gereichten Abendmahls aufgedrängt, und tatsächlich spürte Helene den Hunger, der sich wie ein knurrender Hund bemerkbar machte. Ab morgen, so nahm sie sich vor, wird sie wieder darauf achten, regelmäßig zu essen.

Jetzt hastet sie die Wege entlang hin zum Klinikum. Die einschießende Milch droht die feinen Kanäle in ihrer Brust zu sprengen.

Hinter der Glastür zur Kinderstation sieht sie das verzerrte Gesicht ihrer Mutter. Sie winkt.

»Schnell, beeile dich. Die Ärzte wollen mit dir über Moritz sprechen.«

»Hast du ihn gesehen?« Helenes Stimme klingt klein.

»Nein, aber du darfst danach gleich zu ihm.«

Am liebsten würde sie sich jetzt, wie früher, als sie klein war, von ihrer Mutter an der Hand nehmen und zum Ärztezimmer führen lassen. Aber Melitta tut nichts dergleichen, und Helene ruft sich zur Ordnung. Zum Glück hebt ihre Mutter auch zu keinen Beschwichtigungen oder Aufmunterungsversuchen an, sondern geht stumm an ihrer Seite. Sie ist es aber, die fest an die Tür des Sprechzimmers klopft.

»Mama, komm mit«, hört sich Helene bitten.

Aber ihre Mutter schüttelt den Kopf. »Mach du das allein. Ich warte solange.«

Ängstlich betritt Helene den Raum.

Ein älterer Arzt sieht ihr entgegen.

»Sie sind die Mutter des kleinen Moritz?«, hört sie eine Frauenstimme fragen und bemerkt erst jetzt eine jüngere Ärztin mit einer randlosen Brille.

»Ja, nein. Ja«, stammelt sie nervös und sieht die ratlosen Blicke, die die Mediziner sich zuwerfen.

Anscheinend schreiben sie ihre Reaktion der Aufregung zu, denn sie gehen nicht weiter darauf ein.

»Bitte setzen Sie sich.«

Helene lässt sich auf den angebotenen Stuhl sinken.

»Wir haben die klinische Untersuchung abgeschlossen. Ihr Kleiner hat einen Herzfehler.«

»Herzfehler? Um Gottes willen. Wie schlimm ist es? Ist es lebensbedrohlich?«

»Es handelt sich um einen sogenannten Ventrikelseptumdefekt, laienhaft ausgedrückt, um ein Loch in der Herzscheidewand. Und nein, es ist nicht unmittelbar lebensbedrohlich.«

Helene atmet auf. Eine Last fällt von ihren Schultern. Sie sackt auf dem Stuhl zusammen, fühlt sich schwach. Er wird nicht sterben, sagt sie sich ein ums andere Mal und richtet sich wieder auf.

»Wie geht es nun weiter?«

»Wir behalten Moritz zur Beobachtung ein paar Tage auf der Kinderkardiologie, dann können Sie ihn wieder mit nach Hause nehmen. Ihr Kinderarzt wird die weitere Behandlung sowie die medikamentöse Einstellung mit Entwässerungstabletten übernehmen. Wenn der Kleine über acht Kilo wiegt, also schon bald, jedenfalls innerhalb seines ersten Lebensjahres, werden wir eine Operation vornehmen. Nach dem Eingriff stehen die Chancen gut, dass Moritz ganz gesund wird und sich altersgemäß entwickelt. Auch das Gewichtsdefizit wird sich regulieren.«

Sofort drängen Schuldgefühle in Helene hoch, vermischen sich dort mit ihrer Erleichterung. Energisch unterdrückt sie die aufsteigende Tränenflut.

»Ich gebe ihm so oft es geht zu trinken, ich bemühe mich wirklich. Aber er tut sich so schwer. Er nuckelt und saugt kaum, so kann er ja gar nicht satt werden.«

»Sie trifft doch keine Schuld. Der Herzfehler Ihres Sohnes ist angeboren. Glauben Sie mir, es wird alles gut.«

Moritz wird wieder gesund. Ihr Baby wird überleben.

Dankbar verlässt Helene den Besprechungsraum.

»Mama.«

Jetzt erst lässt sie den aufsteigenden Tränen freien Lauf. Beunruhigt streicht Melitta über Helenes Rücken. »Was haben die Ärzte gesagt?«

»Komm, wir gehen zu ihm«, sagt Helene, nachdem sie ihrer Mutter in kurzen Worten berichtet hat, was sie sich vom Gespräch gemerkt hat.

Das Krankenzimmer leuchtet in einem künstlichen Blau. Im ersten Moment erschrickt Helene, als sie die kleine Gestalt mit den vielen Drähten an die unterschiedlich surrenden Maschinen angeschlossen sieht. Er wirkt so blass, ihr Moritz, so klein. Wie eine Porzellanpuppe, die fast ganz unter einem weißen Wäscheberg verschwindet.

Eins, zwei, drei. Das Dritte von links, wiederholt sie automatisch. Aber da steht nur ein Bettchen, und der Junge darin ist unverkennbar ihr kleiner Moritz.

»Alles in Ordnung«, sagt die Schwester, die in einer Ecke des Raumes etwas auf einem weißen Bogen notiert. »Reine Vorsichtsmaßnahme. Schaut schlimmer aus, als es ist.«

Helene ist froh wie lange nicht. Sogar die ständig quälenden Fragen nach Max treten kurz in den Hintergrund.

Nur gegen den brennenden Sehnsuchtsschmerz in ihrer Brust ist sie machtlos.

»Gibt es hier eine Milchpumpe?«, fragt sie zaghaft.

Die Schwester nickt bejahend und spricht kurz in ein Handy.

Während Helene abpumpt, sitzt ihre Mutter neben dem schlafenden Moritz und singt ihm Lieder vor, deren Klang Helene aus ihrer Kindheit vertraut ist.

Wehmütig denkt sie an Max und wie sanft sich seine Haut angefühlt hat. Auch an Tim muss sie denken. Wie sehr er sich stets gegen das Einschlafen gewehrt hat und wie oft hintereinander ihre Mutter ihm vorsingen musste, bis er endlich seine Augen schloss.

»Möchtest du Kaffee?«, fragt sie nach einer Weile leise und beschließt, auf dem Weg in die Kantine Franky zu verständigen. Er wartet sicher auf die Diagnose, außerdem wollte er nach Schwester Janisha schauen.

Ihre Mutter fährt hoch. Helene lächelt. Mama muss wohl bei ihrem eigenen Singsang eingenickt sein.

»Einen Espresso, schön stark. Falls es so etwas hier überhaupt gibt.«

Helene bittet ihre Mutter um das Handy.

Draußen auf dem Korridor brennt gedämpftes Licht. Es ist ruhiger geworden, die Besucher haben die Abteilung verlassen. Nur über wenigen Zimmern pulsiert es rot.

Ich wünsche mir ein heißes, nach Rosenblüten duftendes Schaumbad, denkt Helene und streckt sich. Kurz träumt sie davon, bei Kerzenschein und ruhiger Jazzmusik in der Wanne zu liegen und einen Schmöker mit feuchten Fingern genussvoll umzublättern. Dabei nippt sie an einem Glas Weißwein und stellt es dann mit vom Wasser aufgerauten Fingerkuppen am Wannenrand ab.

Langsam geht sie durch den Flur, froh darüber, dass die hektischen Geräusche des Tages sich verflüchtigt haben. So soll es immer sein, denkt sie und zieht neben einem Caffè Latte einen doppelten Mocca aus dem Automaten.

Doch schon wieder wird es hinter ihr laut. Ein kräftiges Stimmchen. Ein neuerlicher Notfall, denkt Helene und wischt eine Haarsträhne aus ihrem müden Gesicht. Sie nestelt nach dem Handy ihrer Mutter und tippt Frankys Nummer. Lächelnd wartet sie auf das Freizeichen. Doch bevor der erste Ton erklingt, wird sie angesprochen.

»Frau Kasper.«

Sie dreht sich um.

Und da steht er. Dieser merkwürdig graue Mann. Alices Freund. Ein Lächeln macht seine Gesichtszüge weich. Richtig sympathisch sieht er so aus, denkt Helene. Und wundert sich.

»Frau Kasper«, wiederholt er mit kratziger Stimme, »ich habe Ihnen jemanden mitgebracht.«

Er dreht sich um und winkt einer Frau, näher zu kommen.

Helene kann sich keinen Reim auf diese eigenartige Person in den zu engen Kleidern machen.

Plötzlich beginnen Geräusche in ihren Ohren zu toben, Farben nehmen an Intensität zu. Der Wirbel in ihrem Inneren lässt sie hilflos nach Luft schnappen.

Die Frau, mit zu Tode gefärbtem Haar und abgenagten Nägeln, hält ihr linkisch ein Bündel entgegen.

Rosner räuspert sich. »Ich muss mich bei Ihnen entschuldigen, Frau Kasper. Alice hatte von Anfang an recht. Und Sie auch.«

Doch Helene hört nicht, was der Kriminalist noch von sich gibt. Gebannt starrt sie auf das Wäschebündel im Arm seiner Begleiterin.

Denn da ist er.

»Max?«

Mehr Hauch als Frage.

Eins, zwei, drei. Das Dritte von links.

Hat sie das gesagt oder bloß gedacht?

Sie sieht seine Augen. Das Kornblumenblau, das alles überstrahlt, noch halb verdeckt von seidigen Wimpern. Sie sieht die stacheligen, fast schon struppigen hellen Härchen ihres kleinen GI.

Dann hält Helene ihr Kind in den Armen.

Ihren Sohn. Ihren Max.

Helene murmelt sinnlose Worte des Glücks und birgt ihr Gesicht im duftenden Weiß der Baumwolle.

Max.

Wie unverkennbar sein Geruch, wie sanft seine Haut ist.

Tränen fließen über ihre Wangen.

Jetzt reißt ihr Sohn seine Augen endgültig auf. Er sieht sie an, vorwurfsvoll, wie ihr scheint, und dehnt seinen Körper. Dann beginnt er zu schreien. Kurz und empört. Doch gleich darauf kräuselt etwas, das einem Grinsen gleichkommt, seine vollen Lippen.

Und Helenes helles Lachen perlt durch den Korridor.

Zehn Wochen später

Rosner betritt zum letzten Mal das matt erleuchtete Säuglingszimmer.

»Eins, zwei, drei«, zählt er und starrt auf die Reihen kleiner Plexiglasbetten.

Eins, zwei, drei. Das Dritte von links.

Gebannt schaut er auf das Baby im hellblauen Strampelanzug, das zufrieden mit den Lippen schmatzt. Fast hat er Angst, es nicht wiedererkennen zu können, denn der Kleine vor ihm ist, seit Rosner ihn das letzte Mal gesehen hat, eindeutig noch schöner geworden. Zwar ist es erst eine, höchstens zwei Stunden her, seit er Alice in ihrem Zimmer beim Stillen zugesehen hat, aber Rosner kommt es viel länger vor, so lange jedenfalls, dass die Sehnsucht nach seinem Sohn in ihm übermächtig wurde.

Ja, stimmt schon, Väter haben im Säuglingszimmer nichts verloren, aber Rosner genießt Sonderrechte, verliehen durch Janisha Narayan. Und die Instanz, die sich gegen ein von ihr ausgestelltes Privileg stellen will, muss erst erschaffen werden.

Freilich stand auch er schon, gemeinsam mit anderen Vätern, an der großen Scheibe und drückte sich, beim Versuch einen Blick auf sein schlafendes Kind zu erhaschen, die Nase platt, aber sobald Janisha im Dienst ist, darf er näher heran. Den Mundschutz, den er trägt, und das Plastik an seinen Füßen nimmt er dafür gern in Kauf.

Seit zwei Wochen arbeitet sie wieder und sprüht vor Energie. Nur ein leichtes Hinken ist ihr geblieben und, schlimmer wohl und wahrscheinlich bleibend, der Schock, dass eine Kollegin sie töten wollte. Da ist es kein Trost, dass die rothaarige Hilfsschwester in Untersuchungshaft sitzt und auf ihren Prozess wartet.

Rosner beugt sich über das Bettchen, und wieder übermannt ihn das Staunen. So klein noch und hilflos und doch schon perfekt gerüstet für ein eben erst begonnenes Leben.

Kleiner Mann, nimmt er sich vor, ich werde nicht probieren, dich zu erziehen, sondern versuchen, dir mit meinen Ansichten

Halt zu geben. Ob mir das immer gelingt, weiß ich nicht, aber ich will mich bemühen. Ich werde bedingungslos hinter dir stehen, immer und überall, das verspreche ich dir. Den Teil deines Lebensweges, den ich mit dir gehen darf, möchte ich dir schön machen. Und Wunder will ich dir zeigen auf dem Weg, den du gerade erst betrittst.

Lass mich dein Freund sein.

Er freut sich unbändig. Heute darf Alice, nach vielen, vielen Wochen, mit ihrem Sohn die Klinik verlassen, heute beginnt ein weiterer Abschnitt in ihrem gemeinsamen Leben.

Wäre er Meteorologe, Rosner lächelt in sich hinein, er hätte die letzten Wochen als zunehmend heiter beschrieben. Mit jedem Tag war die Gefahr, dass Alice ihr Baby zu früh bekommen könnte, geringer geworden, mit jedem Tag die Überlebenschance seines Sohnes auch im Fall der Fälle größer. Schließlich hatten die Wehen vierzehn Tage vor dem errechneten Geburtstermin eingesetzt, und die Entbindung war problemlos über eine Bühne gegangen, in deren unmittelbarer Nähe sich Alice schon die ganze Zeit befunden hatte.

Zu einem einzigen kleinen Malheur war es im Kreißsaal gekommen, und selbst das hatte nicht die werdende Mutter unmittelbar betroffen, sondern den anwesenden Kindsvater. Rosner selbst war es gewesen, der für gelinde Aufregung gesorgt hatte, als er mitten in einer Presswehe die Hand von Alice, die er bis dahin treulich gehalten hatte, losließ, um sanft auf die Seite zu kippen.

»Weichei«, erzählte Alice später, wolle sie gehört haben. Eine der Schwestern habe es unter ihrem Mundschutz gemurmelt, aber Rosner glaubt es ihr nicht, denn zu ihm waren Ärzte und Schwestern, nachdem er sein Bewusstsein wiedererlangt hatte, ausgesprochen freundlich gewesen.

Nicht selten, erfuhr er, passiere Ähnliches, freilich hätte man bei ihm, als Inspektor der Kriminalpolizei, nicht unbedingt erwarten können, dass er auf Blut in dieser Form reagiere. Aber Rosner weiß, dass es nicht das Blut gewesen war, sondern eine plötzliche Leere im Hirn, die er, solange er sie noch bewusst wahrnahm, gar nicht als unangenehm empfunden hatte.

Egal.

Ihn interessierte, glücklich wiedererwacht, ohnehin nur noch das kleine Geschöpf, das da in seine Arme gelegt wurde.

Damals, bei der Geburt seiner Tochter, Rosner versucht nicht daran zu denken, hatte er aus Nervosität getrunken und war schließlich so betrunken gewesen, dass er einen Wisch der Klinik, der ihm zur Kenntnisnahme gereicht wurde, mit »Onkel Simon« unterschrieb. Seine damalige Frau, Simone, hatte sich für ihn in Grund und Boden geniert, aber heute ist alles anders.

Glück, reines, nüchternes Glück ist in ihm. Und Rosner hat nicht vor, es leichtfertig aufs Spiel zu setzen.

Glück hat auch Helene Kasper gehabt. Nicht der Polizeiapparat und schon gar nicht seine Ermittlungsarbeit, darüber ist sich Rosner im Klaren, hatten im Fall ihres vertauschten Sohnes zu einem guten Ende geführt, sondern das beherzte Vorgehen einiger weniger Personen, nicht zuletzt jenes von Helene Kasper selbst, war dafür verantwortlich, dass die Schuldigen gefasst werden konnten. Wichtig, viel wichtiger aber ist, dass Mutter und Kind wieder vereint wurden. Neben der Kasper und Schwester Janisha war auch Alice ein nicht geringer Anteil am schlussendlich glücklichen Ausgang der Affäre zuzuschreiben. Sie hatte Helene schließlich als Erste geglaubt.

Die leibliche Mutter von Moritz, jene Frau, die durch ihren Wunsch, ein Kind zu bekommen, die vergangenen Ereignisse unmittelbar ausgelöst hatte, war auf freiem Fuß angezeigt worden und inzwischen, auf eigenen Wunsch, in einer psychiatrischen Klinik in Behandlung.

Rosner kann es nicht ändern, diese Frau tut ihm leid.

Selbstverständlich verurteilt er ihre Tat, die letzten Endes auf Gier zurückzuführen ist, auf ein krankhaftes Verlangen nach Mutterglück buchstäblich um jeden Preis, aber Rosner hat im Lauf seines langen Berufslebens gelernt, dass kleine Ereignisse, zunächst kaum spürbare Ärgernisse und nicht erfüllte Wünsche auch durchaus als stabil geltende, an die Gesetze und Normen unserer Gesellschaft angepasste Menschen unversehens aus der Bahn werfen können.

Und aus der Bahn geworfen war sie, Rosemarie, die Mutter

von Moritz. Vielleicht auf Dauer, hatte Dr. Frank betont. Jedenfalls so sehr aus der Bahn geworfen, dass sie den Sohn, den sie, schwach wie er war, nicht mehr haben wollte, bereits vor dessen Herzoperation zur Adoption freigegeben hatte.

Jetzt wird Felix, sein Sohn, geholt, geholt für die erste Reise nach Hause.

Rosner wendet sich an Schwester Janisha, beginnt, ihr noch einmal stockend zu danken, und wird mit einer herzlichen Umarmung überrascht.

Ein wenig verwirrt trottet er hinter ihr her, beobachtet von der Tür aus die letzten Vorbereitungen, die sich im sorgsamen Verpacken des Bündels erschöpfen, und betätigt sich anschließend als geschäftiger Türöffner.

Vor der Klinik bleiben sie stehen. Alice hält den Kleinen und lächelt, und Rosner, der ihrem Blick folgt, sieht auf der anderen Straßenseite ein Paar stehen. Ein Kinderwagen, doppelt so breit wie normal, blockiert fast den Gehweg, bietet aber den beiden Jungen, die darin einträglich nebeneinanderliegen, ausreichend Platz.

Helene Kasper winkt ihnen zu, der Mann an ihrer Seite – Rosner kneift die Augen zusammen, um besser sehen zu können; es ist immer noch Dr. Frank – lächelt verhalten.

Sieben Monate später

Wieder sind es Schneeflocken, die meine Welt verzaubern.

Wir gehen am Lendkanal entlang in Richtung Wörthersee. Beide sind wir in wasserfeste Kleidung gehüllt, unsere Füße stecken in gefütterten Gummistiefeln.

Nebelschleier umschweben winterkahle Sträucher und Bäume. Kein Laut außer dem leisen Knistern der fallenden Flocken und dem sanften Tritt unserer Schritte ist zu vernehmen. Es ist, als wären wir unversehens in eine dieser Schneekugeln, fernab von Zeit und Raum, gelangt.

Weit vor uns erhebt sich ein Schwarm Vögel lautlos von einem Feld in die Höhe. Schön sieht das aus, wie sie ihre schwarzen Flügel ausbreiten und sich vom Weiß des Himmels abheben. Aber auch ein wenig gespenstisch.

Ich wende mich ihm zu. Unmittelbar bleibt er stehen und lächelt mich an.

»Raben oder Krähen?«, frage ich, die Stille durchbrechend, »oder sind das nur unterschiedliche Namen für dieselbe Vogelart?«

»Die beiden Spezies unterscheiden sich unter anderem durch die Länge ihrer Schnäbel. Es wird behauptet, die größeren Vögel wären Raben, die kleineren Krähen. Ich vermute, es handelt sich bei unserem Geschwader dort«, sein behandschuhter Zeigefinger fährt in die Luft, »um Saatkrähen auf vergeblicher Futtersuche. Also keine Chance auf Edgar Allen Poe. Kein Rabe in Sicht.«

Ich grinse in mich hinein.

Typisch Franky.

Immer weiß er alles oder gibt es zumindest vor.

Nebeneinander stapfen wir durch das immer weißer werdende Laub, das lange schon seine bunten Herbstfarben verloren hat.

Mit der Zungenspitze fange ich eine Flocke.

Franky schaut mich von der Seite her an. Ich sehe Zuckerwatte auf seinem Gesicht glitzern und schmelzen.

»Schon bevor das Wetter umgeschlagen hat, konnte ich den Schnee riechen«, sagt er leise.

Seine Worte erinnern mich an früher, lassen ein Damals wiederaufleben, das etwas Friedliches, etwas Verheißungsvolles in sich trug.

Bevor ich mich fragen kann, warum sich jetzt nicht wie sonst das Grauen an diesen Moment uneingeschränkter Freude heftet, schiebt Franky meine Hände sanft beiseite.

»Soll ich?«, fragt er unternehmungslustig. Ohne meine Antwort abzuwarten, packt er den Griff und schiebt das sperrige Gefährt über rutschiges Blätterwerk durch den immer dichter fallenden Schnee.

Max und Moritz schlafen friedlich im Doppelkinderwagen. Zwischen ihnen liegt das Bambi. Alice hat es mir aus dem Sanatorium, wo ich es damals vergessen hatte, mitgebracht. Eine durchsichtige Plastikschutzhülle verhindert, dass Wind und Wetter den Kindern allzu sehr zusetzen. Beide Jungen sind in dicke Thermo-Overalls gepackt, Hände und Füße stecken in wärmender Wolle, auf ihren Köpfen tragen sie hellgrüne Pudelmützen.

Wenn man sie so ruhig daliegen sieht, könnte man annehmen, sie wären leibliche Brüder oder gar Zwillinge.

Ein warmes Gefühl, das in mir aufsteigt, vertreibt die schneidende Kälte.

»Lass uns umkehren, der Schneefall wird stärker, der Nebel immer dichter. Ich will nicht, dass die Kleinen sich verkühlen.«

Im Haus meiner Mutter klopfen wir mit erhitzten Gesichtern die Nässe von unseren Anoraks und schälen die Kleinen aus ihren Overalls.

Max wacht auf und verzieht grimmig sein Gesicht. Er mag es gar nicht, wenn er geweckt wird. Jetzt schon Individualist, schätzt er selbstständig bestimmtes Handeln. Vor allem, was seinen Schlaf betrifft. Anders hingegen Moritz. Seinen Mund umspielt ein feines Lächeln, kaum dass er die Augen aufschlägt und mich sieht.

»Es ist ein Wunder«, sage ich, »ein unglaubliches Glück. Ich kann es nicht fassen, dass mir Moritz so ohne Weiteres zugesprochen wurde. Und dann noch die Sache mit dem Geld.«

»Damit versuchte diese Rosemarie, sich von ihrer Schuld

freizukaufen.« Frankys Stimme nimmt einen lebhaften Ton an. »Die hunderttausend Euro ermöglichen dir und den Kindern einen guten Start in ein neues Leben.«

Ja, ich bin erleichtert. Und doch macht es mich manchmal traurig, dass Moritz' leibliche Mutter leichtfertig auf ihr Kind verzichtet, schlimmer noch, es weggegeben hat. Klar, ihre psychische Erkrankung spielt dabei eine maßgebliche Rolle, zumindest hat man es mir so erklärt, aber ganz verstehen kann ich ihr Handeln dennoch nicht, auch wenn ihre Entscheidung mich glücklich macht.

»Warte mal, bis Max und Moritz, diese beiden bösen Buben, laufen lernen. Die werden dich gemeinsam ordentlich auf Trab halten, Helen.«

Tun sie doch jetzt schon, denke ich vergnügt.

Schwester Janisha kam uns ein paarmal besuchen. Immer noch hinkt sie ein wenig, was sie allerdings nicht daran hindert, mir mit dem Rat einer erfahrenen Säuglingsschwester zur Seite zu stehen.

Franky wirkt konzentriert, während er die Fläschchen aufwärmt.

Vor etwa drei Wochen habe ich aufgehört zu stillen. Einerseits hat es meinen Tagesablauf erleichtert, andererseits ist dadurch eine bestimmte Form der Nähe zu Max und Moritz verloren gegangen. Aber so wird es wohl immer sein. Jeder sogenannte Fortschritt in der Entwicklung meiner Kinder bedingt auch ein gewisses Gefühl des Verlustes. Damit werde ich leben müssen.

Ich befreie mich von meinem Norwegerpulli, werfe ihn über die Lehne des Küchenstuhls und stelle eine Flasche Rotwein und zwei Gläser auf den Küchentisch.

Franky sieht mich fragend an.

»Gibt's etwas zu feiern?«

Die Röte, die in meine Wangen steigt, hat nichts mit dem Spaziergang im Schnee zu tun.

Meine Mutter ist, einige Zeit, nachdem die Wogen sich geglättet hatten, zurück nach Exeter geflogen. Mir und den Kindern hat sie ihr Haus überlassen. Das Wintersemester verbringt sie noch in Devon, aber im Februar, also sehr bald schon, kehrt sie nach Klagenfurt zurück.

Inzwischen habe ich William kennengelernt, ihren Institutsvorstand und Freund, einen verschmitzten Engländer mit klassisch trockenem Humor, der eine gewisse Schwäche für meine Mutter nicht verbergen kann. Ich sehe, wie gut dieser englische Professor ihr tut, wie er etwas in ihr zum Leben bringt, von dem ich befürchtete, dass es längst erloschen war. Mit ein Grund, warum ich ihm offen entgegentreten kann.

Mama wird mich ab dem Frühjahr bei den Kindern unterstützen, ab dem Zeitpunkt, an dem ich erneut die Schulbank drücke. Ja, ich habe beschlossen, extern meinen Schulabschluss nachzuholen. Das ermöglicht mir, neben dem Lernen ein beträchtliches Ausmaß an Zeit mit meinen Kindern zu verbringen.

Zu feiern gäbe es also eine Menge.

Als ich ihm nicht sofort antworte, geht Franky mit Max und Moritz im Arm um den Küchentisch und sieht mich auffordernd an.

»Nun?«

Ich stelle mich auf die Zehenspitzen und drücke jedem meiner Männer einen zarten Kuss auf die Nasenspitze.

»Komm«, sage ich leise und ziehe ihn zum Fenster.

Dort stehen wir jetzt, an jener Stelle von einst, und beobachten die rieselnden Schneeflocken im Licht der Straßenlaterne.

Ich schlinge meine Arme um Franky und die Kinder.

Das hier ist der letzte sichere Ort, an den ich mich erinnern kann. Und nun stehe ich wieder hier und fühle mich wieder als ich, habe etwas wiedergefunden, was ich für immer verloren glaubte: mich.

Franky zieht mich an sich und küsst meinen Mund.

Mit dem vertrauten Geschmack auf den Lippen sage ich: »Das, genau das, gilt es zu feiern. Franky und Helen und Max und Moritz.«

Der alte Baum auf der gegenüberliegenden Straßenseite wirft, von einem jähen Windstoß erfasst, eine Ladung Schnee ab.

Danksagung

Immer wieder möchte ich mich, neben Hejo Emons, beim tollen Team, dem Lektorat im Haus, Christel Steinmetz und Stefanie Rahnfeld, dem Lektorat in Berlin, Marit Obsen, bedanken. Ebenfalls danke an alle, die im Hintergrund werken, und natürlich an jene, die ständig mit mir zu tun haben: Dominic Hettgen, Leslie Schmidt, Mike Stirnagel, Sophie Olk, Daria Gaberdan und Angela Eichner.

Ich habe drei Kinder in einem Krankenhaus geboren, Sophie, Maxi und Karoline, und war zum Glück nie in der Situation, in der sich meine Protagonistin Helene befindet, aufgefressen vor Angst und Panik, das eigene Kind nicht im Säuglingszimmer wiederzuerkennen. Kurz vor der Geburt meines ersten Kindes ist mir allerdings wirklich kurz diese Schreckensidee durch den Kopf gegeistert: Was, wenn ich unter den vielen Babys meines nicht erkenne? Doch in der ersten Minute schon, als ich meine kleine Sophie im Arm hielt, wusste ich, dich erkenne ich unter Tausenden Säuglingen wieder. Und genauso war es dann auch mit Maxi und Karo. Aber vielleicht war es damals, dass diese Idee für einen Thriller, der mit diesen Ängsten spielt, in mir zu keimen begonnen hat?

Mein Dank gilt natürlich auch meinem ExpertInnen-Team, meiner Freundin Christa Rados, die mir bei psychiatrischen sowie neurologischen Fragen zur Seite steht, meinem Freund Christian Puswald, der mir nicht nur mit juristischem Rat aushilft, sondern auch geistreich moderiert, und der Apothekerin Linda Auer, die mir bezüglich Giften immer die richtige Antwort gibt. Danke Arno und Uta Arthofer für die Organisation vieler Lesungen und Arno für die spannenden Moderationen, Bezirksinspektor Christian Pöschl vom Posten Arnoldstein, der mir bei den »Ermittlungen« half und tolle Musik in seinem Radio macht, meiner Cousine Barbara Essl für die beeindruckenden Fotos. Ebenfalls bedanke ich mich bei Heli Zechner, der mir wie immer Rahmen und Raum für meine Premieren-Lesung in Österreich zur Verfügung gestellt hat, Almuth Kristler für ihr Engagement, Christian Lehner für die neugierig machenden Moderationen und Antonio Clementin aus Aquileia für die Weinverkostungen in Klagenfurt.

Ich danke allen treuen LeserInnen, die zu meinen Lesungen kommen und/oder meine Bücher lesen und toll rezensieren, allen voran Martin Schult, Christine Schütz und Gertie Gold, deren profunde Meinung ich in meinen Leserunden von Lovely-Books kennenlernen durfte.

Neben meinen drei Kindern und meiner Mutter gilt meinem Bruder, Alfred König, der mir mit spitzer Feder und kritischem Geist hilfreich zur Seite steht, mein besonderer Dank.

Und last but not least meinem ersten und hinterfragenden Gegenleser, Günther, meinem Mann.

Andrea Nagele

GRADO IM DUNKELN

Broschur, 256 Seiten

ISBN 978-3-7408-0068-0

»Ihre Erzählungen lassen den Leser tief in die Geschichte von Taten und Tätern eindringen und Psyche und innere Motive ergründen. Ein spannendes Verwirrspiel, das bis zum Schluss in Atem hält.«
Wiener Bezirksblätter

Andrea Nagele

111 ORTE IN KLAGENFURT UND AM WÖRTHERSEE, DIE MAN GESEHEN HABEN MUSS

Broschur, 240 Seiten

ISBN 978-3-95451-591-2

»Mit diesem Buch findet man alles, was im mittleren Kärnten interessant, originell, in irgendeiner Hinsicht sehenswert ist: kulturelle Sehenswürdigkeiten ebenso wie naturkundliche Besonderheiten. Bekanntes und Unbekanntes abseits der bekannten Pfade – und so ist dieses Buch gleichermaßen für Touristen wie auch für Einheimische geeignet.« Pressebüro für Reisen

www.emons-verlag.de